国家社科基金项目（16BWW044）

尤多拉·韦尔蒂身体诗学研究

赵辉辉 著

中国社会科学出版社

图书在版编目（CIP）数据

尤多拉·韦尔蒂身体诗学研究 / 赵辉辉著. —北京：中国社会科学出版社，2019.12
ISBN 978-7-5203-5669-5

Ⅰ.①尤… Ⅱ.①赵… Ⅲ.①尤多拉·韦尔蒂（1909-2001）—文学研究 Ⅳ.①I712.065

中国版本图书馆 CIP 数据核字（2019）第259132号

出 版 人	赵剑英
责任编辑	刘　艳
责任校对	陈　晨
责任印制	戴　宽

出　　版	中国社会科学出版社
社　　址	北京鼓楼西大街甲158号
邮　　编	100720
网　　址	http://www.csspw.cn
发 行 部	010-84083685
门 市 部	010-84029450
经　　销	新华书店及其他书店
印刷装订	北京君升印刷有限公司
版　　次	2019年12月第1版
印　　次	2019年12月第1次印刷
开　　本	710×1000　1/16
印　　张	12.5
插　　页	2
字　　数	169千字
定　　价	68.00元

凡购买中国社会科学出版社图书，如有质量问题请与本社营销中心联系调换
电话：010-84083683
版权所有　侵权必究

前　　言

　　身体既是看的主体又是被看的客体，看之主体通过视觉经验构建着特定的视觉文化意义，同时又受到特定的社会文化的制约。自 20 世纪下半叶以来，哲学领域的身体转向，和曾经深刻影响了文学发展之路的以往哲学思潮一样，极大地改写了传统意义上文学文本的书写、阅读与批评的向度，以尼采（Nietzsche）、福柯（Foucault）为代表的身体转向践行者，其基于生存论而非认识论之上的身体意识为文学批评与研究提供了一种前所未有的崭新视角。身体取代了形而上的位置，摧毁了意识的霸主地位，凭借自身的力量独立地对世界作出透视与阐释。韦尔蒂作为一位现代主义或者后现代主义的女性作家，同时身为一名以视觉艺术为第二职业的摄影家，对身体的关注体现了她特有的视觉敏锐性，对身体的理解与体察和对美国南方文化变迁的叙写水乳交融地渗透在其大部分作品当中。同时，借助于承载着历史与文明的身体这一独特载体，作家成功地实现了对美国南方文化的崭新书写。

　　本书以美国南方女作家尤多拉·韦尔蒂的小说文本为立足点，以美国南方文化传统为参照，运用身体研究和文化研究两种主要批评方法，探讨了作品中具体的身体叙述与所发生的身体事件所隐喻的社会文化内涵。正文部分细致考察了韦尔蒂的四部长篇小说即《强盗新郎》（*The Robber Bridegroom*）、《三角洲婚礼》（*Delta Wedding*）、《庞德之心》（*The Ponder Heart*）、《乐观者的女儿》（*The Optimist's Daughter*）和十七个短篇小说即《钥匙》（*The Key*）、《珂拉，被驱赶的印第安女佣》

(*Keela, the Outcast Indian Maiden*)、《搭便车者》(*The Hitch-Hikers*)、《一份记忆》(*A Memory*)、《老马布豪先生》(*Old Mr Marblehall*)、《送给玛茱莉的花》(*Flowers for Marjorie*)、《一个推销员之死》(*Death of a Traveling Salesman*)、《初次的爱》(*First Love*)、《丽薇》(*Livvie*)、《金雨》(*Shower of Gold*)、《六月演奏会》(*June Recital*)、《兔子先生》(*Sir Rabbit*)、《月亮湖》(*Moon Lake*)、《流浪者》(*The Wanderers*)、《我的爱，无处容身》(*No Place for You, My Love*)、《燃烧》(*The Burning*)、《声音从何处来？》(*Where is the Voice Coming From?*)等。本书共分为五大部分，具体如下：

第一章，首先，对本书选题的缘起和研究的意义进行了一定的阐释，并基于所收集到的文献数据，对韦尔蒂作品的研究状况进行了细致的梳理，对其研究现状给予了归纳述评。然后，对本书涉及的关键词如身体、隐喻、美国南方文化、诗学等进行详细解释。其次，逐层列出本书研究理论和方法，同时指出文本细读、身体理论和文化理论如何与韦尔蒂的文本相得益彰地结合，使作品得到更深入的阐释。最后，通过揭示本书研究的难点，指出其研究的价值所在。

第二章，身体诗学的考察被置于神话语境之下。韦尔蒂通过神话人物特征的植入，《金苹果》(*The Golden Apples*)小说集中的主人公麦克莱尔·金（King MacLain）脱胎换骨，成为与希腊神话主神宙斯（Zeus）一样神圣并被女性顶礼膜拜的权威形象。金相似于宙斯的种种身体特征隐喻了南方社会的男权文化，这种文化的核心价值观通过金与不同个体的身体交往而得以展现，它凸显了男性在男权社会里不可置疑的优越地位。他们以一种高高在上的姿态牢牢地统治着女性的世界，使之屈服于男性的强大、阳刚和自由。但是，韦尔蒂在通过宙斯的神性身体植入来塑造南方男权形象的同时，也通过同名小说主人公老马布豪先生，使欺诈者（Trickster）的意象得到现实的外化，逐渐地消解了南方传统文化中的绅士形象和骑士精神。随后，韦尔蒂又在《月亮湖》中通过女主人公伊思特（Easter）双重叠加了以斯帖王后（Esther）和基督耶稣（Jesus Christ）的身体标识，论述了女性世界对男权文化的对抗与颠覆。总之，在神话语境中通过对韦尔蒂作品中身体隐喻的论述分析，既展示了美国南方传统文化中绅士形象的确立及男权权威的建构，又揭示了绅士形象的摧毁与男权权威的解构；既考证了南方女性对自身屈从地位的反抗，也喻示了南方女性对既定男权文化的屈从。

第三章，身体诗学的考察被置于南方淑女文化之中。首先，韦尔蒂针对少女成长仪式的完成这一主题，描述了尚未涉世的少女——《一份记忆》中的"我"（I）和《三角洲婚礼》中谢莉（Shelly）对不同身体事件的态度和思考，叙写了根深蒂固的南方淑女文化对女性言行举止上的驯服与思想感情上的钳制，导致她们成为传统教条下循规蹈矩的遵从者。其次，韦尔蒂通过《金雨》中的思露娣（Snowdie）和《三角洲婚礼》中的艾伦（Ellen），塑造了一个个无私奉献、温良贤淑、坚韧顽强的无欲天使一般的标准南方淑女形象。最后，韦尔蒂在《六月演奏会》中成功塑造了两位淑女文化的叛逆者——薇姬·瑞妮（Virgie Rainey）和艾可哈特（Eckhart）小姐，她们通过身体的张扬与感情的自然释放，勇敢地挑战着传统淑女文化对南方女性本能的压抑，虽然在拒绝同化的过程中遭到放逐、被边缘化，她们的精神依然令人敬佩。简而言之，美国南方传统淑女文化的传达，既经由不同女性的身体表现，又涉及她们对身体的不同态度。相应地，对南方淑女文化的遵守、彰显与对这一文化的反叛、扬弃同时存在于这五部作品的研究分析之中。

第四章，身体诗学的考察被置于美国南方的种族文化当中。首先，笔者着重分析了韦尔蒂作品中的身体戕害事件所体现出的激烈的种族冲突。例如，韦尔蒂的作品《初次的爱》中，约耳书（Joel）回忆了父母被印第安土著杀害、自己面临同样危险时的恐惧体验。在《强盗新郎》中，作家描述了白人克莱蒙特（Clement）的家人遭到印第安人残忍屠杀的情景。在《三角洲婚礼》中，白人监工特洛伊（Troy）枪击为黑女仆品沁（Pinchy）被强奸而滋事的黑人劳力姆胡克（Root M'Hook）。再有《声音从何处来？》中，民权领导者麦德佳·艾弗斯

（Medgar Evers）在暗夜被刺等。接着，韦尔蒂在《六月演奏会》中叙写了艾可哈特（Eckhart）小姐被黑人强奸后遭受南方人群体化疏离的悲剧；在《三角洲婚礼》中描写了黑女仆品沁被白人特洛伊强奸怀孕，为了南方家族的荣誉，费尔柴尔德（Fairchild）家族心照不宣地将品沁隐身化；及至作品《燃烧》，对南方荣誉的顶礼膜拜推演到了极致，老小姐茜奥（Theo）和迈拉（Myra）为了维护家族荣誉，不惜听凭她们的兄弟本顿（Benton）强奸黑女仆黛利拉（Delilah），冷眼旁观他们所生的男孩菲尼（Phinny）被活活烧死。从以上所述的强奸事件的前因后果出发，本章细致分析了身体事件的隐喻内涵，指出一切皆根源于南方文化中维护家族荣誉的传统思想。最后，韦尔蒂在《珂拉，被驱赶的印第安女佣》中描写了南方白人如何通过"畸形秀"（Freak Show）来驯服、弱化黑人的主体意识以便于更强有力地统治他们，但随着历史的变迁最终要为自己的罪与过寻求谅解；在《三角洲婚礼》中，乔治·费尔柴尔德（George Fairchild）为武斗中的两个黑人劝架，并为受伤流血的黑人包扎伤口，体现了南方传统文化中的白人家长式作风；同样在此作品中，借劳拉（Laural）的视角，文本叙写了白人和黑人同乘"黄狗"（The Yellow Dog）号列车的情形，体现了民权运动的发展所带来的种族融合。所有这些事例表明，白人与黑人之间由于身体不同的属性所引发的隔阂正在消减，亲和将逐渐代替隔离。本章将韦尔蒂作品中的身体隐喻置于南方种族文化考察的大背景之中，揭示了南方社会种族冲突与种族融合相行并存特征，而种族融合势必成为发展的总趋势。

　　第五章，身体诗学的考察被置于社会转型的历史文化语境中。首先，通过分析韦尔蒂的小说《三角洲婚礼》和《庞德之心》中阶级地位不同的三对婚姻伴侣——达芙妮（Dabney）和特洛伊（Troy）、乔治（George）和萝碧（Robbie）以及丹尼尔（Daniel）和邦妮迪（Bonnie Dee），指出随着南北战争和工业化的入侵，虽然转型时期的阶级差别意识逐渐淡漠、阶级界限日渐淡化，但是，地位悬殊的联姻同时受到来自不同文化背景的习惯、思想、生活方式的冲击。其次，韦尔蒂在

《一个推销员之死》和《搭便车者》两部作品中描写了身体物化为商品的流浪者——推销员鲍曼（Bowman）和哈里斯（Harris）缺乏交流的困境，以及最终成为工业化之牺牲品的不幸遭遇。在另一部短篇小说《我的爱，无处容身》里，互有好感的男女主人公，流浪在新奥尔良一整天却无法找到深入交流的机会，更为深刻地揭示了工业文明熏陶下人们情感世界的荒芜和贫瘠。最后，韦尔蒂在《送给玛荣莉的花》中描述了大萧条时期，怀孕的妻子被失业之后精神崩溃的丈夫霍华德（Howard）刺死；在《乐观者的女儿》中叙写了自私、冷酷、拜物教主义者——麦克瓦（McKelva）法官的妻子菲（Fay），完全置亲情于不顾而耽于自我享乐；在《丽薇》中，工业化社会商品的诱惑使丽薇（Livvie）的性意识复苏，导致了她抛弃年迈的丈夫所罗门（Solomon），另结新欢喜欢上了年轻力壮的佃工卡实（Cash）。这三部作品中人物的身体成长经历都明显地表露出转型时期南方传统的家庭观念已经丧失，以往的和谐正在慢慢地消逝。通过分析韦尔蒂作品中转型时期身体形式的隐喻，展现了工业化带来的有利的一面，同时也揭露了商品社会的弊病所在。

总之，本书采用文本细读的批评方法，运用以身体研究为主、文化研究为辅的理论方法，在美国南方文化的视域中，以传统文化思想为基点，分析探讨了韦尔蒂作品中身体叙述的隐喻含义，展示了美国南方文化的变动不居。随着历史的变迁，南方文化的传承与革新总是存在着建构与解构、遵从与反叛、冲突与融合、和谐与无序等对立因子的相互作用。这种对立统一的存在全面而客观地反映了美国南方人生存状态的多样性和复杂性，也体现了作家的诗学旨趣和价值取向。韦尔蒂的这种"非个性化"的写作姿态以及将哲学融于文学创作的诗学追求，既客观全面地反映了现实，又使作品更加喻意深邃，不愧享誉继福克纳之后的美国南方文学巨匠之美称。

目 录

第一章 导论 …………………………………………… (1)
  第一节 研究缘起及意义 ………………………………… (1)
  第二节 研究现状与述评 ………………………………… (5)
  第三节 关键词界定 …………………………………… (11)
  第四节 研究理论与方法 ………………………………… (18)

第二章 神话语境中身体的诗学 ……………………… (23)
  第一节 神话传说的诗学魅力 …………………………… (24)
  第二节 "金"的身体意象与男权权威的塑造 ………… (31)
  第三节 "欺诈者"的身体意象与绅士神话的消解 …… (39)
  第四节 "伊思特"的身体意象与颠覆男权的角逐 …… (48)

第三章 淑女文化中身体的诗学 ……………………… (62)
  第一节 南方淑女的身体形象塑造 ……………………… (63)
  第二节 自恋禁锢的身体与淑女文化的遵从 …………… (71)
  第三节 自愿奉献的身体与淑女文化的彰显 …………… (80)
  第四节 自为觉醒的身体与淑女文化的颠覆 …………… (88)

第四章 种族文化中身体的诗学 ……………………… (104)
  第一节 南方种族文化的历史传承 ……………………… (105)
  第二节 戕害的身体与种族冲突 ………………………… (115)

第三节　强暴的身体与南方荣誉 …………………………（123）
　　第四节　亲和的身体与种族融合 …………………………（130）

第五章　社会转型中身体的诗学 …………………………（138）
　　第一节　南方种植园经济和工业化入侵 …………………（140）
　　第二节　联姻的身体与阶级界限的淡化 …………………（147）
　　第三节　流浪的身体与交流的困境 ………………………（156）
　　第四节　欲望的身体与消逝的和谐 ………………………（165）

结　语 ………………………………………………………（176）

参考文献 ……………………………………………………（181）

后　记 ………………………………………………………（188）

第一章 导论

一个多世纪以来，美国的南方被认为是缪斯情有独钟的地方，她使得这块土地成为了文学的伊甸园，驻足其中的有天才唯美的埃德加·爱伦·坡（Edgar Allan Poe）、诙谐幽默的马克·吐温（Mark Twain）、实验主义者威廉·福克纳（William Faulkner）、黑人作家理查德·赖特（Richard Wright）和拉尔夫·埃利森（Ralph Ellison）等。在评论界，尤多拉·韦尔蒂（Eudora Welty）被列为美国南方文艺复兴时期的第二代作家，与同时期的凯·安·波特（Katherine Anne Porter）、爱伦·泰特（Allen Tate）、罗伯特·潘·沃伦（Robert Penn Warren）、卡森·麦卡勒斯（Carson McCullers）和弗兰纳里·奥康纳（Flannery O'Connor）等作家相映生辉，携手形成了现当代美国南方文学一道亮丽的风景。

第一节 研究缘起及意义

尤多拉·韦尔蒂（Eudora Welty，1909—2001）是灿若群星的美国作家群中一颗熠熠生辉的明珠。她在父亲克里斯汀·韦布·韦尔蒂（Christian Webb Welty）1925年建造的松栎花苑中度过了长达75年的独身生活，写出了41部短篇小说和5部长篇小说，赢得众多读者的青睐及声誉卓著的评论家的赞赏。自1938年始，她荣获3次美国最佳短篇小说奖、6次欧·亨利小说奖，还获得过美国图书评论家奖、美国文学金质奖章、国家艺术金质奖章等重要荣誉。1980年，美国总统卡特授予韦尔蒂自由勋章。1998年，她的作品被美国图书馆选编的代表着美国文学最高成就的《美国文学巨人作品》（Great works of American literature）收录，从而打破此丛书只选编已故名作家作品的传统，引起文学界瞩目。此举使得尤多拉·韦尔蒂跻身于马克·吐温（Mark Twain）、惠特曼（Walt Whitman）、爱伦·坡（Edgar Allan Poe）和福克纳（William Faulkner）等文学巨匠之列。

与其他美国作家相比，韦尔蒂的作品并不多，却一直受到读者和评论界关注。由于题材丰富、手法多样，蕴意深邃，特别是她置身其外的写作姿态赋予作品很大程度的开放性，为批评者提供了巨大的阐释空间。在国外尤其是在美国，对韦尔蒂作品的多层面研究持久不衰。迄今为止，仅中国国家图书馆就珍藏着有关韦尔蒂的英文原版专著60余部，涵盖了长、短篇小说的主题研究、写作技巧研究、作家访谈录、书评剪辑等。在国内，关于韦尔蒂作品的研究方兴未艾，但鲜有专著出版。截至目前，中国期刊网仅收录其相关文献61篇，其中硕士论文23篇、期刊论文34篇、译文4篇。总体来看，其研究视野比较狭窄。针对研究内容而言，国外评论家已分别从南方梦、神话原型、女性主义、巴赫金的复调理论、叙事学等角度对其主题、写作手法作了全方位、多层面、多视角的考察，但以身体叙述作为视角对作品中美国南方人的生存状态和社会文化进行身体隐喻研究的，国内外均尚未触及。这不仅开启了本书研究的兴趣，而且是本书研究的价值所在。

毋庸置疑，美国南方作家群为美国文学史挥写了浓墨重彩的一笔。福克纳作为一座丰碑其作品已经被无数的读者拜读，也被无数的评论家和学者研习，无论在主题、风格还是文化表达方面，都采用了不同的视角，甚至采用最新的批评理论加以关照，研究的内容和研究的方法可谓无所不及，所及之处亦所探至深。虽然学无止境，对福克纳的研究改进尚有可能性，但上行空间已然有限。虽然福克纳的作品中也不乏身体的叙写，但由于基础性的研究已经比较全面，若采用身体理论再行拓展，难免有旧瓶装新酒之嫌。

与韦尔蒂同处美国南方文艺复兴时期的第二代作家，比较经典的如凯·安·波特、卡森·麦卡勒斯和弗兰纳里·奥康纳，虽然她们的作品也很有影响力，对其研究也亟待深入，但相比较而言，韦尔蒂的作品在反映南方传统文化的特征及变迁的描述上显得范围更为深广，也更具普遍性，其作品寓意的阐释也更具开放性。韦尔蒂的作品更为平和、本真地反映了南方人的普遍生存状态，她不像卡森·麦卡勒斯那样激烈而极端地关注"畸零人"，也不像弗兰纳里·奥康纳一样让文本根植在浓厚的宗教信仰气息当中，而是无意识地践行着艾略特的"非个性化理论"，将自己置身其外，以一个旁观者的身份冷静地观察，娓娓道来，对南方文化的展现更为平实、更具历史感。

需要着重指出的是，韦尔蒂的写作方式迥异于波特、麦卡勒斯和奥康纳，因为她既是作家又是摄影家，她对人物的描写是以视觉艺术家的眼光进行的。虽然她是现代主义或后现代主义作家，但在主人公塑造上并不像其他的现代作家那样去着力淡化人物的实质性标志从而让他们迷离化为一个个影子，成为卡夫卡（Franz Kafka）小说中的K或托马斯·品钦（Thomas Pynchon）作品中的V，而是着重于实体性的栩栩如生的细节描述，通过人物的身体部位的直观描写、举止行为的细节观察使他们成为可感可触的活生生的"圆形人物"。

在自传《一位作家的开始》（One Writer's Beginnings）中，韦尔蒂提到，由于来自母亲家族的遗传自己是天生的左撇子，后来父亲努力纠正她，以适应大多数人的文化生活模式。这一特殊的生理经历使作者从童年时期就对身体产生敏感。在传记中，韦尔蒂谈起幼时追问自己如何出生的问题，透露出了作家对身体最初的关注；同时，亲生哥哥的夭折引发了她对死亡的意识。由此，对于生的疑惑和对于死的恐惧构成了幼年时代韦尔蒂对身体认知的热心探求。此后，父亲和弟弟的英年早逝以及母亲长期卧病在床，对韦尔蒂的生活、写作和思想产生了深远影响。

另外，韦尔蒂在自传中亦声称："我的知觉教育（指绘画）使我对词语的物质性产生了敏感。"具体到作品中的男女主人公，人物语言描述所指向的物质性自然指向身体。这可从她的多部作品中俯拾即是的身体意象里窥见，例如短篇小说《月亮湖》（Moon Lake）中被施救的伊思特（Easter）的受虐身体、《丽薇》（Livvie）中丽薇受工业化消费引诱的欲望身体、《克莱缇》（Clytie）中家长制下觉醒之后克莱缇决然向死的身体、《珂拉，被驱赶的印第安女佣》（Keela, the Outcast Indian Maiden）中扮演动物供白人取乐的小李·罗伊（Little Lee Roy）的变相身体以及长篇小说《强盗新郎》（The Robber Bridegroom）中由于种族隔阂引起的被仇杀的身体等。

本书力图从身体叙述的角度出发，主要从身体的意象书写和身体事件的叙述切入，对尤多拉·韦尔蒂的作品进行文化解读，本书以具有典型南方特征的文化背景为视域，分别探讨了神话语境中的身体隐喻书写、淑女文化中的身体隐喻书写、种族文化中的身体隐喻书写以及经济转型中的身体隐喻书写，揭示了作品通过身体的叙写所呈现出的美国南方文化的独特景观及嬗变特征。这些文化景观与具体的特征表现包括：骑士精神或绅士风度、淑女风范、家庭荣誉、种族差异、阶级关系等，都是基于南方的蓄奴制、种植园经济、独特的地理环境和气候特征而形成的。但是，这些特质以南北战争废奴制为分水岭、以北方工业化的入侵为转折点，在历史不断地前进中被悄悄改写着，呈现出了多元化特征。这种对南方传统文化既保留、传承又对抗、革新的格局展现在韦尔蒂作品对身体叙写的字里行间，其喻意需要读者细细探究，这也是本书通过身体叙述的视角来研究探讨的重点。

韦尔蒂的文本叙写特别是身体叙述在绝大多数作品中以层出不穷的意象出现，给读者呈现出的是一幅幅生动而逼真的画面，这些画面中自然附加了深刻的文化隐喻，是承载着想象、情感与思想的复合体。本书以身体研究为主导，通过身体叙述的审美观照，在特定文化背景中考察其中潜藏的美国南方文化的种种象征与暗指,再现其流变特征,通过多层面的分析论证,身体不再是无言的被驱役者,它像一位灵动多姿的舞者,以特有的言说方式在不断展现着美国南方人的生存状态,叙说着他们的悲喜情愁,同时让读者领悟其执着的精神追求和文化传承。通过对美国南方文化特征之流变的解析,本书揭示了这位同时身为视觉艺术家的作家独特的写作姿态和文学表达方式,以及其作品因此所具有的独特的文学意义。

第二节 研究现状与述评

美国南方文艺复兴时期,在所有南方作家中,福克纳毫无疑问是一座丰碑,韦尔蒂声称:"与福克纳生活在同一时代,同在南方,于我而言他就像一座大山。"[①] 路易·斯鲁宾(Louis D. Rubin)在《南方文学历史》(The History of Southern Literature)一书中指出:"美国小说创作包含着两个密西西比,一个是福克纳笔下暴力的、史诗般的约克纳塔帕法,一个是韦尔蒂笔下洁净、恬然的三角洲小世界。"[②] 汉米尔顿·班锁(Hamilton Basso)认为,"与作家福克纳相比,韦尔蒂毫不逊色"[③]。威廉·霍尔德(William Holder)赞誉韦尔蒂是"一位卓越的地方作家"[④]。杉普尔·比尔(Chapel Bill)甚至在1972年的南方文学学术会议上公开坦承:"以前,我认为韦尔蒂在福克纳、沃伦和伍尔夫之下,现在我修正我的看法,她比他们当中最优秀的作

---

① Vande Kieft, Ruth M., *Eudora Welty*, New York: Twayne Publishers Inc., 1962, p. vii.

② Rubin, Louis D., *The History of Southern Literature*, Baton Rouge: Louisiana State University Press, 1985, p. 86.

③ Hoffman, Frederick J., *The Art of Southern Fiction: A Study of Some Modern Novelists*, Carbondale, Illinois: Southern Illinois University Press, 1969, p. 142.

④ Devlin, Albert J., *Eudora Welty's Chronicle: A Story of Mississippi Life*, Jackson Mississipi: University Press of Mississipi, 1979, p. 234.

家还要优秀。"学术界权威对韦尔蒂的高度评价既奠定了她作家的文学地位，又引起了评论家对其作品的高度关注。

在步入写作之前，韦尔蒂醉心于摄影，在20世纪30年代大萧条时期做密西西比WPA（Works Progress Administration）公司的广告代理时，她在工作途中拍摄了80张左右的照片结集为《一时一地》（One Time, One Place），后来成为第一部短篇小说集《绿帘》（A Certain of Green）的写作参照蓝本。此后，作家又拍照结集《黑白之间》（In Black and White）和《黑色星期六》（Black Sturday）。从摄影艺术转入写作后，自第一部短篇小说《一个推销员之死》（Death of a Traveling Salesman）出版开始，韦尔蒂40年代推出了短篇小说集《绿帘》《大网》（The Wide Net）、《金苹果》（The Golden Apples）和长篇小说《强盗新郎》《三角洲婚礼》（Delta Wedding），50年代有长篇小说《庞德之心》（The Ponder Heart）和短篇小说集《伊尼斯夫林的新娘》（The Bride of the Innisfallen），70年代有最后两部长篇《失败的战争》（Losing Battles）和《乐观者的女儿》（The Optimist's Daughter）。其间，还有文学评论《小说之眼》（The Eye of the Story）和《作家的眼睛》（A Writer's Eye）及自传式演讲《一个作家的开始》。针对这些作品，西方学者从20世纪70年代开始陆续进行全方位、多层面的探究，从研究的结果来看，集中体现在以下几个方面：

第一，意识形态研究。尽管韦尔蒂一直强调自己注重作品的美学价值而非政治观念，仍有许多学者试图从意识形态的角度研读其作品，如培基·普瑞肖（Peggy Prenshaw）首次从相关作品的历史背景即20世纪60年代美国人权运动出发，探讨了政治腐败、种族仇视等问题。苏珊·哈里森（Suzan Harrison）以短篇小说《示威者》（The Demonstrators）为例，在"种族问题窥见"一文中分析了拉比·加迪（Rubby Gaddy）的种族身份问题。哈丽特·伯兰克（Harriet Pollack）和苏珊妮·马尔斯（Suzanne Marrs）则以作家的影集为蓝本谈论韦尔蒂的政治想象问题。另外，还有安妮·罗明斯（Anne Romines）讨论家庭政治问题等。

第二，女性主义研究。阿瑟·卡尔（Arthur J. Carr）发现作品的故事中充满着道德悖论，进而向纵深探究，从文本中发现了女性繁殖生育能力的缺失，这可以被看作是对韦尔蒂作品女性主义解读的首次尝试。除了种族问题之外，苏珊·哈里森认为在《三角洲婚礼》和《金苹果》两部作品中作家颠覆了传统的男女两性的角色，女性成为视点的焦点，男性则被边缘化。另外，培基·普瑞肖也研究了小说中的母系秩序特征，认为韦尔蒂的小说是关于女性交往与女性文化的叙写。

第三，主题研究。因为作家熟知希腊罗马神话、凯尔特民间传说及圣经故事，作品中的神话意象明显。关于神话主题的研究，丹尼尔·皮塔威·苏克斯（Daniele Pitavy-Souques）详细研读短篇小说集《金苹果》，指出作品各篇章是怎样摹仿珀尔修斯（Perseuss）神话的三方面而得以建构起来的。多萝西·格里芬（Dorothy G. Griffin）着重于探讨《三角洲婚礼》中三座房屋建筑包括格柔屋（Grove）、赛尔芒斯（Shellmonth）和马米恩（Marmion）的神话寓意。卡勒斯·曼宁（Carols S. Manning）从希腊神话英雄酒神、日神的性格特征来分析作品中主人公人格、命运的神话喻意。韦斯林·路易斯（Westling Louis）在"密西西比的得墨忒耳（Demeter）和科瑞（Kore）"一文中揭示了《三角洲婚礼》中的潜在神话结构，指出其蕴含的丰产意义神话元素。关于爱的主题研究，萨利·沃尔夫（Sally Wolff）以《失败的战争》等作品为例，研究人与人交往关系中爱的建立、失去和冲突对生活本身和谐因素及人生价值观的深刻影响。诺埃尔·波尔克（Noel Polk）主要探究韦尔蒂作品中"水""流浪者""婚礼"这三种意象与爱的表征之间的关系。关于时间主题的研究，比较常见的聚焦点是记忆与想象，此外，苏珊妮·马尔斯（Suzanne Marrs）在其著作《一位作家的想象》（*A Writer's Imagination*）中讨论了《失败的战争》与《大网》中的文本内时间如何与作品写作的历史现实时间互为指涉、融而为一，指出主要因素缘于作品主人公极力维护自己的权力意志并不断将自己的意愿强加于他人，这一做法与当时二战中以希特勒为首的法西斯行为暗合。

第四，叙事学研究。罗伯特·佩恩（Robert Penn Warren）和汉斯·思凯（Hans H. Skei）较早从叙述策略的角度研究韦尔蒂的小说。弗朗西斯卡·吉甘克丝（Franziska Gygax）独树一帜，将女性主义理论与叙事学相结合，为此研究领域注入了新的生机。常永松（Kyong-Song Chang）利用巴赫金的对话理论分析韦尔蒂的小说时发现，韦尔蒂的作品通过多声部文本与内心独白相结合，突破传统的艺术表达手法，颠覆了男权意识形态。

第五，比较研究。罗斯·菲尔德（Rose Feld）倾向于将尤多拉·韦尔蒂与凯瑟琳·曼斯菲尔德（Katherine Mansfield）、伊利莎白·鲍恩（Elizabeth Bowen）和安·波特（Anne Porter）联系在一起，乔伊斯·卡诺·奥特（Joyce Carol Oates）认为韦尔蒂和卡夫卡（Kafka）的作品有共同点，即让读者的预期受阻。苏珊·哈里森（Suzan Harrison）十分系统地研究了韦尔蒂与伍尔夫的作品，在其著作《尤多拉·韦尔蒂和弗吉尼亚·伍尔夫》（*Eudora Welty and Virginia Woolf*）中通过对《三角洲婚礼》和《到灯塔去》（*To the Lighthouse*）、《强盗新郎》和《奥兰多》（*Orlando*）、《失败的战争》和《海浪》（*The Waves*）在性别、风格等方面进行比较研究，揭示了两位作家的个性与共性及前者所受后者的影响。

第六，文化研究。首先，韦尔蒂作品研究学者们对南方传统文化进行了解读。约翰·爱德华·哈代（John Edward Hardy）剖析了《三角洲婚礼》中的地域文化的象征意义；科林斯·布鲁克斯（Cleanth Brooks）研究的是韦尔蒂作品中的南方方言俚语；海伦·雷内·麦克莱恩（Helen Rene McLane）的博士论文以南方家庭中的母女关系作为研究对象；芭芭拉·安妮·贝内特（Barbara Anne Bennett）在"幽默想象与女性的声音（*Humor, Imagination and Women's Voice*）"一文中探索了作品中南方特有的喜剧幽默风格；凯思琳·卡宾（Cathryn Corbin）的硕士论文阐释了作品所体现出的佛教思想。其次，对韦尔蒂的摄影作品进行文化剖析，布兰登·克拉克·巴伦坦（Brandon Clarke Ballentine）在其硕士论文中探讨了韦尔蒂的影集《一时一地》与第一部短篇小说集《绿帘》之间的联系，展示了大萧条时期美国南方的社会文化状况；阿里森·梅·米勒（Allison Mae Miller）的博士论文是关于作家的摄影艺术生涯对其文学写作的影响。

国内学者对韦尔蒂作品的研究起步较晚，是从20世纪90年代开始的，至今尚未见专著出版，在中国期刊网搜索无博士论文撰写，只有译介文10余篇、期刊文章38篇和硕士论文23篇。总的来讲，集中体现在以下几个方面：

其一，对韦尔蒂本人及其作品的介绍与翻译。曹莉的"尤多拉·韦尔蒂和她的短篇小说"、李岩的"美国当代女作家尤多拉·韦尔蒂"、范革新的"典型而独特的南方作家尤多拉·韦尔蒂"、吕洪灵的"尤多拉·韦尔蒂的南方情缘"和朱世达的"在自己的土地上耕耘"，均从不同侧面为读者介绍了韦尔蒂的写作经历和作品的概貌。关于短篇小说翻译，曹莉译《声音从何处来？》，曾诚译《绿帘》和《莉莉·多和三位女士》（*Lily Daw and the Three Ladies*），李容译《送给玛茱莉的花》（*Flowers for Marjorie*），长篇小说《乐观者的女儿》是主万和曹庸合译而成的。

其二，国内期刊论文对韦尔蒂作品。其研究范围包括：（1）小说艺术特色的研究，主要集中在《绿帘》《熟路》（*A Worn Path*）、《声音从何处来？》（*Where Is the Voice Coming From?*）、《金苹果》、《哨声》（*The Whistle*）和《慈善访问》（*A Visit of Charity*）这几个短篇小说上，覆盖面极为狭窄。（2）人物刻画研究，主要针对短篇小说《石化人》（*Petrified Man*）、《力神》（*Powerhouse*）和长篇小说《庞德之心》，浅尝辄止，有流于浮表之嫌。（3）神话主题研究，只聚焦于《金苹果》和《熟路》，论述面稍广的也只提及每篇作品具体涉及的神话故事内容，未做更深层次的阐释。（4）比较研究方面，主要是将韦尔蒂和奥康纳作品中的死亡主题作对比分析，或将安·波特的《被遗弃的韦瑟罗尔奶奶》（The Jilting of Granny Weatherall）和韦尔蒂的《熟路》作简单对比。（5）叙事研究方面，李岩探讨了短篇小说《钥匙》（The Key）中第二人称的叙事逻辑，徐冻梅评析了《六月演奏会》（June Recital）中的儿童叙事策略。所有这些期刊文章总体而言，缺乏深度与广度，亟待更深层次的挖掘。（6）视觉文化研究方面，仅有2009年刘畅在《文教资料》上发表的关于短篇小说《送给玛荣莉的花》中摄影艺术手法的运用。

其三，围绕韦尔蒂作品进行选题的硕士论文。在所有的这些论文当中，有三篇是关于长篇小说《失败的战争》的，包括陈静的《论尤多拉·韦尔蒂〈失败的战争〉的诗学艺术》（2004年）、郭勤的《论韦尔蒂〈败仗〉的叙事艺术》（2008年）和武月明的《论尤多拉·韦尔蒂〈失败的战争〉的复调特征》（2008年），其中有两篇属于叙事学方面的研究。在四篇有关《金苹果》的论文中，包含了告别南方传统的主题研究、小说艺术特色研究、女性主人公的分析和叙事策略研究。其中涉及南方文化研究的有：山东大学韩晓丽的《放手过去，走出南方家族神话的阴影——尤多拉·韦尔蒂〈乐观者的女儿〉的主题研究》（2005年），运用弗洛伊德的精神分析学说明了南方家族神话的形成与本质特征，论述了家族神话消解的过程，从而体现新一代南方青年自我意识的觉醒；山东大学李丽的《告别南方淑女——尤多拉·韦尔蒂〈金苹果〉的主题研究》（2006年），通过研究南方淑女形象的消解探讨了韦尔蒂的女性主义思想；兰州大学杨珊的《论韦尔蒂对"南方家庭罗曼司"的解构及其和谐探求》（2008年），运用德里达的解构主义理论探索了南方家庭罗曼史的瓦解。

综上所述，所收集的数据显示，虽然国内外学者运用不同的理论方法，从不同的视角，选取不同的作品对韦尔蒂的文本做了各自独具特色的研究，但是以作品中的身体叙述为研究对象，通过身体隐喻的探讨来揭示美国南方文化特征的学术研究鲜有所见。由于文学是某一文化区域的作家利用自身的语言和文化传统对其内心世界和外在世界的独特表述和艺术编码，因此它受制于该文化区域历史阶段的生活方式，即处于个性系统（personality system）、社会系统（social system）和文化系统（cultural system）三者的关系之中。具体到本书，作家韦尔蒂是美国南方密西西比地区的区域作家，她的作品描述的是美国南北战争前后当地的历史文化变迁及人的社会交往、情感生活等。废奴制这一战争从历史和政治方面深刻地影响了美国南方人传统的生活方式及价值观念体系。工业主义带来的新的文化观念强制性地嫁接在旧的以种植园经济为基础的传统文化观念之上，迫使南方人重新定位自己生活中的坐标。如此，南方文化中的一些社会文化因素在逐渐地嬗变，对传统的固守与对新观念的接受并存，文化呈现出多元化特征。在这种历史背景下，作者因循自身的特质，发挥其形象思维优势，将文本的构思与身体的书写相结合，站在对立统一论的哲学立场上，以本真的写作姿态表征了当时当地的社会文化特征。在本书的研究中，这些特征在身体叙述中都是以隐喻的形式逐步呈现的。笔者独辟蹊径，以身体研究为主导，借助身体叙述这一视角，对这位独特的美国作家的作品加以品读，勘察身体隐喻所承载的社会文化符号，意在表达出隐藏在视觉表像这一表层结构之下的真实内涵，也就是身体书写的深层喻意所揭示的美国南方文化流变前后的不同特征，以期更有效地理解韦尔蒂作品的深刻喻意和广博内涵。

第三节　关键词界定

尤多拉·韦尔蒂（Eudora Welty）。尤多拉·韦尔蒂（1909—2001），生于密西西比州杰克逊镇，一生独身。自1936年在一本名不见经传的杂志《手稿》（*Manuscript*）上发表处女作开始，独立于任何文学流派之外，以她卓尔不群的艺术才华默默无闻地潜心于文学圣地

65个冬去春来，为读者和评论界倾心奉献出41部短篇小说，5部长篇小说，4部影集及数篇散文和书评。她的作品曾荣获3次美国最佳短篇小说奖、6次欧·亨利小说奖，还获得过美国图书评论家奖、美国文学金质奖章等重要荣誉。1980年，美国总统卡特授予她自由勋章。1998年，韦尔蒂的作品被美国图书馆选编的代表着美国文学最高成就的《美国文学巨人作品》（Great works of American literature）收录，从而打破此丛书只选编已故名作家作品的传统，引起文学界瞩目，成为与爱伦·坡、马克·吐温及福克纳比肩齐名的现代作家。"我是一个与世无争的作家，我一直在自己的一块小土地上耕耘着。"[1] 韦尔蒂曾如此自谦。生于南方，长于南方，她所钟爱的密西西比成为其作品的灵感之所与素材之源，她汲取了美国南方民间文学丰富的艺术营养，熟稔充盈着生命活力、表现力极强、诗味浓郁的方言口语，对南方传统文化的精髓有着相当深刻的领悟，所有这些都或隐或现地在其作品中得以充分表述。她以亲切柔和的笔触不失幽默地刻画了密西西比人——他们善解人意却故步自封，慷慨友好但心存成见，淳朴善良同时冥顽不灵，由此展现出他们生存状态的不同层面及独特的文化传承。其作品关注平凡生活中人与人之间的关系，既有家庭成员之间的血缘亲情，也有情人夫妻之间的多蹇爱情，又有同性之间的真诚友情，还有不同种族个体之间的冲突与和解等。正是这些与人的生存状态息息相关的平淡却寓意深远的故事，揭示了人的情感世界，人的理想与追求，呈现出传统的美国南方文化特质。

身体（body）。在英语中，对身体的表达有body, flesh, soma, corporeity, corpse, corporality等。在《韦氏大学词典》中，"body"被定义为人或动物的物质材料框架或结构，其组织通常被视为一个有机的实体。在此，身体的物质性被凸显，有机性强调了身体的生命特

---

[1] Bunting, Charles T., "'The Interview World': An Interview with Eudora Welty", *Southern Review*, No. 8, 1972, pp. 723–726.

征,是身体所衍生出的必要属性。"flesh"指血肉之躯,强调身体的欲望特征。"soma"关注身体的有机属性,强调其由细胞组成。"corporeity""corporality"和"corpse"则侧重于身体的物质形态。追溯身体的思想史,在笛卡尔(Descarté René)的二元论中,身体完全是被动的物质实体,遵循机械的法则,而心灵是主动的、思维的精神实体;身体不过是一个事物,它不具备任何思想和意志,即使最基本的感觉能力也归属于心灵。之后,斯宾诺莎(Baruch Spinoza)和帕斯卡尔(Blaise Pascal)为身体的重构作出了积极的努力,但依然没有走出二元论的藩篱。待到尼采(Friedrich Wilhelm Nietzsche)惊世骇俗的肆意颠覆,笛卡尔的灵魂不再是心灵的唯一主宰,身体不再仅仅被视为物性的存在,而且承载着一种深层的记忆。在尼采看来,肉体才是人的存在之所,有意识的心灵只不过是肉体支配下的产物,那些在人类存在的过程中形成的文化、观念正是以无意识的或记忆的方式扎根于人的身体之中。尼采之后的胡塞尔(Edmund Husserl)、海德格尔(Martin Heidegger)及梅洛-庞蒂(Maurece Merleau-Ponty)孕育出了身体现象学。梅洛-庞蒂认为,"身体是知觉的主体,它是不同于客观身体的现象身体,其实质是物性的客观身体与心灵的统一体"。世界是一个意义的系统,由此构成身体的知觉场,身体解除一切遮蔽而在一种原初的熟悉中直接面对世界,在身体的知觉中呈现出的正是事物存在的意义。身体对世界的知觉不可避免地具备生命交往过程中的社会性,同时带有社会的历史和文化气息。因此,视觉中世界的可见性与隐含的文化的观念性在身体中获得了完全的统一。在以身心融合为取向的逐步转变中,福柯以客体主义的立场彻底瓦解了哲学前辈们所怀有的主体主义思想,在尼采宣布"上帝之死"后再次宣布"人之死"。他认为权力无处不在,权力制造知识并与知识紧密相连,它们共同包围生命,运用纪律和调节的手段,惩罚并规训肉体,从而控制生命。同时,福柯(Michel Foucault)仍肯定个体有选择的可能性,却只不过是对权力与知识的迎合,主体也只是权力效应的驯服的肉体而已。在本书中,身体被作为物质与精神的结合体被加以平等对待,其物性与灵性在人与人交往的情感纽带和政治权力关系所构成的社会系统中互为指涉,彼此映衬,共同承载着不同历史时期和不同文化视域中的复杂的社会文化图景。韦尔蒂在其作品中塑造了不同意象的身体,包括男性与女性、老人与儿童、母亲与儿女、黑人与白人、残疾人与正常人等,这些身体主体因为彼此性别、年龄、身份、种族、地位等差异而烙印着不同的文化、观念和价值取向。可见的身体成为形而上的文化传统的记忆之舟,它不仅承载着个体的悲喜哀愁,也蕴含着特定群体的文化风貌。正如罗兰·巴特(Roland Barthes)在他的《S/Z》中所认为的"象征领域被单个对象所占据,它由此而得到了统一。这个对象就是人的身体"[①]。

隐喻(metaphor)。隐喻,通俗来讲就是打比方的意思。隐喻是当代学界的一个热门话题,西方学者对此做了深入探讨并达成某些基本共识。他们对隐喻的界定大致如此:隐喻指一种隐含的模拟,它以想象方式将某物等同于另一物,并将前者的特性施加于后者,或将后者的相关情感与想象因素赋予前者。在当代隐喻研究中,"metaphor"一词的用法已大相径庭,它已成为"隐喻性"的化身而统率着修辞学、诗学、语言学、认知哲学等诸多领域,形成了一个庞大的"隐喻家族",意味着概念系统中的跨领域映象。所谓"隐喻映射"也有人称为图式的转换、概念的迁徙。从本质而言,隐喻涉及人类感情、思想和行为的表达方式在不同但相关的领域间的转换生成。这意在说明,隐喻不仅存在于语言之中,而且也存在于思维与日常行为之中,共同实现于三个层面:语言、现实与认知。语言层面涉及的是审美,现实层面涉及的是情感道德及政治权力等,认知领域涉及的是哲学。语言层面的隐喻包括修辞方面的隐喻、明喻、暗喻、讽喻等及诗学方面的意象、神话、象征、原型等,现实层面的隐喻包含了人们在交往

[①] [法]罗兰·巴特:《S/Z》,屠友祥译,上海人民出版社2000年版,第208页。

中建立起的各种关系所体现出的道德伦理和政治关系。韦尔蒂本人在散文《菲尼克斯·杰克逊的孙子真的死了吗?》(*Is Phoenix Jackson's Grandson Really Dead?*)中认为,模棱两可是生活的实际状态,小说家的责任不仅仅是描述故事事实,而且要生发出隐喻意义。尤多拉·韦尔蒂独身一世,在美国南方的故土生活了92年,自小耳濡目染当地的风俗文化,其作品中一些主人公和情节就取材于她身边的人和事,因而具有浓郁的南方文化气息。她本人从孩提时代熟读蕴含了深刻喻意的德国童话故事、爱尔兰传奇、美国南方的民间传说及圣经文学,因此她的作品意象丰富、神话与传说的运用游刃有余,具有深刻的象征含义。此外,在杂文《作家必须革新吗?》(*Must the Novelist Crusade?*)一文中,韦尔蒂写到:"情感是优秀的小说作品应具备的主要要素,它来源于对人类生存环境的人文关怀,从而使作品成为伟大的经典。……我作品中的故事相互关联,由强有力的纽带连结起来,例如:身份、亲缘、血缘关系等。"[1] 在此,作家肯定了自身小说中叙写人与人交往过程中情感的交流与表达,以及对人类生存现状的关注与哲思。鉴于此,本书将从隐喻的不同层面出发,立足文本,运用隐喻所蕴含的不同表达方式来探讨美国南方文化的传统特征及其流变。

美国南方文化(Southern American culture)。所谓的"美国南方(Southern States)"一词,有地理和历史上的双重意义。传统上指的是1861—1865年美国内战时期加入反联邦政府的南部十一个州,包括弗吉尼亚州(Virginia)、密西西比州(Mississippi)、田纳西州(Tennessee)、路易斯安那州(Louisiana)、亚拉巴马州(Alabama)、佛罗里达州(Florida)、得克萨斯州(Texas)等。现在的"美国南方"已成为新的地域概念,地理上的南方(The South)已不包括地

---

[1] Welty, Eudora, *Stories, Essays and Memoir*, The U.S.A.: The Library of America, 1980, p. 810.

理上最大的州——得克萨斯州,但增加了西弗吉尼亚州(West Virginia)和肯塔基州(Kentucky),共十二个州。所谓文化,19世纪的文化论者马修·阿诺德(Matthew Arnold)认为文化指文明之最高成就,以文学、艺术等为具体体现。爱·布·泰勒(A. B. Taylor)将文化看作是包括了知识、信仰、道德、风俗及其他人类能力和习惯的复杂整体。英国学者雷蒙·威廉姆斯(Raymond Williams)认为:"文化是对一种特殊生活方式的描述,这种描述表现制度和日常行为中的意义与价值。从此定义出发,对文化的分析就是阐明一种特殊生活方式、一种特殊文化隐含或外显的意义和价值。"[①] 美国南方文化是一种特殊的区域文化,"某一文化区域的人们总是在一定的、传统所约定俗成的边界内进行物质生产和意义生产的实践活动,所以观念系统以及所形成的惯例是构成某一特定文化的重要因素"[②]。在17世纪,美国南方的拓荒者主要来自于苏格兰、爱尔兰和德国,也将自身的文化移植到这片土地上,开创了一种民族融合的、多元的边疆文化传统。其民间传说、传奇、神话、童话等在美国南方富有浪漫主义情怀的土地上找到了更为诗意的栖息之地。边疆开发中面临的种种自然的、人为的困难、危险与威胁培育了美国南方人理想主义的开拓精神,同时促进了小区的团结互助与和谐,也孕育了强烈的家庭血缘观念。美国南方以种植园为主的奴隶制经济体制奠定了其特殊的阶级关系,基本上被划分为庄园主、穷白人、印第安人和黑人,在此基础上产生了绅士、淑女、家长制、白人与土著人的殊死斗争和与黑人的种族冲突等南方文化因素。这些因素因为北方工业主义的入侵和南北战争的结束而分化、裂变,催生出新的内容。本书所探讨的南方文化是以作家尤多拉·韦尔蒂作品中描述的密西西比为代表的,整个南方地区典型而有

[①] Storey, John, *Cultural Theory and Popular Culture: A Reader*, Athens: The University of Georgia Press, 1998, p.48.

[②] 王晓路:《文化批评关键词研究》,北京大学出版社2007年版,第5页。

别于北方的纯粹意义上的一种独特的思想和生活方式，它们以身体意象的书写和身体事件的叙述呈现其表像，并通过各种艺术手法以象征和隐喻的形式给予含蓄的社会文化影射。在作家的作品中，南方文化是充满变量的动态体系，文化的各种因素的发展是流动性的，随着历史匆匆的脚步，其内容或有增有减，或此消彼长，或遭遇新的文化因子的冲击甚至被替代。白人与黑人的阶级关系被重新思索定位，种族冲突得到改善或以迥异的形式出现，家长制权威不再、家庭观念愈发淡薄，这些特征在韦尔蒂的短篇小说《绿帘》《珂拉，被驱赶的印第安女佣》《克莱缇》《声音从何处来》《老马布豪先生》（*Old Mr Marblehall*）等和长篇小说《强盗新郎》《乐观者的女儿》及《失败的战争》中都有一定的体现。

诗学（poetics）。诗学是希腊词系 poietike techne（作诗的技艺）的简化形式，所以诗学从一开始就以教授作诗的技艺为己任，首先确定范本，而后提取规则，作为评判后世创作之优劣的准绳。亚里士多德、贺拉斯、塔索等著名学者的诗学著作均属于范本与规则诗学，形成的诗作一般被归类为抒情式、叙事式和戏剧式的三分法。到了18世纪，德国"狂飙运动"率先发难，反对范本与规则诗学，崇尚创造精神，由此诗学不再教授作诗的技艺，变作诗作分类学，诗学必须对抒情诗、长篇叙事诗和戏剧诗进行相互比较，跟踪追溯至一两千年前，随之找出相同之处。之后的学者如埃米尔·施泰格尔、克罗齐等对诗学做了更为深广的阐述，强调作品的认识意义，而非分类学的秩序概念，提出"诗作皆杂"，诗学的目的应该考察作品的内在秩序所呈现的特性和多样性，以及在认识论基础上给予读者的启迪。诗学是一个理论与批评术语，在目前的学术领域不仅仅囿于诗作，更包含了文学创作理念、文学作品理论的系统性研究，囊括了对作品文学性的探究，展现其流派、文体、风格、修辞等，以及作品得以产生的内在外在原因和对读者群体的影响。

第四节　研究理论与方法

本书力图选用适合研究尤多拉·韦尔蒂作品中身体叙述的隐喻书写与南方文化表征相契合的、行之有效的研究方法，主要包括以下三种：

第一，文本细读（close reading）。文本细读作为一种重要的批评策略，在 20 世纪初伴随着"新批评"这一文学派别的出现被正式确立，其主要的代表人物包括约翰·克劳·兰塞姆（John Crowe Ransom）、艾伦·退特（Allen Tate）、克林思·布鲁克斯（Cleanth Brooks）和罗伯特·佩恩·沃伦（Robert Penn Warren）。在新批评时代，文本细读的主要特点就是确立文本的主体性，从而对作品进行"内部研究"。此方法着重于对文本的语言、结构、象征等因素进行仔细解读，从而挖掘其产生的意义。文本细读的最普遍使用的方法是对作品中的"意象"和"隐喻"进行解读，另一种类型是探讨文本内的含混、反讽、悖论和张力等矛盾关系。在新批评之后，文本细读演变为一种文本阐释，根据意义生成的不同模式从不同角度去寻找文本的意义，突破了"内部研究"的界限，因此，女权主义、后殖民主义、心理分析、西方马克思主义等都被采用进行作品的阐释。尤多拉·韦尔蒂在自身的创作中无意识地实践了艾略特（T. S. Eliot）倡导的"非个性化（Impersonality）"理论，始终以一位目光犀利的观察者的身份独立于文本世界之外，从来不对人物与情节的发展作出主观的道德评价。韦尔蒂的这种写作姿态赋予了作品一定的文本主体性，作品本身成为一个有机体，其文本内部呈现出语言内涵的形象性、丰富性和语义的隐晦性、不确定性与简单背后的复杂性。由此看来，韦尔蒂的这种写作理念为文本细读提供了充分的依据。本书要探究身体叙述的隐喻内涵，首先应立足于作品本身，参照文本，对韦尔蒂的 17 部短篇小说和 4 部长篇小说进行细读，力求对小说的故事情节、人物语言、形体塑造、神秘意象等细节部分作细致分析，翔实论证，以期得到科学、真实而富有逻辑性的结论。文学研究最基本的对象就是作家和作品，文学的价值也正是体现在读者对作品的接受过程中，没有读者对作品的体验和感受，作品的价值和作家的心血就无法转化为现实的形态。因此，作为韦尔蒂作品的研究者和批评者，基于身体叙述的审美体验和隐喻含义的探究以及此过程中所有观点的发现和论证都深深根植于对作品语言的内涵和外延的关注和语言在普通层面和修辞层面的诠释，这也是本书中将出现较多的原文引用，并对之加以详细剖析的原因所在。

第二，身体研究（body theory）。20世纪下半叶以来，哲学领域的身体转向为身体研究准备了充分而完备的哲学理论前提。80年代，身体研究首先在社会科学领域大规模兴起。约翰·奥尼尔（John O'Neill）的《现代社会中的五种身体》（Five Bodies: The Human Shape of Modern Society）及《交流的身体》（The Communicative Body）、戴维·阿姆斯特朗（David G. Armstron）的《身体政治解剖学》（The Political Anatomy of the Body）以及英国社会学家特纳（Bryan S. Turner）的《身体与社会》（The Body and Society）等著作的出现，直接推动了身体研究成为欧美理论热潮。由于其独特新颖的视角、广阔的理论阐释能力吸引了人类学、文学等领域的关注，身体的跨学科研究成为热点。身体研究主要涵盖以下几个方面：一是身体体现（embodiment）问题。对身体存在的认识突破了传统二元论身体观，摆脱了唯物主义的影响，身体不再只具有客观性与工具性，而是还原为主体的、自为的身体。二是身体表现（expression）问题。此研究涉及身体消费、欲望与自我的关系。三是身体再现（representation）问题。它主要致力于研究身体作为社会关系的隐喻所表示的意义。四是身体的性（sex）与性别（gender）问题。此研究着重探讨主体与性征明确的身体的关联性。五是身体的政治（politics）问题，研究权力以话语或知识的形式对身体的约束和规训。六是身体的医学

(physic)问题，侧重于对身体的孕育、疾病、衰老、死亡等的研究。七是身体的叙事（narration）问题。丹尼尔·庞德（Daniel Punday）《叙事的身体》（*Narrative Bodies*）一书中正式提出身体叙事学的概念，论述了身体观念在形成叙事观念的过程中的作用，身体对叙事技巧的影响，以及如何叙述身体等，此研究把焦点指向身体与文本叙事之间的关系。以上七种身体研究途径在本书各章节中或多或少均有所涉及，主要围绕韦尔蒂作品中身体叙述所体现出的美国南方文化特征这一论点的不同方面而展开。

第三，文化研究（cultural studies）。文化研究是20世纪50年代以来英美学界兴起的一股学术思潮。它以大众文化现象为研究对象，打破了以往只涉足高雅文化或精英文化中的思想精神领域的惯例，将社会底层的文化生活、女性问题、种族问题等纳入了学术研究视野之内。首先，文化研究借鉴并糅合了文学、史学、哲学、社会学、人类学等不同领域的研究视角，成为一种跨学科的批评实践。其次，它有浓厚的政治介入情结，呈现着明显的政治价值取向。说起文化研究，自然会提及英国文化研究的创始人之一理查德·霍加特（Richard Hoggart），他倡导并于1964年在伯明翰大学建立了当代文化研究中心，它的研究历程是文化研究领域发展的一个缩影。纵观其历史发展历程，20世纪50年代只是初露端倪，在60年代，文化研究的重心在于社会底层的文化生活方式，70年代开始关注媒体文化和青年亚文化，自80年代特别是90年代以来，种族问题和女性问题成为研究热点。文化研究的重要奠基人之一雷蒙·威廉斯（Raymond Williams，1921—1988），同时也是20世纪中叶最重要的马克思主义文化批评家，认为文化承载着社会意义和价值观，认可这一点是文化研究的前提。并且在他的著作《漫长的革命》（*The Long Revolution*）一书中提出了文化研究的具体手段。他认为，要分析一个时期的文化，就必须考察当时人思想世界中的情感结构。所谓情感结构，就是特定群体、阶级或社会所共有的价值观和社会心理。由此看来，情感与社会文化息息相关，而情感的表达直接来源于身体，所以，身体与文化通过情感这一桥梁被连接了起来。尤多拉·韦尔蒂的作品不是人物传记，也不是社会调查，用她自己非常谦逊的话说，是以一颗爱心对美国南方人平凡的日常生活的描写，包含了情感及文化的审美因素。并且，作家本人在杂文《小说家必须革新吗?》(*Must the Novelist Crusade*?)当中指出，"情感是优秀小说的主要因素，它来源于对人类生存状态的同情和关注，成就了诸多的经典作品"[①]。这种情感叙写在她的绝大多数作品中以一种本真的状态直接面对读者，身体与情感表达丝丝入扣，隐喻着特定的社会及个人价值观念，共同展示了神秘而多元的南方文化。

实际上，在漫长的历史进程中，人的身体一直无法摆脱社会意识对它的惩罚与规训，因此，身体背后蕴含着更为复杂的社会的、政治的、道德的、心理的等不同方面的文化内涵。鉴于身体研究与文化研究之间存在着如此的亲缘关系，本书立足于文本，通过将两种批评方法结合，考察韦尔蒂作品中具体的身体叙述或身体事件，揭示由此呈现出的美国南方文化隐喻，进而从更为崭新的层面考察作家对美国南方文化独特景观与嬗变特征的文学表现。

当然，本书的撰写也存在一定的研究难度，并试图着力克服解决，其中包括：

第一，韦尔蒂是一位现当代作家，在国外，对其研究在70年代才拉开序幕，并且大多局限于对作家生活经历与作品写作之间的联系，纯作品的研究主要从叙事技巧、语言特色、神话原型的运用等角度展开。在国内，尤多拉·韦尔蒂作品的研究刚刚起步，相关的学术论文甚少，且尚未见专著出版。这给占有资料带来一定的困难，同时也是本书研究的一大难点。

---

① Welty, Eudora, *Stories*, *Essays and Memoir*, The U.S.A.: The Library of America, 1980, p.812.

第二，多学科的有机整合也是研究的难点。因为从身体叙述的角度对尤多拉·韦尔蒂的作品进行身体研究和文化解读，涉及社会学、哲学、人类学等的相关知识，属于多种学科相借鉴的研究。再者，能够参考与之相关研究的书籍甚少，这不仅需要通读其作品，而且还要花费大量的精力研读与身体相关的哲学、社会学等方面的书籍。由于阅读量偏大需要占用大量的时间，并且是融合了不同学科的文学文本研究，因此，如何将不同领域的知识合理统摄、整理、融合，成为研究的一个难点。

第三，从现有掌握的资料来看，韦尔蒂的绝大多数作品未被翻译成中文，仅有《莉莉·多和三位女士》《绿帘》《声音从何处来》《送给玛茱莉的花》等几部短篇小说及长篇小说《乐观者的女儿》有译文。由于本书采用中文写作，并且又以文本细读为基础，以作品中身体书写为核心，以身体理论作为研究视角的切入点，因此在引用原文进行论证阐释的时候，必须先尝试性地将其翻译成中文，这不仅给解读作品的原意增添了一定的困难，而且也增加了其研究的难度。也正因如此，更促使并激励着笔者对尤多拉·韦尔蒂的作品产生浓厚的兴趣和研究的动力。

第二章　神话语境中身体的诗学

在著名文学评论家培基·普瑞肖（Peggy Prenshaw）的著作《尤多拉·韦尔蒂访谈录》（*Conversations with Eudora Welty*）中，韦尔蒂畅谈了她对文学作品与神话传说的见解。她声称："毋须置疑，我能意识到神话传说存在的意义。我的意思是，任何神话传说，只要在写作中能够更好地帮助作者书写生活，我都愿意采用。我不仅仅运用密西西比民间传说，也包括希腊、罗马神话故事，还有爱尔兰故事等任何可以信手拈来并有助于文学表达的素材。当然我不仅是在写作中借用它们，而且需要予以取舍。"[①]

韦尔蒂在其作品中影射最多的还是希腊神话和圣经故事，但从身体叙述的层面来看，却表现出迥然不同的侧重。在希腊人那里，神秘的意义通常通过可感可触的形象呈现出来。"在希腊人诞生于其中的那个世界，理性的作用是微不足道的"[②]。情感体验和直觉认识无须经过理性的认可，享有至高的权威。因此，无论是希腊人的生活还是在希腊神话当中，感觉与体验构成了对这个可耳闻、可目睹、可体察的世界最直接的表达方式，而身体在此间的呈现与张扬正是这一表达方式的必备途径。如同希腊文明中的雕塑、绘画、音乐等一样，希腊

[①] Prenshaw, Peggy Whitman, *Conversations with Eudora Welty*, Mississipi: University Press of Mississipi, 1996, p.137.

[②] ［美］依迪丝·汉密尔顿：《希腊精神》，葛海滨译，华夏出版社2008年版，第7页。

人崇尚富有生命力的赤裸裸的感官享受，希腊众神也被塑造成沉溺于肉体享乐的风流声色家。在希腊神话中，宙斯（Zeus）对众多女神和凡间女子处处留情，赫拉（Hera）利用爱与欲望之带色诱丈夫，爱神阿芙罗狄忒（Aphrodite）给她的瘸腿丈夫赫菲斯托斯（Hephaestus）戴绿帽等，所有生动的描述皆体现了爱之欢愉。但是这一切并未遭到道貌岸然的道德的谴责，因为希腊人生活的全部只围绕一个信条，那就是尽情享受声色之乐，此为最自然本真的生存之道。① 在《圣经》文本中，这种纵欲场面的描述是绝无仅有的。上帝是不可见的，不像希腊诸神有血有肉、有性情，而是至高无上不可企及的权威。整个可见的世界变成了一个精心编排的巨大隐喻网络，充满着神秘的象征内涵，人自身的肉体成了被摈弃的对象，只能通过毕恭毕敬地借心灵了悟上帝的意旨而生存。由此，身心呈现出压倒性的不对称状态。在韦尔蒂作品的身体隐喻分析中，不同体系神话中的这些内在特点亦有所体现。

第一节　神话传说的诗学魅力

追根溯源，"神话"一词最早出现在希腊语中，其拼写为"μυθολογία"，意为"口头或文字记载的有关神祇或英雄的故事和传说"。在英语中，"神话"一词为"mythos"，《韦氏大学词典》给出的定义为：（1）a：myth b：mythology；（2）a pattern of beliefs expressing often symbolically the characteristic or prevalent attitudes in a group or culture。再考察 myth 和 mythology，可以得到相关定义为：（1）a usually traditional story of ostensibly historical events that serves to unfold part of the world view of a people or explain a practice, belief, or natural

---

① ［德］汉斯·利希特：《希腊人的性与情》，刘岩等译，广西师范大学出版社 2008 年版，第 4 页。

phenomenon; (2) a popular belief or tradition that has grown up around something or someone; especially one embodying the ideals and institutions of a society or segment of society。由此可见，神话首先是以现实生活和历史事件为参照的，它折射出人们对自然与生活的认知；其次它代表了一种信仰，形成了一种传统，蕴含着某种社会理想和文化习俗。

对"神话"的如此阐释不难令人联想到文学与文化。事实上，神话与文学和文化确实息息相关。莫塞·伊利亚德（Mircea Eliade）认为："神话是一种非常复杂的文化现实，可以从多种不同的角度加以阐释……简而言之，神话实现了现实生活中世俗的、情欲的、文化的个体向超自然的神圣者的戏剧化突破。"[1] 伟大的希腊神话代表了这种戏剧化突破，成为融西方文学、艺术、宗教等为一体的西方文化的源头。智慧的希腊盲诗人荷马（Homer）的两部传世之作《伊利亚特》（*Iliad*）、《奥德赛》（*The Odyssey*）将这种戏剧化突破诉诸文字，将神话引入文学的殿堂，同时文学因为神话的注入而变得生机无限，催生了后世无数名篇巨著。

古希腊伟大的哲学家柏拉图（Plato）认为，神话放纵了人的想象，让人失去了理性，因此成为与逻辑、秩序、理性相对立的范畴。他清晰而真切地意识到了神话所具备的"想象力"在社会文化中的巨大作用和影响，因此对诗提出质疑，拒绝诗人立足于理想国。尽管柏拉图以理性的名义，将诗人成功地驱逐，他的弟子亚里士多德（Aristotle），另一位古希腊伟大的哲学家，却认为神话是诗（文学）的来源。他把神话定义为情节，是文学作品的灵魂所在。从亚里士多德的角度而言，同时考察文学的历史发展脉络，正是神话孕育了古希腊乃至西方的文学、文化、艺术，成为其生息衍化的生命之壤。

---

[1] ［美］米尔恰·伊利亚德：《神圣的存在：比较宗教的范型》，晏可佳、姚蓓琴译，广西师范大学出版社2008年版，第158页。

除却古希腊神话，西方文化的另一源头当属希伯莱神话。希伯莱人的典籍《圣经》是这一神话体系的文学载体，其中有许多优美的诗篇颂歌，并且记载了希伯莱人严格的宗教礼仪文化，一直得以流传和继承。与希腊神话的多神崇拜不同，圣经神话中象征超自然力量的则是唯一神——上帝。尽管由于社会思想文化不同，两种神话体系各有千秋，但后来西方的文学、艺术、美学的产生、萌芽、发展、壮大都依赖于这两大神话体系为主体所构建而成的文化系统。

民间传说和童话的产生晚于神话，大多是由神话发展演变而来的。不同之处在于前者的想象已经突破了原始思维的自发性，成为一种富有主动性的艺术创造，富于幻想色彩但同时现实性也很强。比较有名的包括爱尔兰民间传说、安徒生童话、格林童话等。虽然民间传说和童话往往充满了奇幻的想象和不可思议的超自然事件，但它们往往离不开特定历史时期的现实生活，只是以一种特别的文学表达方式来影射当时的社会文化景观。因为历史发展的循环往复性，民间传说和童话所包含的寓意可谓经久弥新，被后来的诸多作家采用，或模拟或效仿构成其作品的互文性，增加其主题的深度和广度。

论及神话，要进行详尽的剖析、深刻的理解，并将神话与文学、文化相关联，揭示其渊源关系、发生发展的各个不同阶段性特征，自然离不开历史上三位主要人物：英国人类学家詹姆斯·乔治·弗雷泽（James George Frazer，1854—1941）、瑞士著名心理学家、精神分析学家卡尔·古斯塔夫·荣格（Carl Gustav Jung，1875—1961）、加拿大神学家和文学批评家诺思洛普·弗莱（Northrop Frye，1912—1991）。

詹姆斯·乔治·弗雷泽的巨著《金枝》（*The Golden Bough*）以古老的"关于继承阿里奇亚狄安娜祭祀职位的奇特规定"这一原始文化习俗为楔子，参阅了数以千计的神话故事、民间传说和世界各地的仪式和禁忌，比照存在其中的类似文化习俗模式，进行了深入而全面的研究，揭示了文化背后所蕴含的深层意义，诠释了由这些文化习俗所引发的问题。《金枝》已经为人类的经验勾勒出了基本模式和原型，它们必然以持续的象征性形象被重复表达，不论是原始文化还是现代文化，这种基本象征并无显著的差异，因为古今人类的思想是基本相似的。被誉为 20 世纪最伟大的文学批评家之一的弗莱，他的整个文学批评思想体系受到弗雷泽及《金枝》的影响极大，他本人甚至将《金枝》看作是文学批评的著作。由此可见，弗雷泽的神话研究及见解与文学、文化确有不解之缘。

荣格虽然向来以著名心理学家、精神分析学家为人们所熟知，但他的神话原型理论却与柏拉图的"理念说"息息相关。"在柏拉图那里，原型被赋予极高的价值，它被视为形而上的理念，视为理式和范型，而真实的东西却被认为仅仅是这些理式的摹本。"[1] 据于此，荣格认为原型是先验的，天生就存在于人的观念里的一种形式。柏拉图在阐释诗人与艺术家创作经验的问题时，认为诗人能创作出伟大的作品的原因是由于神灵附体，处于一种迷狂状态。受这一"灵感说"影响，荣格认为原型"在富有创造性的人身上显得富有生气，它在艺术家的幻觉中，在思想家的灵感中，在神秘主义者的内心体验中昭示自己"[2]。因此，虽然不同作家处于不同的历史时期，熏陶于不同的社会历史文化当中，他们依然可以运用人类的原始经验，运用瑰丽的神话传说，在原型幻觉的带领下进行创作，成功地对现实加以模仿。20 世纪历经两次世界大战，生存环境的破坏和人自身精神信仰的坍塌，导致了现代人的精神危机，现代作家以支离破碎的意象、词句和颠倒无序的情节再现了这一现实境遇，而要帮助人们找回精神的家园，还依赖于神话原型的创造性运用。这也是为何会出现詹姆斯·乔伊斯（James Joyce）的《尤利西斯》（*Ulysses*）、托马斯·艾略特（T. S. Eliot）的《荒原》（*The Waste Land*）、威廉·福克纳（William

---

[1] 程金城：《中国文学原型论》，甘肃人民美术出版社 2008 年版，第 25 页。
[2] ［瑞士］荣格：《荣格性格哲学》，李德荣译，九州岛出版社 2003 年版，第 164 页。

Faulkner)的《喧哗与骚动》(*The Sound and the Fury*)及尤多拉·韦尔蒂(Eudora Welty)的《金苹果》(*Golden Apples*)的原因。

荣格的原型理论对弗莱神话批评理论的建构起到了举足轻重的作用。对于弗莱而言,文学就是移位的神话。因为"文学因历史背景的不同而特性各异,因此我们不能把文学与社会中其他的话语割裂开来"[1]。他主张除了把文学放在文学整体的体系内去考察之外,还应当将其置于非文学的文化语境中去考察。而神话体系除了为作为整体的文学的样貌提供蓝图之外,还对人类生存的整体状况提供关照。

弗莱认为,人类同时生活在两个不同世界中:自然世界和文化世界。前者是时间和空间的世界,后者是人为创造的不得不生存于其中的世界,是体现了人类的希望、欲望、焦虑及幻想等的世界。而神话作为故事的总汇,以隐喻的形式表达了对人类生存状况的首要关怀,因为神话通过隐喻模式"以词语所能达到的广度勾勒出了人性关于其自然与命运在宇宙中的地位"[2]。在弗莱看来,文学所构建的是所处社会的另一种选择,它的作用是以一个并不完美的社会为摹本展示出其所欲求的那个神话世界。而这种神话叙述对人类状况的展示是如此广阔与博大,以至于任何事物都可以在里面找到它的位置。

梳理了神话与文学、文化的关系,我们具体来看看美国南方文学中几位大家是如何将神话运用于文学写作当中,从而实现了自身的文学表达理念的。

美国南方是一个文化大熔炉,包括了早先的土著印第安文化,17世纪末及18世纪初欧洲拓荒者引入的英国文化、爱尔兰文化、德国文化等,还有18世纪被贩卖的黑人带来的非洲文化。不同种族、不同民族的神话传说融合共生,保持着自身的独立性,不同的作家从不

---

[1] [加]诺思洛普·弗莱:《世俗的经典》,孟祥春译,上海人民出版社2010年版,第132页。

[2] 同上书,第179页。

同的神话素材中汲取养料。

首先，威廉·福克纳是美国南方文学发展史上举足轻重的作家，他在19部长篇小说、70多部中短篇小说中广泛涉及神话原型，据柯菲统计，直接或间接引用《圣经》（*Holy Bible*）达379次。其作品《喧哗与骚动》（*The Sound and the Fury*）、《去吧，摩西》（*Go Down, Moses*）、《押沙龙押沙龙》（*Absalom Absalom*）、《我弥留之际》（*As I Lay Dying*）、《八月之光》（*Light In August*）等体现了各种神话原型，如基督原型、夏娃原型、伊甸园原型、漂泊原型、乱伦原型，以及蛇、水、火等一些原型意象，包含着深刻的隐喻意义，构建了整个约克纳帕塔法体系。美国南方人特有的祖先崇拜特质，使得他们具有厚重的历史责任感。通过神话原型的借用，福克纳反映了南方人的命运，揭露批判社会的弊端，试图重新建构生活的信仰。通过对神话原型的阐释，福克纳展示了美国南方文化的独特魅力和生命力所在。读者从小处看到的是现代社会人的精神没落，从大处感悟到的则是南方世家的没落和西方文明的弥留。

其次，与美国南方作家尤多拉·韦尔蒂同时期的女作家卡森·麦卡勒斯（Carson McCullers），被普里切斯特（V. S. Pritchett）赞为"当代美国最优秀的小说家"，在其为数不多的作品中，《伤心咖啡旅馆之歌》（*The Ballad of the Sad Café*）较为有名，文本中描述的橡树、橡果意象及巫术事件与弗雷泽的《金枝》存在着显而易见的互文性。主人公阿米莉亚小姐（Miss Amelia）与希腊神话中的帕拉斯·阿西娜（Pallas Athena）有着相似的命运，作品中数字"7"和"红色"借用了《圣经》（*Holy Bible*）的隐喻。通过神话传说与现代文本的互为指涉，作品的人物、事件、物体被编为一张符号之网，独立于心理学、社会性、历史性等领域之外，进入了一种纯粹而自由的对话语境。

现代主义文学向神话的回归在尤多拉·韦尔蒂的作品中得到了明显的体现。在著作《千面英雄》（*The Hero with a Thousand Faces*）中，约瑟夫·坎贝尔（Joseph Campbell）认为："神话传说为人类文化表征宇宙中生生不息的能量揭开了序幕。"① 从文化角度而言，神话、民间传说为人们日常生活之存在提供了阐释的背景和舞台。对于此，无人能比韦尔蒂更深刻地体会到其价值。凯瑟琳·安·波特（Catherine Anne Porter，1890—1980）在为韦尔蒂的《尤多拉·韦尔蒂故事选集》（*Selected Stories of Eudora Welty*）所做的序中写道，韦尔蒂熟读古希腊和罗马诗歌、历史、寓言，"她喜欢民间故事、童话、古传奇，她喜欢聆听被人们收藏并口头流传下来的古老的歌谣和故事"。韦尔蒂在一篇回忆自己童年经历的文章中说："我是一个读者，在故事书中找到我自己的庇护所。我爬行在人行道、街道、车道、小商店的组成的世界里，发掘了一块属于我的空间，独自呆在那个潮湿阴暗的地方，如同珀尔塞福涅（Persephone）一年有六个月呆在冥间，尽管我并不确定珀尔塞福涅是否爬行，是否依赖于面包而生存。妈妈就象得墨忒耳（Demeter），疑惑到底在哪里才能发现我，当我说，'我要开始进入我那小小庇护所了'，她就会焦虑不已。"② 韦尔蒂如此地熟识并热衷于希腊神话，不仅与自己的现实生活相联系，在作品中也多有体现。在长篇小说《乐观者的女儿》（*The Optimist's Daughter*）中，劳瑞尔（Laurel）和她的母亲贝基（Becky）就很明显地体现了珀尔塞福涅—得墨忒耳（Persephone-Demeter）的形象塑造模式。

在一次访谈中，尤多拉·韦尔蒂被问及以何种程度有意识地将希腊罗马神话运用于写作当中，她回答说自己一辈子都与神话共生，因此对她而言，这是非常自然的事情。同时，她指出，评论家对她的作品从神话原型角度作阐释时过于具体，过于追求完整性。她强调，神话传说的引用只是传递一种神秘魔幻意识，体现一种永恒、重生等，以此超越人们的日常生活。在韦尔蒂的作品中，神话作为一种凝聚并

---

① Campell, Joseph, *The Hero With a Thousand Faces*, New Jersey: Princeton University Press, 1968, p. 34.
② Welty, Eudora, *Stories, Essays and Memoir*, The U.S.A.: The Library of America, 1980, p. 846.

统摄全局的元素，展现了事物的普遍性意义，为理解作品人物性格提供了多维角度。在不同的神话传说模式下，韦尔蒂成功地表达了不同的文学主题。

国内外许多学者已经以不同的文本为立足点，发表了许多关于探讨尤多拉·韦尔蒂作品中神话运用的文章，比如：麦可妮（T. Mchaney）的"尤多拉·韦尔蒂与不同的金苹果"（Eudora Welty and the Multitudinous Golden Apples），布朗（A. Brown）的"尤多拉·韦尔蒂与夏日神话（Eudora Welty and the Mythos of Summer）"，哈特利（L. Hartley）的"普罗塞耳皮娜和老女士们（Proserpina and the Old Ladies）"等。路易斯·韦斯林（Louise Westling）在其著作《神圣的果园与被毁的花园》（*Sacred Groves and Ravaged Gardens*）一书中评析了长篇小说《三角洲婚礼》（*Delta Wedding*）中一些人物身上存在的神话因素。尽管从神话、传说角度对尤多拉·韦尔蒂作品进行考察的文章较多，但从身体叙述角度出发运用神话、传说、童话等揭示其文化喻意的系统研究鲜有所见。为此，本书试图围绕尤多拉·韦尔蒂的作品做一定的尝试性探索研究。

第二节 "金"的身体意象与男权权威的塑造

1972年，尤多拉·韦尔蒂在与威廉·巴克利（William F. Buckley）的访谈中提到："我将使用任何可行的途径来表达我对身边生活的体验。我不仅仅借用密西西比民间传说，还会运用希腊罗马神话、爱尔兰故事等任何能激发我灵感的写作方式。"[①] 她所说的"身边的生活"显而易见就是故乡密西西比州的首府杰克逊（Jackson）——南方社会的缩影。毫无疑问，韦尔蒂本人也是一位名副其

---

① Buckley, William F., "The Southern Imagination: An Interview with Eudora Welty and Walker Percy", *The Mssissippi Quarterly*, No. 4, 1973, pp. 510–515.

实的美国南方地域作家，如她自己所言："不生活在南方就无法熟稔它的历史———一种基于死亡与毁灭的记忆。虽然它的历史在不断地嬗变，我仍然能感受到其中蕴含的南方特性———一种对特定的生活方式的观察和认知，无论世事如何变迁，它将始终得以留存。"① 的确，如作家本人所言，在其作品特别是短篇小说集《金苹果》中，神话与南方传统丝丝入扣，得以紧密结合，成功地展现了南方社会的生存法则和历史特征。而作为始终贯穿于整部小说集的重要人物金·麦克莱（King MacLain），也极为生动地体现了作家对这一写作方式的尝试。

在希腊神话中，金苹果是关于珀尔修斯（Perseus）、赫拉克勒斯（Hercules）和阿塔兰特（Atalanta）的故事。金苹果是具有魔力的果实，代表着生命、兴旺与生存的辉煌。珀尔修斯寻求金苹果的征途是充满危险与禁忌的，同时也是对能力、勇气的考验，尽管困难重重，金苹果依然值得拥有。② 如果对韦尔蒂的生平传记或访谈录稍加研究，不难发现爱尔兰诗人威廉·巴特勒·叶芝（William Butler Yeats）的确对韦尔蒂本人的创作意念有着深刻的影响。金苹果的引典出自于叶芝的诗歌《漫游的安格斯之歌》（Song of the Wandering Aengus），"月亮的银苹果，太阳的金苹果（The Silver Apples of the Moon, the Golden Apples of the Sun）"，描述的是凯尔特人神英雄安格斯（Aengus）寻找代表着幸福、知识与自我实现的金苹果的史诗神话。尤多拉·韦尔蒂的短篇小说集《金苹果》，描述了众多寻求金苹果的男女角色，金·麦克莱（King MacLain）是较为浓墨重彩的一位。在整部小说集的 7 个短篇小说中，金或隐或现地贯穿始终，并影响着其他人物的生存和命运。

---

① Welty, Eudora, *Stories, Essays and Memoir*, The U. S. A.: The Library of America, 1980, p. 785.

② McHaney, Thomas L., "Eudora Welty and the Multitudinous Golden Apples", *Mississippi Quarterly*, NO. 26, 1973, pp. 592 – 622.

第二章 神话语境中身体的诗学 | 33

在《金苹果》中，7个短篇小说的叙述都带有一定超现实的色彩。通过主人公的变形，带读者走进似真似幻的意境，借助于神话的浑厚历史和文化隐喻，更为广阔而深刻地实现了作品叙事的深度模式。金·麦克莱作为莫加纳（Morgana）地区一位有教养、受人尊重的绅士，通过跳河佯装自杀的方式造就了世俗身体的离场，同时完成了这种变形。叙述者凯迪·瑞妮（Katie Rainey）这样讲述："一天，金·麦克莱离家出走，他把自己的新草帽丢在大黑河的岸边。莫加纳的人们认为他去了西方。"[①] 当金的身体缺席与"西方（west）"联系起来的时候，这一事件自然蒙上了一层神秘的气息。"西方"在神话中是一方神秘的土地，是光明、荣誉的象征，是可以采撷到金苹果的地方。后来凯迪·瑞妮也承认："我在西方看见了金，他浑身披着金光。"[②] 非常巧合的是，韦尔蒂给故事主人公命名为金（King），"king"在《韦氏大学词典》的第一个词条中被如此解释"a male monarch of a major territorial unit"，在中文里是"王"的意思，也有"上帝、耶稣"的含义。因此，身处西方、身披金光的金·麦克莱（King MacLain）很自然地与神性身体取得了同一性。

针对金·麦克莱的离家出走和河边丢下的草帽，莫加纳的人们做出了种种推测，是溺水，是自杀，还是弃家流浪？凯迪·瑞妮认为："金·麦克莱身陷魔咒，才远走高飞了。（He went away for a spell.）"[③] 这里的"spell"在英文中包含了两层意思：一指一段时间，一指魔咒。身负魔咒的金·麦克莱自然是具有魔力的，不过这种魔力是通过莫加纳人们对金·麦克莱事件的强烈迷恋而得以成就的。他们津津乐道金瞬间消失的原因，质疑他隐身于莫加纳地区之外的目的，惊诧于他来无踪去无影的神秘行径。无人能真正确定他的下落，但关于他无

[①] Welty, Eudora, *The Golden Apples*, New York: Harcourt, Brace and World, Inc., 1947, p. 8.
[②] Ibid., p. 13.
[③] Ibid., p. 8.

处不在的谣言却早已满天飞。例如，凯迪·瑞妮说他在杰克逊（Jackson）看见过金，他骑着马走在官方游行的队伍里。韦尔蒂自己曾评价作品的主人公金·麦克莱是人马合一的，这很容易让读者联想到希腊神话中的人马怪（centaur）。[①] 斯达克先生（Mr. Stark）说，他在得克萨斯州（Texas）的一家理发店碰到过金，而凯迪·瑞妮则说金·麦克莱曾出现在加利福尼亚的某个角落，甚至有些人会在不同的地点同时看到他。除此之外，在每个人的叙述中，对于金身体在场的描述都用了"真正熟悉的陌生人""幽灵""魔鬼"等诸如此类的词语，体现了金·麦克莱行踪不定、无处不在、无法捉摸、神秘强大的神性特征。每个人都认为，他们当时实实在在看到了金的真实身影，但在事后回忆时，往往不能非常确信，到底是真正的肉身还是幽灵？文本中不同叙述口吻的展现，叙述主体的迷惑不解更加增添其神秘色彩，逐步使金·麦克莱成为截然不同于莫加纳芸芸众生的另类人物，因身体缺席而被奉为迷恋的神秘主体，取得并确立了其神性地位。

对于"迷恋"（fascination），韦尔蒂研究学者皮塔威-苏克斯（Pitavy-Souques），通过引入法国哲学家萨特的"凝视（gaze）"理论，曾探讨了短篇小说集《金苹果》中相关人物的塑造问题。皮塔威-苏克斯认为，萨特首次将迷恋与凝视相联系，利用迷恋这一术语来阐释凝视理论中遇到的相关问题。萨特在他的哲学著作《存在与虚无》（*L'Etre et le Nesant*）中指出，人与人之间具有建设性意义的关系的建立基本是基于迷恋，而这些关系不可避免地被纳入二元对立的范畴，比如吸引与反感、爱与恨、毁灭与实现等。这些用于界定人与人之间关系的各种复杂情感，首先体现在对身体外在的迷恋。基于萨特"凝视"理论对"迷恋"的理解，可以适当地用于考察《金苹果》小说集中的重要人物金·麦克莱。在莫加纳众人对他身体缺席所引发的

---

① Welty, Eudora, *The Golden Apples*, New York: Harcourt, Brace and World, Inc., 1947, p. 98.

种种疑惑、猜测中，金一步一步成为被崇拜的对象，他们的质疑、不解、想一探究竟的好奇从侧面更为有利地帮助金完成了神化这一蜕变过程。当然，金·麦克莱自身也具备可能蜕变的一些基本因素，比如他的外形、气质、言行举止所表现出的文化教养、阶级地位等。学者卡洛·曼宁（Coral S. Manning）认为，金·麦克莱是南方文学中被夸大了的人物典型，他是现实与理想的矛盾统一结合体。对此，她进一步详细描述道："一方面，他展现了作为南方绅士的超自然的神话特征——出身高贵、衣着讲究、慷慨大方、举止得体，是有声望的庄园主的后裔，英俊潇洒、性格迷人。他一袭亚麻白衫，从来都是纤尘不染，戴顶巴拿马礼帽，风度翩翩……，他喜欢送人礼物……。另一方面，他又迥异于普通的南方绅士，在莫加纳人们当中树立了极大的威信，同时被人羡慕。"[①] 如此说来，此人只应天上有，金·麦克莱的被神话有其毋庸置疑的缘由。

金·麦克莱（King MacLain）的另一个神性特征，相对而言，比较明显地体现在他与妻子思露娣（Snowdie）的性关系特征上。在《金雨》中，凯迪·瑞妮（Katie Rainey）叙述了金·麦克莱在重返莫加纳与他的妻子思露娣私自约会的情形。这种男欢女爱事件的叙述与希腊神话中宙斯（Zeus）和达那厄（Danae）的约会极为相似。达那厄是阿耳戈斯（Argos）国王阿克里西俄斯（Acrisius）的女儿，为了避免预言成真，被父亲囚禁在一座铁塔中，宙斯伪装成"一阵金雨（a shower of gold）"，与达那厄结合生下珀尔修斯（Perseus）。在此，金·麦克莱与思露娣私约这一事件就发生在《金苹果》短篇小说集的第一部，正好题名为《金雨》（Shower of Gold）。韦尔蒂本人在1980年10月4日接受的个人采访中，明确表示她意图将金·麦克莱塑造成宙斯的形象。他们的约会地点选在莫加纳的密林中，时间定在

[①] Manning, Carol S., *With Ears Openning Like Morning Glories: Eudora Welty and the Love of Storytelling*, Westport: Greenwood Press, 1985, p. 67.

晚上。因为金毕竟是凡人，他的伪装不能通过真正的肉身变形来完成，只有借助于密林、夜幕的遮蔽来实现。关于金的妻子，小说中这样写道："思露娣是一个白化病者，但无人说她长得不好看。她的皮肤细嫩，就像婴儿的一样。"①"皮肤苍白，比你梦想中的还要白。"②在古老的迷信中，白化病是有魔力的，白化病者掌握着超自然的力量，他们经常被当做欲望和恐惧并存的对象。③ 神话中的达那厄被常年囚禁在铁塔中的地下室，难得见上阳光，皮肤也是苍白如纸，对刺目的光线十分敏感。从这一点上，思露娣和达那厄通过身体面部的相似取得了身份的认同。当思露娣向凯迪·瑞妮宣布她怀孕时，凯迪对此事的反应是："刹那间，思露娣仿佛被一阵金雨淋遍，她仿佛被罩上了一层光环。这种光比太阳更为明亮，她那双永远怕光的眼睛眯成了一条缝。"④ 由此，思露娣身上的金光和达那厄身体通过金雨受孕的相似性不言而喻，从而更确认了金·麦克莱身体之神性意象的成立。

不仅如此，和宙斯一样，金是男权社会的风流之王，这一点可以从他和众多女性的两性关系得以体现，术语称之为滥交（promiscuity）。宙斯的风流是通过他的善变伪装得逞的：遇到赫拉（Hera），他变作一头强壮柔和的牛，到海边诱骗了她；倾心于美女丽达（Leda），就变成一只肥大的天鹅去拥抱她；宠幸达那厄（Danae）就化作一阵金雨去沐浴；爱上欧罗巴（Europa）就变作海中雪白温顺的公牛，共赴爱河……这种现象无不充分表现了男权社会对阳物崇拜的推崇，而女性作为男性性爱生活的伴侣只不过是一种附属品而已。男性通过强

---

① Welty, Eudora, *Stories*, *Essays and Memoir*, The U.S.A.: The Library of America, 1980, p. 319.
② Ibid., p. 321.
③ Tallman, Marjorie, *Dictionary of American Folklore*, New York: Philosophical Library, Inc., 1959, p. 4.
④ Welty, Eudora, *Stories*, *Essays and Memoir*, The U.S.A.: The Library of America, 1980, p. 326.

大的性能力证明并确立自己的统治地位,金·麦克莱也是通过与思露娣、玛蒂·薇儿以及其他不知名的女性之间的性关系而获得了自身的男性权威。由于韦尔蒂本身受叶芝的影响极深,在《金苹果》短篇小说集的第三部《兔子先生》(*Sir Rabbit*)中描述金·麦克莱与玛蒂·薇儿(Mattie Will Sojourner)的约会时,文本非常明显地隐含了宙斯和丽达的影子,甚至在语言描写的措辞上也非常接近于叶芝的诗歌"琳达与天鹅(Leda and the Swan)"。在作品中有这样一段描述,"金·麦克莱穿着亚麻衬衣的肩膀,象阳光下天鹅的翅膀,在林中空地高高耸起,散发着光芒"①,非常明显地映射并应合了希腊神话中宙斯的身体意象。由此,金·麦克莱身体的神性特征得以进一步确认。

接下来做进一步探究,我们还会发现,金与宙斯具有另外一个相似点——多子。宙斯的外遇颇多因而有众多子女。他与智慧女神墨提斯(Metis)生阿西娜(Athena),与正义女神忒弥斯(Themis)生时序女神荷莱(Hours),与天后赫拉(Hera)生战神阿瑞斯(Ares)、工匠神赫菲斯托斯(Hephaistos),与暗夜女神勒托(Leto)生阿波罗(Apollo),与丰产女神德墨忒尔(Demeter)生泊尔塞福涅(Persephone),与记忆女神漠涅摩叙涅(Mnemosyne)生缪斯九女神(The Muses)等。此外,宙斯同凡间女子也养育众多。金·麦克莱的失踪在莫加纳人尽皆知,凯迪·瑞妮确定他"有很多后代,有名的没名的,遍地皆是"②。后来,玛蒂·薇儿(Mattie Will)的丈夫朱尼尔(Junior)也警告妻子要留意金。由于强大的性吸引力,金被认为是全体莫加纳淑女的巨大威胁,而且"没有人确切知道他有多少孩子"③。此外,他和妻子思露娣的第一胎所生的双胞胎男孩冉·麦克莱(Ran

---

① Welty, Eudora, *Stories*, *Essays and Memoir*, The U.S.A.: The Library of America, 1980, p. 313.
② Ibid.
③ Ibid., p. 420.

MacLain）和尤金·麦克莱（Eugene MacLain），也暗示了金旺盛的性能力和男性气质。并且，民间传说认为，双胞胎的诞生是充满神秘色彩的，一般是世间女子和天界男子结合所生。在此，金·麦克莱就等同于天界男子，也就是神。除了婚生子冉和尤金，第二部短篇小说《六月演奏会》中的薇姬·瑞妮（Virgie Rainey）和第四部短篇小说《月亮湖》中的伊斯特（Easter），都被认为是金的非婚生子。因为薇姬·瑞妮和伊思特都具有与金相同的本质性特征：甘心流浪、追寻自我实现、个性突出、不合群、对周围人具有致命的吸引力和影响力等。作品中描述了薇姬和金共有的习惯性动作——"用头撞墙（butt the wall）"。同时，对伊思特的外貌所做的描述中，"金色"是一个关键词，金色的眼睛，金色的头发，并且她有一个不知去向的流浪汉父亲，这自然而然与金相对应起来。由此，金·麦克莱的神性身体的第四个特征得以确认。

通过《金苹果》小说集中的7个系列短篇小说，尤多拉·韦尔蒂逐步将男性主人公金·麦克莱塑造成一个披着神衣、被众人仰慕的男性权威形象。而韦尔蒂为何要将神话因子作用于人物形象的塑造呢？希腊神话体系是一个以宙斯为中心的父系神话体系，宙斯作为男权的代表人，掌管着奥林匹斯山众神，即使在众多的古希腊神中，女神也比比皆是，例如家庭女神赫拉（Hera）、智慧女神阿西娜（Athena）、月神阿尔忒弥斯（Artemis）以及爱与美神阿弗洛狄忒（Aphrodite），但掌握最高权力，拥有最高权威的无疑是男神，他们处于绝对的支配地位，女神在很大程度上只是从属，依附于男神而存在，她们虽然看似拥有各自的权力，却均附着于男权之下，不足以构成真正的威胁。即使贵为天后的赫拉，作为掌管婚姻的神祇，也无法管好自己的婚姻，并且，权力是宙斯所赋予的，可以随时剥夺，带着被施舍的性质。宙斯的权威本质上代表了男性地位的尊贵和权威。男性处于统治地位，支配着女性的世界，是男性气质中刚强的标志，也是一种不可侵犯的象征，带着巨大的威慑性。女神们权力再大，也只能在男神准许的范围内发挥，是有限制的，甚至宙斯的处处留情被尊为一种恩惠，一种荣耀，女性唯有接受和被怜悯。

韦尔蒂通过将神话的深度与广度模式作用于金·麦克莱，赋予了人物深沉的历史感和广博的文化喻意，体现了这个美国南方社会的男权代表人物身上所具有的与宙斯相映射的男性权威形象。在男权文化统治的南方世界，金·麦克莱仪表堂堂、举止得体、谈吐文雅，是整个种植园经济背景下上层统治阶级的形象代表。他的衣着举止所承载的文化价值体系表征着南方男权社会的主流文化。金·麦克莱以他浓郁的男性气质深受莫加纳女子青睐，对他的妻子思露娣，尽管莫名其妙地消失了三年之久，一句"到树林里见我"便可召之即来，玛蒂·薇儿更是为其男子气概所倾倒。由此，男性与女性的政治权力关系通过金·麦克莱神话了的身体隐喻得以充分地表达，而传统的南方男权社会中男性的权威形象也得以丰富地展现。

第三节 "欺诈者"的身体意象与绅士神话的消解

绅士文化的前身为骑士精神，它最先出现在罗马的荣光已成为过去、文艺复兴的晨曦尚未到来的时代，也就是中世纪的欧洲。在英语中，骑士（knight）这个词汇，指骑在马上的战士。最早的骑士都是贵族，因为只有他们有能力购置昂贵的装备：三到四匹轮换的马，铁匠铺量身定做的盔甲，此外还有扈从装备。尚武与爱好战争是这一阶层的共同特点，十字军东征标示着骑士文化的黄金时代。十字军被认为是完美的骑士，他们彼此友爱，对信仰忠诚，对领主尊敬，言语谨慎，以及恪守战场上的公正、宽容、荣誉和谦恭等美德。一般而言，骑士精神的精华结合了当时的贵族化气息、基督徒的美德，以及对女士的尊重。随着时代的发展，骑士不如以往注重武力，随着文艺复兴运动的蓬勃发展，他们成为了绅士阶层的原型。摆脱了武力束缚的绅士们开始培养各种高级情趣，在衣着、言谈、举止、行为各方面刻意为之,以体现其阶级优越感。但是,那些高贵的品质如卑谦、宽容、诚实、公正等,作为一种精神遗产一直保存了下来。由于基督教的兴起在一定程度上提高了女性的地位,绅士文化中最重要的内容亦包含了对女性的尊重。绅士们通常以一种极具男性阳刚之气的保护者的姿态强势出场,对女性等弱势群体加以保护。美国南方的种植园阶层大部分是欧洲大陆的移民,绅士身份在庄园主这一统治阶层中找到了最适合的表达场域。

在各种不同文化境遇中,在众多的神话、民间故事和传说中,"欺诈者(trickster)"是一个至关重要的术语,它不仅仅指的是"骗子、魔术师、狡猾的人"诸如此类简单的解释。韦氏大学词典里的解释为:One who tricks:as a:a dishonest person who defrauds others by trickery b:a person (as a stage magician) skilled in the use of tricks and illusion c:a cunning or deceptive character appearing in various forms in the folklore of many cultures。在此,最切中本书题意的就是第三种解释,指的是基于不同文化背景的民间传说或神话故事中塑造的一种特定人物类型。这种类型的人惯于制造一种假像,以各种各样不同的身体伪饰出场,蒙蔽观者的眼光和判断,以此掩饰自身真正的生存处境。"欺诈者"这一特殊类型人物,主要通过对他多变的不同身体意象的转换来表现,于是这种转变或变形具有了超自然的特性,使得他们成为介于现实与想象、真实与幻境之间的非人非神也非动物的边缘化主体。

1956年,保罗·雷丁(Paul Radin)的著作《欺诈者》(*The Trickster*)出版。这部著作是基于卡尔·柯瑞义(Karl Kerenyi)的文章"欺诈者与希腊神话"和荣格(C. G. Jung)的"欺诈者心理学研究"两篇文章而做出的更深层次的研究成果,借用了北美印第安部落的"温尼贝戈人(Winnebago)"的神话系统。1997年,海因斯(Hynes)和多提(Doty)在著作《神话中的欺诈者》(*Mythical Trickster Figures*)一书中比较明确地提出的"欺诈者(trickster)"所具备的几个特征：第一，善于变形（shape-shifter）；第二，通常是骗子（deceiver）或恶作剧者（trick-player），缺乏责任感；第三，具有反常性（anomalous）与暧昧性（ambiguous）；第四，具有强大的置换影响（situation-inverter）；第五，是神的模仿者（imitator of the gods）；第六，备受尊重（sacred）却好色（lewd）。"欺诈者"这六个特征在历史演变中逐渐形成，并成为典型的性格标识，尤其在农牧文化繁荣阶段具有相当普遍性，培尔顿（Robert D. Pelton）甚至在其著作《西非的欺诈者研究：神话的反讽与神圣的欢愉》(*The Trickster in West Africa: A Study of Mythical Irony and Sacred Delight*)一书中强调，"在宗教发展的各个阶段，'欺诈者'在世界各地都有出现"[1]。作为超能力的异形，他们在人与动物的世界来回穿梭，代表了人与自然界的融合与互动，"他是一个创造者，象征性地体现了人类生活中所有好和恶的成分：他既可以是一个热心的乐善好施者，同时可以是人人唾弃的恶棍，因此，他是一个广泛存在的角色"[2]。

当然，要确认某个人物是否是一个"欺诈者"，并不一定需要符合以上所有的特征。在所有这些特征中，善于变形应该是定义"欺诈者"的必要条件。变形是神话传说中非常重要而且常见的主题。广义而言，变形者指的是在神话中拥有超自然的本领、可以随心所欲改变自己的身体外观的人。在许多不同地域的神话传说中，变形者一直是人们极其感兴趣并且热衷于讨论的话题。但是，变形者具体的变形形式则很难给予完整而明确的分类。有时，他们以人的模样显形，有时会假借动物的外貌出场，最为常见的是变形为狼（coyote）、乌鸦（raven）或野兔（hare）。保罗·雷丁（Paul Radin）认为，"这种变

---

[1] Robert D., Pelton, *The Trickster in West Africa: A Study of Mythical Irony and Sacred Delight*, Berkeley: University of California Press, 1980, p. 5.

[2] Charles L., Woodard, *Ancestral Voice: Conversation with N. Scott Momaday*, Lincoln: University of Nebraska Press, 1989, p. 30.

形体现了欺诈者作为世界的创造者和文化的建构者的身份特征"①。在人与动物的身份置换中,欺诈者以独立的姿态、独特的方式认识自我,认识世界,直观而又富于变化地展现可能与真实之间的变幻,在乐观的心态中寻找更为妥贴的生存法则。

在此,韦尔蒂文本的欺诈者非常切合韦氏词典中的解释,指的是基于不同文化背景的民间传说或神话故事中塑造的一种特定人物类型。马布豪先生和金·麦克莱就是作者笔下这样的典型代表,他们被世界的创造者创造,像一个贼一样四处冒险。在饥饿、性欲的驱使下,他们跟随直觉与无意识,对抗传统禁忌,逃避道德准则的责罚,从一个普通的有创造精神的人转化为个性的英雄形象。欺诈者经过无数的变形达成与自然万物的交流,在身体感官的刺激与感悟中生发良知与责任,成为亦正亦邪的双面人,并在与自然、社会的种种较量中褪去神秘的外衣,变作一种文化理念和生存法则的表达者。

在保罗·雷丁的论述中,"欺诈者(Trickster)"被描述为一个年迈老者,一个饕餮之徒或好色之徒,具有强烈的食欲或性欲,从一个地方游荡到另一个地方。当然,这种欲望并不一定以直接可见的食物或性行为表现出来,它可以是众多的具有表征此种欲望特征的实物。在尤多拉·韦尔蒂的短篇小说集《绿帘及其它》中,有一篇《老先生马布豪》(*Old Mr Mablehall*)就非常典型地描述了一个"欺诈者"的形象。本短篇的题目就突出了"年迈"这一特征。另外,作品当中的叙述者说,"他还会活好多年"②。"他珍惜老年时期的健康",镇里的人们甚至会说,"啊,他还活着"③。所有这些叙述都佐证了他"年迈"这一特点。老先生马布豪的情欲或性欲是通过不同的途径得

---

① Radin, Paul, *The Trickster: A Study in American Indian Mythology*, London: Routledge and Kangen Paul, 1956, p.15.

② Welty, Eudora, *Stories, Essays and Memoir*, The U.S.A.: The Library of America, 1980, p.112.

③ Ibid., p.111.

以体现的,但在一定程度上都与阳物(phallus)意象相关联。首先,老先生马布豪在花甲之年竟然生育了两个儿子,以至于"人们谈论起此事时感到惊诧,不自主地身体发生抽动,双手往上一甩"①。在此,顽强的生育功能本身代表了强烈的性欲,通过旁观者的评价更得以彰显。其次,"老先生马布豪在散步时总挂着一根粗大的、刨得非常光滑的拐杖"②。当他每次散步时,"仿佛他摇晃着随身携带的拐杖,对人们说,'看好了,我做到了,你们看见没'"③。在此,"拐杖"(stick)充当了阳物意象,体现了一种能力和权威。还有,小镇人总看到"他红光满面,看起来就象披着刺啦啦皮毛的动物"④。"动物皮毛"是雄性气质最直接的外在展示,在此,性的隐喻不言自明。

此外,游荡特征也很明显地表现在老先生马布豪身上。如同"欺诈者"一样,散步是他打发时光的一个主要途径。他经常性地外出散步,和他的妻子,"他们象两个同谋者,微微地俯身,充满着戒备。"⑤"他不停地游啊,荡啊,有时驾着那辆古色古香的马车。"⑥

关于变形,作品《老先生马布豪》中特别提到老先生马布豪的祖上与动物渊源甚深,他本人也具备动物的某些习性,"马布豪夫人认为她丈夫的名字应该是'鸟'先生(Mr. Bird)"⑦。在大街上散步时,不管冬去春来,他都"穿着那件华丽的、发光的、十分考究的外套,红光满面,看起来就像披着刺啦啦皮毛的动物"⑧。作品最后还如此描述:"老先生马布豪梦见自己变成了一只粘在网上的熊熊燃烧

---

① Welty, Eudora, *Stories*, *Essays and Memoir*, The U.S.A.: The Library of America, 1980, p. 113.
② Ibid., p. 111.
③ Ibid., p. 112.
④ Ibid.
⑤ Ibid., p. 113.
⑥ Ibid.
⑦ Ibid.
⑧ Ibid., p. 112.

的蝴蝶。"[①] 蝴蝶是"蜕变"的代名词，它可以由毛毛虫蜕化而成，由爬行变成飞行，从丑陋转化为美丽，并且在蜕变前后截然不同。因为"欺诈者"对周围的人与事具有巨大的置换影响，所以他的家人也一定程度上具备了相应的变形特征。因此在文本中，韦尔蒂对老先生马布豪家人的描述也处处与动物相关联。"老马布豪夫人将头发造型为独角兽的样子。"他们的一个儿子"看人时像一只小猫，长着纽扣一样的鼻子和尖尖的耳朵"。另一个儿子"有一张猴子面相，非常敏锐的样子"。[②] 这些描述与老马布豪先生的形象相得益彰。

在保罗·雷丁的论述中，"欺诈者"还有另一个特征，即他的双重生活和双重人格，这种双重性是变形的途径和目的。作品中提到，老先生马布豪直到六十岁才结婚生子，并拥有两个家庭、两个妻子、两个儿子，但是，"似乎无人知晓他过着双重生活"[③]。"老马布豪先生或许会坦白他的这种双重性——他怎样过着两种完全不同的生活……如果人们知道了他的双重生活，他们会惊讶地要死。"[④] 在这种生活中，老先生马布豪一方面扮演着标准的绅士角色，"他留着短短的花白刘海，领角上绣着金鱼草图案。每个人都会当面赞赏他，'多么有风度啊'"[⑤]。而另一方面，他以自己的双重生活欺骗了观众而扬扬自得。

总而言之，老先生马布豪是生活在现实世界中的"欺诈者"，而短篇小说《金雨》中的金·麦克莱则是幻境世界里披着神话色彩的神的模仿者。同样作为"欺诈者"，除了好色这一共同特征，金·麦克莱的变形也是与动物相联系的。作品中多次通过对身体造型的描述，将其比喻为天鹅、鸽子，后来的短篇小说《兔子先生》中又变

[①] Welty, Eudora, *Stories, Essays and Memoir*, The U.S.A.: The Library of America, 1980, p.118.
[②] Ibid., p.113.
[③] Ibid., p.114.
[④] Ibid., p.112.
[⑤] Ibid., p.113.

为兔子形象,"他穿着浆洗得很挺括的白色套装,就像薇姬看到老绅士们经常穿的那样。他的领角竖着翻起,精神抖擞,象两只耳朵"①。再结合小说题目的提示,金·麦克莱的兔子形象跃然而出,而兔子最显著的特征之一就是多产,由此影射出滥情这一话题。各种变形特征的交集出现揭示了人物性格的反常与暧昧,突出了他毫无责任感的好色本性。同时,金·麦克莱制造假像,将草帽丢弃在河边,佯装自杀,表露了他游戏人生、恶作剧式的生活态度。

此外,金也具备"欺诈者"对人和事会产生巨大的置换影响这一特点。当他和思露娣在树林幽会致使其怀孕之后,思露娣的身体发生了明显的变化,用叙述者凯迪·瑞妮的话来讲,她的全身罩上了一层金色的光环,比太阳光还要耀眼。这种多多少少带着神光的身体呈现是她的丈夫金·麦克莱作用的结果,不仅是思露娣,玛蒂·薇儿与金·麦克莱的交合也体现了同样的特点:"她躺在那里,一只胳膊肘支撑着整个身体,非常地清醒。一只鸽子羽毛从烟一样的金光中缓缓落下。她伸手接住了它,用它摩挲着自己的下颌。"②"金色之光"同时出现在两位女性的身上,是与金·麦克莱有关的,而且在神话传说中"金色""光"都隐喻了"神圣"这一含义,所以,思露娣与玛蒂·薇儿在金的置换影响下,也具备了与之相似的神性特征。

毋庸置疑,金·麦克莱的经验代表着两种不同层次的存在:对于小镇的旁观者而言他是个神化人物,对于他自身来说则是个实实在在的凡夫俗子而已。因此,金·麦克莱走下神坛只是一个时间问题,他最终要立足于尘埃之中,成为现实中的人,在作品最后的叙述中,通过玛蒂·薇儿的视角,非常自然地实现了从神化到平庸化

---

① Welty, Eudora, *Stories, Essays and Memoir*, The U.S.A.: The Library of America, 1980, p. 115.
② Ibid., p. 409.

的过渡。面对着熟睡中的金，作品如此描绘道："玛蒂凝视着打着呼噜、酣睡着的金，他的脖子就像镇子里的门廊柱子，他的腿一只弯曲着，一只伸得直直的，如同工厂里扔进坑里等着风干的甘蔗。他打着鼾，好像所有春天里的青蛙都藏在他的身体里一样。"[1] 更为滑稽的是，在凯迪·瑞妮（Virgie Rainey）的葬礼上，金的举动世俗得就像一个杂耍小丑。由此，这个像安格斯一样执着于寻找金苹果、寻求自我实现与完满的男人，宣告了寻求之旅的彻底失败和结束。

总之，韦尔蒂笔下的老先生马布豪和金·麦克莱都是众人心目中美国南方社会绅士形象的典型代表，高贵的出身，良好的教育，文雅的举止，这些外在的条件在他们身上很容易被发现。但俩人同时又是"欺诈者（Tricksters）"，因而具备双重人格，过着双重生活，具有很大的蒙蔽性，在他人的凝视下是彬彬有礼的绅士，背着别人的目光，却变成了绅士形象的颠覆者。虽然欺诈者的行为和个性有点儿荒谬并且极端，但这仅仅是囿于现存的社会道德规范加以审视而得出的结论。一些此领域的学者认为，无论是传统的还是当前的叙述话语中，欺诈者都扮演了重要的角色。他们的做法代表着一种强烈的感情和行为的发泄途径，而这种强烈的感情和行为由行为者本身的痴迷造成，并且不幸的是，不为正统的社会道德所认可，只有通过扮演"欺诈者"这一角色，他们方能得以充分地释放和宣泄。在此种意义上，欺诈者也可以被称作是既存社会的逃避者。其实不仅仅如此，欺诈者既是欺骗行为的创造者，也是现有秩序的破坏者，通过对某一事物的颠覆反抗，他们才能实现自身双重人格的合二为一，他们身上不为社会所容纳，而只能披着"欺诈者"外衣借以实现的部分，被荣格称为"影子自我"。荣格认为，"影子的存在体现了个体生命所具备的种种

---

[1] Welty, Eudora, *Stories*, *Essays and Memoir*, The U. S. A.：The Library of America, 1980, p. 322.

低层次的需求"①。性格中的影子自我的彰显必然造成旧有规范的破坏、颠覆和无序。柯瑞义（Kerenyi）认为，"无序是完整生命的一部分，'欺诈者'最本质的表现就是打破秩序。他的作用在于将无序强加于有序之上，从而使生命归于完整，在社会许可的限制中体验社会限制的不许可"②。

在希腊神话中，理性与秩序的代表者是太阳神阿波罗（Apollo），而酒神狄俄尼索斯（Dionysus）则是感性、纵欲与狂欢的同义语。在《悲剧的诞生》（*The Birth of Tragedy*）中，尼采把阿波罗当作政治秩序和伦理规范的真正缔造者，而狄俄尼索斯则与阿波罗处于针锋相对的地位。在韦尔蒂的短篇小说《金雨》《兔子先生》和《老先生马布豪》中，两位主人公金·麦克莱和老先生马布豪的所作所为，彰显了酒神狄俄尼索斯的特质，同时颠覆了阿波罗的道德伦理限制，从而体现了他们对自身所处的循规蹈矩的社会情境的一种叛离，和对自身所承载的美国南方绅士神话传统的一种消解。《金苹果》短篇小说集的研究者奇斯特·艾斯格（Chester E. Eisinger）认为，在沉闷乏味、传统道德根深蒂固的莫加纳地区，"金·麦克莱努力地摆脱周围人文环境所强加的种种限制，寻求一种幻想、一种真理、一种权力，所有这些是莫加纳这一社会语境无法提供的"③。同样，居住在纳齐兹（Natchez）的老先生马布豪无所事事、百般无聊，潜意识中的自我被深深压抑，选择双重生活是对这种沉闷单调生活的一种反击，同时也是一种拯救式的颠覆。

"欺诈者"永无休止的探索表明人对自然界的好奇之心，他们报以极端的态度与策略，使人与动物的相互关联通过最好的方式得以表

---

① Jung, C. G., *Symbols of Transformation*, Trans. R. P. C. Hull (2 vols. Torchbook), New York: Harper & Brothers, 1962, p. 209.
② Ibid., p. 185.
③ Eisinger, Chester E., "Traditionalism and Modernism in Eudora Welty", *Eudora Welty: Critical Essays*, Ed. Peggy Whitman Prenshaw, Mississippi: University Press of Mississippi, 1979, p. 18.

达,自然地实现了两者之间的自由转换,呈现出勇于反抗传统的自由意志及大无畏的勇气。地球是人类与动物共同生存的家园,人类有自身的社会法则,动物也有自己的丛林法则,两者隶属各自的独立王国,没有孰优孰劣之分,但都面临如何适应环境、更好地生存下去的问题。欺诈者在种种变形历险中兼收并蓄,集合了人与动物的不同生存法则,在自然环境和社会环境中摸爬滚打,认识到人生无常的真相,通过改变自身来适应各种人事变化,而不是一成不变地屈服于自然和社会,与自然法则、社会法则相对抗。在以变应变的无意识生存挑战中,欺诈者自始至终以乐观、幽默、旁若无人的心态调整构建适宜自我生存的生态圈,他们一会儿是温文尔雅、体贴有教养的绅士,一会儿却变成贪婪的掠食者、霸占他人之妻的淫色之徒,他们外表下隐藏的魔法、超能力极具蛊惑力,对周围人生活与文化施加巨大影响,体现了对无常生活的超常灵活应对能力。作为井井有条的传统道德伦理的破坏者,"欺诈者"为自身的自由生存谋得一席之地,利于一个自然人正常地成长与发展,但其颠覆行为表现出的愚蠢行径也成为最具说服力的反面教材,成为伦理道德教育的指南。

具有良好绅士背景的金·麦克莱和老先生马布豪,既是南方绅士传统文化的载体,也是有着深刻的自我意识的个体,他们的叛离与追寻在消解绅士神话的同时,也强烈地突出了个体对生命本身最本质的探寻。正是借助"欺诈者"这一角色的扮演,韦尔蒂为我们塑造了较为独特的亦真亦幻的人物形象,同时借用这一角色,为那些被禁锢在森严的道德伦理规范中的人们成功表达自身强烈的理想和情感提供了一个途径,记录了美国南方社会中传统文化之叛逆者的生存状况。

第四节 "伊思特"的身体意象与颠覆男权的角逐

1982年,最有影响的尤多拉·韦尔蒂作品研究者、女性主义评论家帕特里夏·耶格尔(Patricia Yaeger),曾向作家本人提出过这样的问题:"如果阳物崇拜的意象出现在女性作家的文本中,我们如何去解读它?拉康曾经指出,阳物是男权文化最核心的记号。女性作家在其文本中比较突出地描述阳物崇拜,是否意味着要复原男权文化的写作取向?"① 对此,韦尔蒂给予了坚决的否认。她指出:"短篇小说《月亮湖》(*Moon Lake*)就探讨了主流性别体系中女性的过去如何被清除、未来如何被危及这一问题。故事描述了一群年轻的女孩,她们在还未清醒的具备性别意识去反抗男权世界之前,却不得不自觉地适应既定的男权文化环境。"② 韦尔蒂在此肯定了《月亮湖》是涉及男权文化的,而那群不谙世事的营地女孩对于男权文化的认知以及基于此的自我调适,则是通过主人公伊思特(Easter)对男权的反抗与颠覆行为得以实现的。

在散文《小说中的地域》(*Place in Fiction*)一文中,尤多拉·韦尔蒂基于小说中地域空间的构置对文本产生的影响给予了深入的阐释。在短篇小说《月亮湖》中,作为反映男权文化的地域背景——月亮湖,是一种蓄意的空间建构,为特定文化的预设埋下了伏笔,美国南方独有的地理文化与浓郁的宗教信仰文化互融共生,借助于涉及男女两性的身体意象出现,月亮湖被赋予了深刻的文化隐喻内涵。

在罗马神话中,太阳是哥哥,月亮是妹妹。哥哥热烈地爱慕上了妹妹,但妹妹不能接纳他,所以当太阳一现身,月亮就会隐没,当太阳悄然离去,月亮才肯露出头。③ 在希腊神话中,太阳和月亮的角色分别被阿波罗(Apollo)和达芙妮(Daphne)扮演。达芙妮是河神的女儿,容貌娇媚。爱神丘比特为了报复阿波罗嘲笑他箭术拙劣,将爱情之黄金箭射中了阿波罗,又将另一支拒绝爱情的铅箭射中了达芙

---

① Yaeger, Patricia S., "The Case of the Dangling Signifier: Phallic Imagery of in Eudora Welty's 'Moon Lake'", *TCL*, NO. 28, 1982, p. 431.
② Ibid.
③ Leach, Maria, and Fried, Jerome, eds., *Funk and Wagnalls Standard Dictionary of Folklore: Mythology and Legend* (2vols), New York: Funk and Wagnalls Co., 1950, pp. 744 – 745.

妮。阿波罗为达芙妮神魂颠倒，而达芙妮却冷若冰霜，誓守童贞，竭力地躲避。苦于阿波罗的追逐，达芙妮情急之下向众神求助，后来便化作一棵月桂树（laurier）。希腊罗马神话是西方文学的重要源头之一，"月亮"理所当然沿袭为与狄安娜一脉相承的"女性气质（femininity）"的代名词，隐喻着柔美、安宁、恬静、顺从、纯洁等女性应有的品质。在《月亮湖》中，营地女孩或是孤儿，或家境异常贫寒，她们因受惠于教会进行为期一周的野营活动，月亮湖被选为目的地，因此具备了与女性气质相吻合的阴性特征。在整个营地成员当中，除了营地领导者——充满"男性气质（masculinity）"的洛克·莫里森（Loch Morrison），绝大多数是未成年的莫加纳少女，这些营地女孩们遵循规则、温顺而怯懦，她们谨小慎微，如履薄冰，"月亮湖"与其散发出的女性气质互为指涉，在一定程度上成为女性文化的一个地域载体，而代表着男权权威的洛克却颐指气使，专横跋扈，将她们的一举一动笼罩在监视与苛责之下。由此而言，月亮湖本身已构成一个社会小系统，南方种植园经济背景下男女两性的权力运作模式在此得以微观呈现：男性洛克是处于统治地位并发号施令的南方绅士，是女性群体的"家长"；营地女孩们在绝大多数情境中只是从属角色，被用以装饰、反衬洛克的伟岸与强势，成为温顺的南方淑女，自觉有序地配合两性权力运作和谐行进。由此可见，虽然远离了代表高度文明的都市城镇，"月亮湖"却依然铭刻着性别、阶层等南方社会文化系统的象征符号。

作为月亮湖女性群体中的异己者，女主人公伊思特轻而易举地跨越了男性气质与女性气质的鸿沟，游弋于既定男权文化条例之外，追寻一种超越性别局限的存在形式，即以个体的自由生存替代女性的弱势生存，在此种意义上，伊思特与达芙妮的追求可谓殊途同归，也在一定程度上对月亮湖的阴性特征提出了质疑。当人们将月亮的潮汐运作与女性的生理周期一一对应，加以同化描述时，这种共有的女性特征则更为明显，针对文本中的描述，月亮湖却并不完全地代表着女性气质，其中也充溢着男性的意象特征，同时体现着两性互动中的背逆。月亮湖本身并不是一个单一的湖，它里面堆积着淤泥，盘亘着树根、枝蔓，游弋着蛇和鲈鱼，这里的"淤泥""树根""枝蔓""蛇""鱼"等明显地具有男性的阳物性征，代表了男权文化的力量。约书耳·帕克汉姆（Joel B. Peckham Jr.）在文章"尤多拉·韦尔蒂的《金苹果》：不幸与母系南方（Eudora Welty's *Golden Apples*：Abjection and the Maternal South）"中指出，韦尔蒂在描述伊思特（Easter）、妮娜（Nina）和吉妮·拉乌（Jinny Love）漫游来到泊在湖边的废船上度过的那段时光时，月亮湖的身体喻意是非常明显的。"妮娜将身体的整个重心靠在小船上，双脚深深地插入湖底的淤泥里，不一会儿，她的双腿有一半被埋没了，淤泥象令人厌恶的亲吻铺天盖地的裹住了她的脚趾，她顿时紧张起来，身上渗出了汗水。树根缠绕着她的脚，在水流中牵牵绊绊。"① 在此，"性"的意味虽然隐晦却是事实存在的，月亮湖成为女性与男性相融合而成的中性指代。男权文化对女性世界的入侵是强大而带有霸气的，而这种入侵对于女性而言感受到的则是一种威胁，一种恐惧。通过对月亮湖身体意象的喻意描写，作家很自然地为整篇小说奠定了基调。

  与月亮湖这一地域环境紧密相连的人物就是莫加纳的孤儿伊思特，整篇小说几乎围绕她而展开，并且她的一言一行对其他人物的心理成长产生了深刻的影响。伊思特（Easter）的名字拼写形式应该是"以斯帖（Esther）"，她自己仅仅在口头上读作"Easter"而已。对于Easter这个名字的理解，妮娜曾说过，"我想它意味着你有一天被人发现丢在门廊里"②。古老的传奇里经常讲到，孤儿通常是被发现放置在没孩子的人家的门廊里的。在民间传说中，被丢弃的孤儿一般都

---

① Welty, Eudora, *Stories*, *Essays and Memoir*, The U.S.A.：The Library of America, 1980, p. 428.
② Ibid., p. 432.

是皇家的后裔或者本身具有神奇的魔力。从整部《金苹果》小说集来看，伊思特就是具有高贵出身、被莫加纳人神话了的金·麦克莱的女儿，并且，她也确实对营地的其他女孩具有致命的魔法般的吸引力。在圣经的《旧约》（*Old Testament*）当中，也存在以斯帖（Esther）这一女性人物。她也是一名孤儿，原名哈大沙（Hadassah），被叔父末底改（Mordecai）收养长大。当波斯王亚哈随鲁（Ahasuerus）王废除了瓦实提（Vashti）王后之后，哈大沙便替代了她的位置成为新王后，遂改名为以斯帖。以斯帖不但美艳绝伦，而且是一位非常机敏聪慧的女性，曾凭着自己卓尔不群的智慧拯救了犹太人。相对比看来，文本中的伊思特（Easter）这一角色与以斯帖（Esther）王后一样是孤儿出身，并随之暗含了"女性智慧与权力"这一层含义。此外，在英文里"Easter"也有"复活节"的含义，指的是耶稣为世人赎罪而被钉在十字架上，经历流血死亡，而后复活。"月亮湖"中，因为黑人男孩的恶作剧，伊思特意外落水，但事实上这次"意外"暗含南方种植园经济背景下不同阶级、种族之间的敌视状态，黑人奴仆对于白人主子的嫉恨，在无法面对面分庭抗礼的境况下，黑人只有凭借暗中使坏来弥补心理失衡。伊思特不谙水性，当面临被溺死的生命威胁时，救生员、营地男性权威的代表洛克出场，经过长时间抢救，伊思特从死神手中幸运逃脱。从作品情节叙述来看，伊思特这一人物的性格和命运与复活基督一样蕴含了"死亡""再生"的意味，与她溺水月亮湖而后获救的整个经历相吻合，恰恰符合"Easter（复活）"这个词本身的含义。

虽然伊思特（Easter）这一名字真正的书写形式为"Esther"，尽管妮娜极力说服伊思特去正确拼写，还原它的真正面目，也尽管吉妮·拉乌认为不为社会群体所认可的事物是不可能真正存在的，伊思特仍然拒绝这个女性化的标志，也同时拒绝顺从社会的基本认同。评论家帕特里夏·耶格尔（Patricia S. Yaeger）认为，伊思特是一个矛盾的统一体：一方面，"Esther"象征着和犹太人共同具有的"他者"

特征；另一方面，"Easter"又象征了复活耶稣的"男性"特征。[1] 学者娄锐·派（Lowry Pei）指出："伊思特的坚持己见源于对社会习惯与规范的一种拒斥。"[2] 姓名是个体区别彼此的标识，是自有身份的组成部分，伊思特对自己姓名拼写的坚持，目的在于维护自我独立性，拒绝社会习俗的同化，企图塑造与"温婉"的南方传统女性模式相背离的"中性"形象。因此，伊思特经由这一独有途径，意在实现从女性气质到男性气质的性别超越，间接表达了寻求摆脱南方传统约束的渴望，也是淑女文化辖制下女性创造性地表达自我、坚持自我的一种生存方式。

不仅如此，伊思特独立的自我意识和强烈的个性还体现在与众不同的举止和应对事物的态度上。毫无疑问，她的特立独行、异于普通女孩的智慧对营地的其他同伴产生了难以抗拒的魔力，相对于她们而言，伊思特是男权文化笼罩下游弋其外的边缘分子，享受着不被性别规范束缚的自由，却同时被遵从南方传统文化的绝大多数人视为异类。评论家茱莉亚·德明（Julia L. Demmin）和戴维·科里（David Curley）在他们的文章"金苹果和银苹果"（Golden Apples and Silver Apples）中特别指出，《月亮湖》是一部关于女性的神秘作品，而伊思特则是这部神秘作品中更为神秘的主角。这种神秘与魔力集中聚集在她的眼睛上，如同韦尔蒂所描述的："伊思特的眼睛，既不是棕色的也不是绿色的，更不是猫一样的金黄色，它们含有金属一样的东西，单调而古老的金属感，因而你无法捉摸透它的意味。伊思特的眼睛，仿佛来自于遥远的古希腊或古罗马……"[3] 作为西方文明的发源地，古希腊罗马代表了最具活力、最为智慧的文化鼎盛时期，韦尔蒂

---

[1] Yaeger, Patricia S., "The Case of the Dangling Signifier: Phallic Imagery in Eudora Welty's 'Moon Lake'", *Twentieth Century Literature*, NO. 28, 1982, pp. 440–441.

[2] Pei, Lowryi, "Dreaming the other in *The Golden Apples*", *Moderna Fiction Studies*, NO. 28, 1982, p. 424.

[3] Welty, Eudora, *Stories*, *Essays and Memoir*, The U.S.A.: The Library of America, 1980, p. 347.

将伊思特的眼睛与具有深邃历史感的文明古国作奇喻对比，暗含了她的独特智慧与神秘本性。然而，在美国旧南方，对于淑女的塑造意在培养体现阶级优越感的高雅贵妇人，作为一种手段而不是目的，智慧、教养与学识只是增添身价的砝码，为一桩好婚姻所做的前期准备；恪守妇道、奉献、盲从礼教才是衡量自我成就的唯一标准，当智力与能力作为一种自我价值实现，则是南方淑女文化传统所抵御的。鉴于此，伊思特的身体表征摆脱了女性历来被男权文化所描述的浅薄、无知、柔弱等特质，从模板化的女性形象中抽离出来，践行了一个生命主体最本真的自然建构，在一定程度上消解了南方淑女传统。通过反叛与消解，伊思特企图实现从女性气质到男性气质的跨越，成为伍尔芙所倡导的"双性同体（Androgyny）"。

伊思特无视南方文化覆盖在女性身上的种种禁令，她随身佩带着只有男人才应有的刀具，玩着男人才该玩的一种被称为"将小刀投掷地上竖立（mumblety-peg）"的游戏。这种游戏与南方的民间传说有些渊源，据说是从各个不同的方位掷刀具，以便将刀刃插入地面。《韦伯新大学词典》（*Webster's New Collegiate Dictionary*）补充说，最早的 mumblety-peg 游戏，输家必须用牙齿咬着刀刃将刀具从地面拔出。可见，这是一个非常具备挑战性及男性化的游戏。通过对此种游戏的迷恋，伊思特从潜意识中实现着对男权文化的抵抗，并借助男性化的道具构建了自我的身份特征。

作为男权文化中的女性，除却姓名称谓，身体是她们最为本质的自我体现，通过对身体持有的态度及衍生出的行为举止，潜藏着的自我意识将得以隐晦地传达。从作品伊始我们就发现了伊思特对两性关系的觉醒，以及对可能存在的危险性的抵抗。"教圣经课的奈斯比特（Nesbitt）先生，抓住伊思特的腰身，把她扳过来直面着他，眼睛死盯着她过早发育的胸脯。伊思特的反应是把他紧箍在自己身上的手狠咬一口。"① 但是，伊思特并不因此对来自男性世界的威胁产生畏惧。当月亮湖营地的成员结束了他们的晚间活动，躲进各自的帐篷的时候，妮娜躺在床上准备入睡，"沉思的夜粗鲁地入侵了她们的帐篷，……他长长的手臂，长长的翅膀，站在帐内的柱子旁。妮娜平躺着，静静地缩回了身。但是，夜认识伊思特，并很了解她。朱妮娃（Geneva）将伊思特推到了床的最边缘。熟睡中的伊思特双臂下垂，双手向外张开着。过来吧，夜。伊思特仿佛温柔地召唤着这个黑黢黢的庞然大物。夜顺从而优雅地伏在她的脚下，伊思特向夜张开了双臂，夜侵入了帐篷的每个角角落落。"② 显而易见，夜的意象代表着一位神秘而强大的男子，他悄悄地潜伏在女性的周围，窥视着她们的一举一动。评论家韦斯林（Westling）认为，夜这一意象充斥着浓郁的色情与性爱的味道，"非常明显，夜是带着阳物特征的，而帐篷则形似于女性的阴道"③。相对于其他女孩的避之唯恐不及，伊思特是主动逢迎的，这又一次体现了她对传统的男权文化中女性角色之规范的颠覆。同时，夜作为男性的象征，在具有魔力的伊思特面前，却扮演了男权文化中女性的姿态，毕恭毕敬、出乎意料地屈从俯就，从侧面有力地支持并配合着这种颠覆行动，传统的男女两性形象模式被打破。

作为一个孤儿，伊思特介乎于莫加纳和金·麦克莱的社会范围之间，既不完全是他们的一部分，也不完全与他们无关。她既没有父亲也没有母亲，所以无法轻易地被控制在男性家长或女性家长的权威下。如同她的名字所体现出的双重特征一样，她既是犹太女王一样的女性，又是复活基督一样的男性。同时，她既是性征发育明显的女儿

---

① Welty, Eudora, *Stories*, *Essays and Memoir*, The U. S. A. : The Library of America, 1980, p. 347.
② Ibid. , pp. 435 – 436.
③ Westling, Louise Hutchings, *Eudora Welty*, Totowa, New Jersey: Barnes and Noble Books, 1989, p. 144.

身（伊思特的胸部发育明显比其他女孩成熟），又是整日带着刀具的男性游戏痴迷者。所有这些边缘化特征既缘于伊思特自我意识的觉醒，又缘于由此导致的对男权文化的颠覆。虽然这种颠覆行为使她成为一种超越世俗的神话存在，但依然如卡洛·曼宁（Carol S. Manning）所言："只是其它女孩眼里，她带着神秘色彩而已，事实上，她依然要面对作为一个女性所必须经历的成长的痛苦。"[①] 不幸的是，当成长过程中的危险来临时，由于伊思特自身在反抗叛逆的过程中所构建的边缘化身份，她所能得到的解救既不来自于男权的力量，也不能依靠自己的女性同胞或者女权的力量，因为她本身在颠覆着男权文化，也因为她自身一直拒绝成为男权文化规定下模板化的女性形象。在旧南方，男女性别有鲜明的预设表征，赋予各自截然不同的性别内涵。在伊思特颠覆男权时，她把自己放在了男性的对立面，当她拒绝成为男权文化要求下的女性时，她也隔绝了自己与绝大多数女性的认同和联结，由此导致了孤立无援境况中的不幸结局。这种不幸与尴尬体现在短篇小说《月亮湖》（Moon Lake）中伊思特（Easter）的溺水和洛克·莫里森（Loch Morrison）的施救过程中。

在《月亮湖》作品的起首，韦尔蒂就通过对洛克隐晦地提及一下子提振了读者的注意力。文本是如此叙述的："从一开始，他（洛克·莫里森）的令人备受折磨的在场深深影响着她们。"[②] 作为营地救生员的洛克，是那些营地女孩们的保护者、拯救者，他充盈着阳刚之气的男性权力无所不在地作用于这些未成年的女性身上。"洛克，负责营地的巡逻救生工作，在月亮湖要和女孩子们度过为期一周煎熬的营地生活。"[③] "煎熬"用洛克的话解释是因为她们既无用又是负

[①] Manning, Carol S., *With Ears Opening like Morning Glories: Eudora Welty and the Love of Storytelling*, Westport: Greenwood Press, 1985, p. 110.

[②] Welty, Eudora, *Stories, Essays and Memoir*, The U.S.A.: The Library of America, 1980, p. 419.

[③] Ibid., p. 437.

累,非常直截了当地表露了他的厌女情结。此外,韦尔蒂曾将洛克长长的游泳衣与游吟诗人穿着的正式的黑色套装做了对比描述。民间故事中认为,游吟诗人是塔罗牌占卜游戏中最为诡秘的一张牌,象征创造力和权力。牌面上显示游吟诗人一手持魔杖(梅花),另外三张牌(黑桃、方块和红桃)放置在面对他的桌上。这四种牌型分别代表着指南针所示的东南西北四个方位,由此也象征着游吟诗人对周围境况的全盘掌控。韦尔蒂通过衣着的对比联系将二者合二为一,意在指明洛克对整个营地训练生活的至高无上的控制者地位,以及作为救生者所具有的给予重生的神奇能力,这种能力在伊思特身上得以证实。洛克·莫里森作为家长权威的出场也带着明显的男性特征,他的外表是健壮的运动型,带着男性的力度;他身上总是佩戴着阳物意象的号角,用来指挥和调控营地女孩们的日程安排。此外,他的出场总是一副高高在上的样子。不论是在月亮湖畔还是在跳台之上,他都以"观者"的身份巡视着营地女孩们的所作所为。这种景象非常相似于福柯描述的"圆形监狱"这一社会情境中的监控者形象。[1] 洛克作为月亮湖的最高权威,通过他男性的一丝不苟的"凝视(gaze)",表明了男权文化的支配地位和不可侵犯。"'凝视',是携带权力运作或欲望纠结的观看方法。观者被权力赋予'看'的特权,通过"看"确立自己的主体位置,被观者在沦为'看'的对象的同时,体会到观者眼光带来的权力压力,通过观者的价值判断进行自我物化。"[2] 事实上,南方淑女的存在很大程度上是为了满足男性家长的凝视欲望,营地女孩感受到洛克作为观者的特权,但是觉醒的她们并不盲听妄从,在作品随后的叙述中,这种"看"的权威性却遭到了逐步的消解,由主动的"看"转化为被动的"被看",男女两性的权力模式得到戏剧性

---

[1] Foucault, Michel, *Discipline and Punish: The Birth of the Prison*, Trans. Alan Sheridan, New York: Pantheon Books, 1977, p. 200.

[2] 赵一凡等:《西方文论关键词》,外语教学与研究出版社 2006 年版,第 439 页。

的反转。

妮娜、伊思特和吉妮·拉乌在月亮湖附近的森林或沼泽地集体冒险的过程中，从各个不同的视角出发，对洛克进行了"观看"，从而使他的身体不时处于"被凝视"之下。对于洛克而言，唯一可以躲避这种凝视的方式就是，借着夜幕的遮蔽独自在月亮湖做潜水运动。在文本的结尾处，营地训练的最后一天，妮娜和吉妮·拉乌偷偷潜入森林的腹地，看见自我流放的洛克站在帐篷外，"他赤身裸体着，身上摇来晃去的小东西就像瓶口滴出的最后一颗水珠"①。最终，这个真正的阳物意象在女性的眼里被贬低为"小东西"，高高在上的家长制权威被轻而易举地消解了。甚至吉妮·拉乌还外加了一句："明天回到莫加纳，我要告诉洛克，他是最自负的童男、弓形腿。妮娜，我们俩都会做老处女的。"② 这样一种灼见揭开了旧南方"处女文化"的隐秘一角，看似柔弱的南方淑女以她犀利的目光洞察了男性"外强中干"的本质，她们拒绝将自己的生命托付并融入另一个生命，而是选择在孤独的自我守护中圆满生命，蕴含着女性竭力抵抗淑女文化后的消极结局，同时，男性自以为是的"菲勒斯情结（phallus complex）"被女性无情的讥笑消解殆尽，由此，女性在成功地放逐自我的同时也果断地放逐了男性，从而更加彻底地颠覆了自高自大的男权文化。

即便如此，男女两性截然不同的生理构造依然注定了女性的弱势地位，她们不可避免地成为被动的接受者，接受男性不可理喻的入侵。洛克毋需直言其天然的家长地位和支配能力，他等待的仅仅是时机而已，显然，伊思特的意外溺水为其充分表演提供了绝妙机会。韦尔蒂作品的研究学者如苏珊·哈里森（Suzan Harrison）、帕特里夏·

---

① Welty, Eudora, *Stories, Essays and Memoir*, The U.S.A.: The Library of America, 1980, p. 437.
② Ibid., p. 465.

耶格尔（Patricia Yaeger）等已经达成共识，认为伊思特的溺水事件事实上是一种性成长仪式，是从青春期少女（adolescent）向成年妇女（womanhood）的一种过渡。这种说法有一定的依据支持，因为洛克·莫里森虽然是一个尚未有性经历的少年，但之前已经从偷窥薇姬·瑞妮（Virgie Rainey）引诱水手偷情的镜头中获得了这一经验。文中有这样一大段叙述："他（Loch）的目光投向楼上，在比他的望远镜要高一尺距离的地方。他喜欢赤着身子斜躺在垫子上，让棉布绒球蹭着他的身体，感觉像是波浪在皮肤上弹跳。他会平躺着吃腌菜，就跟那个水手和钢琴演奏者（Easter）一样，平躺着，从他们俩人中间的开口袋子里拿出腌菜品尝……有时候他们把腌菜噙在口中，就像叼着香烟，互相对望着彼此。有时候他们躺着，俩人的腿组成 M 字样，他们十指相扣，就像他妹妹卡西（Cassie）用折叠的报纸剪成的纸娃娃。也如同纸娃娃一样，他们很亲密地拥在一起，真正成了合二为一。像发光的大蚱蜢，他们的双腿和双臂蜷缩成为一体，死去了一般……"[1] 这是短篇小说《六月演奏会》中的片段，洛克因为养病独自困在屋里，为了打发无聊的时光，玩弄他父亲的望远镜时无意捕捉到的薇姬·瑞妮和水手的性爱行为。这一偶然经历充当了性启蒙的角色，使懵懂的少年从心理上进入了成年期。在对伊思特的施救过程中，洛克的行为使救助以变相的"强奸"形式出现，实现了他对这一经验的现实预演。

文中对救护过程的描写远远超过救护本身的含义。当洛克刚刚把伊思特拖出水面，"他们看见他抓着她的头发，就象抓住了他最渴望的东西，……在水底，他将自己与伊思特连成了一体，他像一架抽动的引擎，喷着水，把她拉到自己身边。"[2] 急救的过程中，"他俯在她

---

[1] Welty, Eudora, *Stories, Essays and Memoir*, The U.S.A.: The Library of America, 1980, p. 454.

[2] Ibid., p. 439.

身上，双手在伊思特的身上揉来揉去……伊思特的双腿分开着，洛克在自己的双腿之间将她抬起，随即又放下。"① 急救达到高潮时，"洛克伸出手，在伊思特的嘴里不停地挖着，真是难以目睹的行为啊。……他呻吟着，扑倒在她的身上，伊思特的身体上上下下被他推动着，他把手一次又一次地伸到她的腋窝下。"② ……诸如此类的描述在文本中零星地散布多处，这种救生过程的恐怖不仅仅在于它的强暴特征，而在于事实上的"不得不看"，这种强制性的"看"来源于对生命的关注，对神秘的死亡的恐惧。从某种程度上而言，洛克的急救行为隐喻了粗暴的男性权力在女性身上不可理喻的运作，同时展现了男权文化中男女两性关系特定的意识形态特征。

尽管代表着女性文化权力的"营地母亲"丽兹·斯达克夫人（Mrs. Lizzie Stark）几番阻止这种残酷的救生行为，最后却万般无奈借着贬低洛克为"小流氓"来放逐他的男性权威和身份。尽管伊思特被救醒之后将洛克蹬倒在地，都不能改变男女双方在权力颠覆的相互角逐中的输赢局面。伊思特在苦苦追寻自我的历程中不惜将自我外化为边缘人，可悲的是她不仅遭受了男性文化的戕害，更经受着女性文化的放逐。营地的女孩们再不因为伊思特与众不同的气质而追随她，相反，她们由于她所遭受的身体事件玷污了纯洁的女性形象而万分嫌恶她。学者帕特里夏·耶格尔将这一身体事件看作是男权文化中女性向传统秩序的一种回归，并做出了精辟解释："伊思特身上体现出的自我实现对于男权文化秩序而言是一种威胁，因此，她必须经过这一残酷的被驯服过程。"③ 驯服的确成功地达到了它的预期目的。通过伊思特在月亮湖的溺水救生事件，男权文化趾高气扬地宣告了伊

---

① Welty, Eudora, *Stories, Essays and Memoir*, The U.S.A.: The Library of America, 1980, p.440.

② Ibid., p.441.

③ Patricia S., Yaeger, "The Case of Dandling Signifier: Phallic Imagery in Eudora Welty's 'Moon Lake'", *Twentieth Century Literature*, NO.28, 1982, p.438.

思特作为个体抗争的失败,同时宣告了丽兹·斯达克夫人作为整个群体抗争的无效。

身体是承载着想象、情感与思想的复合体。在"月亮湖"中,韦尔蒂的文本叙述以迭出不穷的身体意象出现,被放置于不同语境的诗学关照之下,阐述了其象征意义,不仅揭示了美国南方社会男权构建的特定表达形式,也呈现了男权文化的自我消解状况,同时表明了处于男权制度统治下女性的无畏反抗以及无果而终的悲剧结局,附加了深刻的文化隐喻,体现了美国南方社会对男权思想的建构与解构、颠覆与妥协互动的文化风貌。

著名的人类学家道格拉斯(Douglas)在《自然象征》(*Natural Symbol*)一书中指出,"人的身体最容易反映特定社会系统的意象,有关身体的观念密切对应于相关社会通行观念"[1]。不仅如此,"社会中的特定群体对于身体所采取的思路,往往会符合其所处的社会位置"[2]。这种建立在人类学基础之上对身体的阐释,可以作为借鉴,用来理解韦尔蒂作品中身体事件所传达出的社会文化信息。处于美国南方文化统治下,伊思特等营地女孩必须遵循与其社会文化相对应的身体规范,符合约定俗成的社会通行观念,如果逾越了通行观念中对身体的束缚限制,僭越者将面临被边缘化、被强制规训的危险,为自身颠覆行为付出巨大代价,亦将承担失败后的无奈妥协、自我调适和委身屈从。通过作品韦尔蒂以她摄影家的敏锐视角,聚焦于身体文化的表现,成功实现了其融视觉艺术于文学表达的诗学追求,堪称独树一帜。

---

[1] Douglas, Mary, *Natural Symbols: Explorations in Cosmology*, London: Routledge, 2003, p. 162.

[2] Shilling, Chris, *The Body and Social Theory*, London: Sage Publications, 2003, p. 70.

第三章 淑女文化中身体的诗学

　　骑士精神与绅士风度是美国南方男权社会的精神文化渊源，与之相匹配并共同为这一文化制度鼎力服务的是美国南方的淑女文化。这是两种带有典型性别特征的文化形式，均涵盖了丰富的现实生活内容，通过特定的衣着打扮、行为举止、情感表达以及意识形态实践等得以完整呈现。

　　和骑士精神一样，淑女文化的雏形诞生于宗教气息浓厚的中世纪。出身名贵的女性必须先学会爱和敬畏上帝，远离骄傲自大、自命不凡和安逸奢侈，从而为培养美好的品德奠定基础。她们必须学会温顺、谦卑、屈从地应对周遭的环境，尽最大努力走上圣洁之道。她们的生活被一分为二：首先，淑女的身心时刻倾注在造物主身上。她从尘嚣中退身而出，双膝在跪，双手抱胸，眼视苍穹，在上帝面前沉思、忏悔。她无欲无求，上帝是她的安慰，她是上帝纯洁无暇的使女；其次，淑女因着上帝的爱，心甘情愿为他人花费自己的精力和时间。她探访病人和穷人，怜悯那些陷在罪与苦难中的人，为他们落泪。她爱邻居，做善事，渴望帮助别人，把全部的身心投入到慈善事业中。她为了上帝的缘故甘心忍受任何伤害和苦难，因而非常坚忍。[①]

　　淑女文化盛行于贵族阶层，特别是宫廷当中。随着时代的前进，

[①] ［法］克里斯蒂娜·德·皮桑：《淑女的美德》，张宁译，江西人民出版社2009年版，第22—23页。

对淑女言行规范的条例也愈发完备起来。首先,她应该避免憎恨、偏见和嫉妒的侵蚀,保持内心的宁静。其次,她应该用智慧创造和睦的人际关系,维持秩序的和谐,不管是家庭的还是社会的。再者,她必须自爱,不轻佻,穿着端庄,为人大方,面对各种各样的诱惑理性而谨慎地行事,坚守品格的纯正。另外,她还应该是聪明而智慧的管家,能够合理地管理家产,并通晓与之相关的风俗和法律,有能力处理家务纠纷,等等。除此之外,当时的淑女规范对未婚女子、寡妇、老处女和修女等不同群体有相应的条例限制。这样一套严谨完善的教化典章,通过清教徒带到了美国大陆,在美国南方这块特殊的土地上,在艰苦卓绝的拓疆时期,很适时地得到了沿袭、继承和发展。之后的美国南方种植园经济模式,为淑女文化的生根开花提供了优质的养料。

第一节　南方淑女的身体形象塑造

北京清华大学陈永国教授在其著作《美国南方文化》的扉页,以诗一般的语言为我们描绘了美国传统文化扎根成长的生活土壤:

在美国人眼里,美国南方一直是神秘而引人入胜的。几代文人墨客所描写的美国南方是一片倦怠舒适的乐土。在每一棵忍冬藤下,你可以看到满脸堆笑的托普西和温良恭顺的汤姆大叔;那里的每一个男人都是生长在大宅院里的贵族绅士,每一位女士都是雍荣华贵的大家闺秀;那里棉田万顷,一望无际;月色中你可以看到少女窈窕的身影,听到悦耳的班卓琴音;大橡树上倒挂着缕缕西班牙"摩丝",条条河流编织出大地秀丽的图景;房前院后,花前月下,捉闲的人们呷咽着薄荷酒;动人的故事,朗朗的笑声,少男少女的嘻闹,谱奏出美国南方田园乐土的交响曲。

从这段文字中我们可以了解到,美国南方具备特有的、舒适的气候条件、优越的自然环境和丰沃的地域优势。一方面，它熏陶出南方人纯朴、高雅、浪漫的天性，使得田园风光下的男人风度翩翩，女人优雅大方；另一方面，美国南方造就了以种植园经济为核心的农业经济，使得"庄园""绅士""淑女""等级"等这些字眼成为美国南方传统文化的代名词。

1607年，英国殖民者在弗吉尼亚成功地建立了第一个殖民地——詹姆斯敦，他们作为第一批南方拓荒者为新大陆的景色和气候所吸引。适宜的气候和漫长的生长期促成以烟草、稻谷、棉花和甘蔗为基础的农业经济，他们在南方发现并创建了一个新的伊甸园，这就是最早种植园经济的雏形。许多学者一致认同，种植园经济是南方绅士和南方淑女产生的根基之所在，与种植园经济相伴而随的是蓄奴制的盛行，这种封闭的自给自足的经济模式造就了南方男人和女人各自的独特品质。作为大家族的家长，南方男人不仅承担着兴家创业的重任且肩负着维护家族荣誉的使命，因此他们拥有勇敢、坚强、为荣誉而战的骑士精神和优雅、风度翩翩的绅士作风。由于黑奴作为佣仆包办了家庭的一切体力劳动，南方女人则有时间和经济条件培养自己典雅的举止与得体的谈吐，成为富有教养的南方淑女。

此外，弗吉尼亚的拓荒者及其后续的南方殖民主义者都来自英国的中产阶级，为了适应新的生存环境，必须将英国的社会文化风俗和生活习惯与土著人的生活方式相结合。因此，早期南方文化自然而然存在诸多欧洲因素，如英国社会的等级制度，欧洲的音乐和文学形式，基督教的世界观和组织形式等。南方文化始终以英国高雅社会的价值和行为准则为基础，南方贵族也试图把美国南方文化说成是英国文化，将自身定义为骑士贵族的后裔。由此，南方绅士和南方淑女的神话宣告诞生。

美国著名作家坎实（J. Cash）在他1941年出版的《南方精神》(*The Mind of the South*) 中详细描绘了孕育出南方绅士和淑女文化的地理环境和气候特征。南方淑女不仅是一个具有典型地域特征和性别意义的名词，在一定程度上还蕴含了特定的历史文化内涵。理想化的淑女形象是南方文化的核心之一，此文化对受众行为的控制意图较为明显，其控制机制自女性幼年时起便已发挥威力。它按照"娴雅、圣洁、沉默、顺从"的标准，通过奖惩交替机制来规训女孩的行为。凯瑟琳·安·波特（Katharine Anne Porter，1894—1980）的作品《处女维勒塔》（*Virgin Violeta*）中，小女孩维勒塔身边的所有成人对她没有任何期待，她只需要跟着西塔修女走，做一个乖女孩儿。维勒塔一旦跨越了禁区，就会受到母亲的话语责备和父亲的体罚威胁，美其名曰是对她的道德天性进行修复。

美国南北内战以前，种植园的女人被赋予了双重身份：一是由成群的黑奴恭敬侍奉的高贵女主人；二是男主人的贤慧内助，是南方绅士效忠的对象和绅士风度的酬报。尽管如此，在南方大家族里，附属的地位依然是南方淑女不可避免的宿命，种植园男人是外部世界的征服者，他们征服自然，征服少数族裔，为了建立起一个内外有序的完整系统，他们用男性想象创造了象征着家族血统、家族荣誉及理想化欲望的南方淑女形象。

在西方世界，人们往往把身体看作一个处于"成为"（becoming）过程中的实体，是一项致力于打造的规划（project），落实为个体自我认同的组成部分。[①] 在西方传统社会中，身体规划倾向于通过身体的装饰、铭刻、改变以及社群交往中的礼仪规范来塑造一种传统样板。[②] 因此不难理解，在美国南方男人的臆想当中，南方的处女圣洁无瑕，备受膜拜；南方的母亲，温良贤慧，值得敬仰。此外，这里也潜藏了男权社会"社会性别训练"的阴谋。所谓社会性别训练，意味着给女性预设一种柔弱身体的被支配性意象，使得女性软弱这一既

[①] Brown, P., *The Body and Society: Men, Women and Sexual Renunciation in Ealy Christiality*, London: Faber and Faber, 1988, p.288.

[②] Rudofsky, B., *The Unfinished Human Body*, New York: Prentice-Hall, 1986, p.174.

存观念和实践变得合法化。① 因此,南方淑女代表了南方男人的竭力维持种植园现状的一种理想,"对于男人,她应该是温柔、优雅、顺从的,对于孩子和黑奴,她又是有能力、有精力、有创造力的"。此外,她们是作为贵族世家道德标准的继承者和男人理想的象征物,她们被剥夺了性追求的自由和权力,被剥夺了感情自然表达的自由,成为无欲无求的天使形象。这种固定模式,已经深深地植入一代又一代南方人的血脉之中。

如同美国南方作家哈泼·李(Harper Lee)在其作品《百舌鸟之死》(To Kill a Mocking Bird)第二十四章中所描述的,南方淑女生活在她们梦幻般的世界里,"凉台上散发着香味,她们轻轻地摇摆着身体,缓缓地扇着扇子,喝着清凉的水"。这一描述非常形象地体现了南方淑女的风韵,以及淑女作为一种文化在身体外在层面的具性呈现——她们必须展现极致的女性气质,表现出温柔、纯洁、妩媚、柔弱而且娇贵的性格特点。这些大家闺秀或者小家碧玉们,是绅士们精心呵护的对象。在捍卫女性的贞洁、荣誉的护花行动中,他们的骑士精神和绅士风度得以淋漓尽致地体现,为了这种自负心理的满足,他们甚至不惜牺牲自己的生命。

由于南方淑女文化深深根植于特殊的地域经济结构,当南北战争作为一种势不可当的外来武力,无情地以摧枯拉朽之势将这个社会根基——建立在奴隶制基础上的种植园经济连根拔起的时候,南方淑女文化受到了致命的一击。和南方绅士一起,南方淑女失去了庄园、奴隶、财产和地位,男人在战争中死伤无数,再也无法为她们守护那个舒适安全的庇护所。战争中的挫折和绝望吞噬了南方男人的理想,南方女人面临着生存的困境,她们必须亲力亲为艰难地为自己开拓一条生路。她们成为历史进步过程中无辜而可怜的牺牲品。面对着旧的南

---

① [英]克里斯·希林:《身体与社会理论》,李康译,北京大学出版社2010年版,第107页。

方传统和价值体系的坍塌,南方淑女面临着思想转型的阵痛,她们或固守着旧的神话,营造着自我封闭的孤岛,或随波逐流、自我放逐,被彻底异化,或积极地植入新的价值体系当中,不一而足。

美国南方文学的精神领袖福克纳的世系小说中不乏对南方淑女的描述。他在书中对"淑女"一词的定义是:"在美国南方的历史背景下,淑女并不是那种比其他女人更具吸引力的人,而是那种身份和社会角色以其特权地位为基础的白人女人。"同时,福克纳在其作品中塑造了不同体征的淑女形象:有的身体力行、恪守淑女风范;有的反其道而行之,让生命的张扬成为一道风景;还有的虽然在内心深处渴望摆脱束缚,但实际行为上却无法真正实现,只能以一种病态的方式表达。在《喧哗与骚动》(*The Sound and the Fury*)中,对南方淑女的塑造与对南方荣誉的竭力维护相随而行。那些生活在种植园中的南方淑女形象是南方神话衍生出来的一种精神,是南方荣誉的重要组成部分。南方没落贵族之家的凯蒂(Caddy Compson),生活在特定的南方文化中,在整个家族的道德监护下,一点一点地失去了自然、活泼的天性,成为家族荣誉的象征,被迫遵循着淑女文化的种种规则。她在多次寻求自身话语的努力与尝试中遭受挫折,甚至她的身体也已经不属于自己,而被物化为贞操与家族荣誉的替代品。文化本是人类的精神家园,而这种淑女文化自身的病态和毒素给主人公带来了无尽的苦难。在《献给艾米丽的玫瑰花》(*A Rose for Emily*)和《八月之光》(*Light in August*)中,南方淑女和南方男权紧密相连。为了维护自身高贵的身份和地位,在男权化身的父亲的佑护下,艾米丽成长为南方淑女的标本——自恋、傲慢、矜持,成为全镇人公认的"画中人"。她固执地蜷缩在沙多里斯时代的旧南方传统中,性格渐渐变得孤僻而乖张,最后她用砒霜毒死未婚夫并藏匿尸体数十年,并和腐尸同床共枕。艾米丽采用这种极端的方式,对淑女文化给自身生活所带来的巨大痛苦进行了彻底的报复。《八月之光》中,在令人窒息的男权文化的压迫下,三位性格各异的女性以不同的方式挣扎求生,但其结局标明了一个共同的真理：看似神圣的南方淑女，根本无权力可言，只有臣服于男性，做淑女文化的践行者，她们才有生存的可能。《干旱的九月》（Dry September）中，淑女文化与种族问题产生了因果关系。明妮·库柏（Minnie Cooper）年轻时冒失、轻佻、激情四射，到了该嫁的年龄却因行为不符合淑女规范而遭冷落，成了无人问津的老处女。长期生理欲望的压抑扭曲了明妮的心，她寄期望于"被黑人威尔·梅也斯（Willie Mayes）强奸"这一谣言来吸引男人的注意，却不曾考虑会给威尔带来灭顶之灾。镇上的白人以"南方淑女神话"作为借口，最终对这个黑人处以私刑。黑人的"黑"不只代表着一种肤色、一种生理特征，它已经被社会化、政治化为一种符号，明确地宣示"白人高贵，黑人低贱"。作品同时指出，这些南方白人实质上关心的不是南方淑女，只是为自己的暴行寻找一个巧妙的借口而已。事实上，肉身、性与富于情感都被看成是不可控制的力量，是蕴含巨大焦虑的源泉。[1] 这些白人男性"不是将自己对于肉身的忧惧个体化、内在化，而是将这种焦虑投射到别人的身体，不仅是某一个黑人的身体，而且包括全体女性的身体"[2]。

面对着旧的南方传统和价值体系的坍塌，南方淑女面临思想转型的阵痛所作出的抉择是迥然不同的。当温馨祥和、风光旖旎的种植园田园生活一去不复返时，玛格丽特·米切尔（Margaret Mitchell）的名作《飘》（Gone with the Wind）的主人公斯嘉丽（Scarlett），在南北战争的烽火弥漫、血雨腥风中，选择充当独立的个体，像男人一样坚强、勇敢，不依附于男人的保护，相反尽自己能力所及保护他们。当南方种植园文化面临北方工业化进程的步步相逼而节节败退时，田纳西·威廉姆斯（Tennessee Williams）的代表作《欲望号街车》（A

---

[1] ［英］克里斯·希林：《身体与社会理论》，李康译，北京大学出版社2010年版，第53页。

[2] Ruthford, I., *Male Order, Unwrapping Masculinity*, London: Lawrance and Wishart, 1988, p. 168.

Streetcar Named Desire）中的主人公布兰琪（Branche），她来自于具有法国血统的南方贵族家庭，受过良好的教育，通晓文学、法文，面对正在上升的资本主义工业文明，采取了逃避，生活在"南方淑女"的虚幻中而无法面对粗俗的现实。与尤多拉·韦尔蒂同期并称为导师的凯瑟琳·安·波特，在"米兰达（Miranda）世家"系列小说三部曲中，突现了南方淑女情结的破灭给米兰达无意识本能这一心理层面上带来的毁灭性影响，她的成长伴随着对旧的淑女文化的叛离、对自我的流放和自我价值的追寻而展开。由此，波特在其作品中对南方淑女文化与女性意识觉醒进行了深刻探讨。

  作为一名在美国南方的土地上生活了 90 余载、对南方文化的精髓谙熟于心的正统南方女作家，尤多拉·韦尔蒂的作品中自然少不了对南方淑女的叙写。《三角洲婚礼》（*Delta Wedding*）中的艾伦（Ellen）、《乐观者的女儿》（*The Optimist's Daughter*）中的劳瑞尔（Laurel）是最为典型的，此外，短篇小说《送给玛茱莉的花》（*Flowers for Marjorie*）中的玛茱莉（Marjorie）、《一则消息》（*A Piece of News*）中的拉比·菲舍夫人（Mrs. Ruby Fisher）、《一份记忆》（*A Memory*）中的"我（I）"、《克莱缇》（*Clytie*）中的克莱缇等都深受淑女文化的浸濡。但是通过仔细的资料筛查，尚未发现国内外学者对韦尔蒂作品中的淑女文化进行过深入的专题研究，与此相关的研究也为数不多。1995 年《密西西比季刊》（*Mississippi Quarterly*）第 48 卷刊登了丹尼尔·福勒（Danielle Fuller）的"尤多拉·韦尔蒂小说《三角洲婚礼》和《乐观者的女儿》中女性的性与婚姻的思考（Making a Scene: Some Thoughts on Female Sexuality and Marriage in Eudora Welty's *Delta Wedding and The Optimist's Daughter*）"一文，探讨了南方女性在家庭生活中通过性爱所获得的情感体验、对女性独立的追求及社会角色的认知等问题。在 1997 年《密西西比季刊》第 55 卷安妮·罗明斯（Anne Romines）的文章"《三角洲婚礼与南方妇女文化语境》（Reading the Cakes: *Delta Wedding* and the Texts of Southern Women's Culture)"中，虽然题目与淑女文化专题颇为接近，但内容侧重于韦尔蒂作品中南方妇女的烹饪及蛋糕文化。卜兰伦·卡斯泰娄（Brannon Costello）2000 年在《南方文学》（Southern Literature）第 33 卷发表了"性的洗礼与女子气质：尤多拉·韦尔蒂小说集《金苹果》中的个人主义（Sexual Baptism and Feminine：Individuality in Eudora Welty's *The Golden Apples*）"，揭示了"水"这一意象的隐喻象征含义与女性的性征之间的联系。2003 年卡洛·安妮·约翰斯顿（Carol Anne Johnston）发表在《密西西比季刊》上的"性与南方女孩：尤多拉·韦尔蒂的批评传奇（Sex and Southern Girl：Eudora Welty's Critical Legend），分别以短篇小说《石化人》（*Petrified Man*）、《在兰丁镇》（*At the Landing*）、《六月演奏会》（*June Recital*）"为蓝本，分析了性别与性的文化构造（cultural configuration）问题。《南方季刊》（Southern Quarterly）2004 冬季版劳拉·斯劳恩·潘特森（Laura Sloan Patterson）的文章"尤多拉·韦尔蒂小说《三角洲婚礼》和性科学运动（Sexing the Domestic：Eudora Welty's Delta Wedding and Sexology Movement）"，将性与家庭纳入性科学的研究框架之中，讨论了《三角洲婚礼》中家庭内部的性道德问题。约书耳·帕克汉姆（Joel B. Peckham Jr.）的"尤多拉·韦尔蒂的《金苹果》：不幸与母系南方（Eudora Welty's *The Golden Apples*：Abjection and the Maternal South）"研究的则是性角色问题。此外，1974 年，菲利普·安伦·坦普利（Philip Allen Tapley）的博士论文《尤多拉·韦尔蒂短篇小说中的女性描述》（*The Portrayal of Women in Selected Short Stories by Eudora Welty*）细致分析了 21 部短篇小说中女性人物的刻画。1977 年，玛西亚菲·利普斯·麦克高文（Marcia Phillips McGowan）的博士论文以《尤多拉·韦尔蒂作品中的女性经验模式》（*Patterns of Female Experience in Eudora Welty's Fiction*）为题，主要参考西蒙·波伏娃（Simone de Beauvoir）的《第二性》（*The Second Sex*），运用女性主义理论对韦尔蒂的相关作品逐一考察。

第三章　淑女文化中身体的诗学 | 71

综上所述，在韦尔蒂作品的评论文章或著作中，南方淑女这一话题总是随着家庭、性、人物刻画等主题研究作附带的涉及，并没有被作为南方文化不可分割的一部分加以重点研究。至于从身体研究的角度对韦尔蒂作品中身体叙述的隐含喻意进行文化研究，揭示其所遮蔽的南方淑女文化特征的文章，更是鲜有涉及，接下来，本篇将试图对此做一尝试。

第二节　自恋禁锢的身体与淑女文化的遵从

尽管尤多拉·韦尔蒂一直反对有意识地从女性或男性视角进行创作，并且认为任何一种创作倾向都会限制作者本人对现实世界的充分摹写，但是作为一位女性作家，不可避免她的大多数作品依然叙写的是女性人物和女性世界。做一个较为粗略的统计，她的第一部小说集《绿帘及其它》(*A Certain Of Green, and Other Stories*)包含有17篇短篇小说，除了《珂拉，被驱赶的印第安女佣》(*Keela, the Outcast Indian Maiden*)和《力神》(*Powerhouse*)之外，其余15篇均涉及女性主人公。第二部小说集《大网及其它》(*The Wide Net, and Other Stories*)包含8篇短篇小说，《初次的爱》(*First Love*)和《寂静时刻》(*A Still Moment*)完全没有女性人物，其他6篇都围绕着女性主人公而展开。第三部小说集《金苹果》所有篇章以女性为主，包括母亲、妻子、老处女等。由此，评论家乔纳森·亚德里(Jonathan Yardly)认为，尤多拉·韦尔蒂是一个"女人们的作家(women's writer)"，而莱斯利·费德勒(Leslie Fiedler)却抨击韦尔蒂的作品基于女性主义，使得美国南方特质的表现过于狭隘，对此曼兹·库兹小姐(Miss Manz-Kunz)指出此结论过于主观臆断。约翰·爱德华·哈代(John Edward Hardy)则称赞韦尔蒂的女性特质(femininity)，认为"没有小说家的作品象韦尔蒂的小说那样充满着女性气质(feminine)，但同时又游离于女性主义（feminism）之外"①。韦尔蒂本人在《南方评论》(*Southern Review*) 的一次访谈中也申明，她的作品创作并不关心与女性主义相关的问题。因此，不像约瑟芬·杰瑟普（Josephine Jessup）以女性主义理论为视角，对伊迪丝·沃顿（Edith Wharton）和薇拉·卡瑟（Willa Cather）的作品进行深入的研究，韦尔蒂的研究者只能局限于关注女性人物的分析。

　　涉世未深的少女是韦尔蒂作品中女性群体的重要组成部分，从某种程度而言，这类女性有独特的性属特征。其一，她们是年轻未婚的女子，是被撒旦诱惑偷食禁果之前的夏娃，还未有完全的性意识萌芽，没有经历性仪式的成长，处于成人经验世界的外围。其二，她们是父母的监护对象，尤其对美国旧南方的少女而言，身体的规训与潜能的开发是不成文的规矩，且很大程度上为塑造成贤妻良母作前期准备。她们是淑女规范的被动奉行者，是上一辈人将南方传统予以保留并贯彻下去的继承对象，她们像一张张白纸，被母系权力代表者从咿呀学语之时开始灌输淑女文化的点点滴滴，耳濡目染，身体力行，并将此奉为圭臬，形成独特的价值观和世界观，用以衡量自我及周遭的人与事。

　　就本质意义而言，淑女文化可谓南方女性的一部道德经，"要求个人必须绝对服从和牺牲，个人的行为选择就是为了验证传统习俗的权威、永恒、神圣和力量，而不是为了一己私利"②。小说集《绿帘》中的短篇小说《一份记忆》(*A Memory*) 中的"我（I）"，一位钟于艺术的少女，就是这种非常典型的类型。她在父母的极力保护下成长，接受的是纯粹的传统淑女家庭教育，并使其最大限度地避免与现实世界的丑恶经验接触。她自己坦承，对于令人不舒服的东西或与预

---

① Hardy, John Edward, "The Achievement of Eudora Welty", *Southern Humanities Review*, NO. 2, 1968, p. 271.

② Welty, Eudora, *Stories, Essays and Memoir*, The U. S. A.: The Library of America, 1980, p. 147.

期不符的事,就很容易受到惊吓。她是纯洁的天使形象,任何与身体与性相关联的实体性对象都是与她纯粹的精神世界相分离的。在情窦初开的时期,她暗恋着同班的一个男孩儿,她的记忆里一次又一次闪现着某次无意间触摸到男孩手腕的情景,她自身将这一微小的身体事件在精神层面的感触描述为:"心中膨胀着一种美感,就像一种特殊的时刻,一朵玫瑰早熟了,绽放着。"① 这种身体与精神的分离,以形而下升华为形而上的方式,实现了淑女圣洁形象的塑造。接下来,对她影响更为深刻的身体事件发生了,在学校里,被暗恋的男孩儿突然鼻子出血,飞奔出教室。这一情形令她非常震惊,她当即就晕倒了,并成为以后习惯性晕血的起因。"晕倒"或者"昏厥"(faint),是南方淑女文化中必不可少的组成部分。在一些南方作家如田纳西·威廉姆斯等的作品中,女性小题大做的晕倒并不鲜见。在美国南方作家玛格丽特·米切尔的名著《飘》里,黑妈妈曾教导斯嘉丽:"真正的淑女,得见到耗子就要晕倒。"这种晕倒并不是真正地不省人事地昏厥过去,而仅仅作为遇到意外事件之时身体应做的条件性反射。这种条件性反射也并非完全自然性的,其中掺杂着人为的文化因素,是为维护一定的道德规范而服务的。"晕倒",这一身体行为本身要表达的含义是富含女性气质的,隐喻着柔弱的、胆怯的、无力的、需要被保护的诸如此类的含义,相对于彰显勇敢、强悍、权威等男性阳刚气质而言,是处于被动的、被支配的弱势地位的。在淑女文化中,"晕倒"使得女性成为娇弱、纯洁、优雅的被观赏者。"这些女性履行着自身有关'纤弱'的古板形象,表现出在生理和生物角度上的低劣。她们'确实'昏过去了,'实在'吃不下饭,三天两头卧病不起,实际上是以各种方式表现一种被动和顺从。"② 这也成为南方绅士体现

---

① Welty, Eudora, *Stories*, *Essays and Memoir*, The U. S. A.: The Library of America, 1980, p. 149.

② Hargreaves, J. Sport, *Power and Culture*, Cambridge: Polity Press, 1987, p. 134.

其骑士精神、彰显其权力和能力的最有效方式。正是通过这种性别二元分法的观念性渗透及现实性实践，男权的支配地位得以巩固和加强。在本篇作品中，女孩儿根深蒂固地被淑女文化影响，即使她深深沉醉在对男孩儿的细致观察中，即使多年之后也记得他所穿毛衣的花色，同时自语："我记得，他坐在自己的课桌旁边，来回摆动着自己的双腿，轻轻地，几乎不接触地面……"① 她依然走不出淑女规范替她建造的象牙之塔，依然充当着一个有爱无欲、标准淑女的梦幻者角色。

可是，人总是要从梦幻到达现实，虽然这是一个痛苦的过程，其间无论是身体感官还是精神体验上，都会经历对粗糙的真实世界的震惊、厌恶，会产生意识中世界理论知识与经验知识的对冲，但在总体上是无法避免的，最终还是要接受种种不完美的体验，这就是所谓的"成长（initiation）"。在近代美国文学史上，成长主题的表达并不鲜见，如马克·吐温的《哈克贝里·费恩历险记》（*The Adventures of Huckleberry Finn*）、斯蒂芬·克莱恩（Stephen Crane）的《红色英勇勋章》（*The Red Badge of Courage*）、塞林格（J. D. Salinger）的《麦田里的守望者》（*The Catcher in the Rye*）以及托马斯·沃尔夫（Thomas Wolfe）、赫曼·麦尔维尔（Herman Melville）和欧内斯特·海明威（Ernest Hemingway）的许多作品。但是，首先对"成长"概念给出明确的界定始于科林斯·布鲁克斯（Cleanth Brooks）和罗伯特·佩恩·沃伦（Robert Penn Warren），在他们合著的《理解小说》（*Understanding Fiction*）一书中，基于对海明威的《谋杀者》（*The Killers*）和伍德·安德森（Sherwood Anderson）的《刨根问底》（*I Want to Known Why*）这两部作品的分析，"成长（initiation）"被定义为主人公由于发现了现实世界中存在的邪恶和无序、混乱，因此试图通过自

---

① Welty, Eudora, *Stories*, *Essays and Memoir*, The U. S. A.: The Library of America, 1980, p. 151.

律控制这种未知经验，并同时尝试理解、接受不期而遇的新体验知识。① 随后，学者莱斯利·菲德勒（Leslie Fiedler）从另一角度给出了"成长"的概念阐释。他认为，"成长意味着从知识（knowledge）到成熟（maturity）的一种下降（fall）过程，其后隐藏着伊甸园的神话，承担着获取善恶知识的后果、天真快乐的丧失及担负劳作、生育和死亡的重任"②。此种阐释更具现代主义色彩，对于理解韦尔蒂作品中的人物更具有借鉴性。

《一份记忆》中的女主人公，一位艺术家，透过她用手指搭建而成的取景框，观察到了海滩上的一幕幕，尤其是一男两女三位入浴者的种种身体行为。缘于此，她的幻想世界被突如其来的感官刺激摧毁了，取而代之的是丑陋的成人世界的经验知识。当男人用双手掬起一把散沙，"徐徐地洒进女人的泳衣里面，洒向她那两只硕大的、下垂的乳房之间……"。③ 这位纯真的少女艺术家被这种庸俗的身体行为彻底惊骇了，这可与她一直以来被灌输的淑女风范格格不入啊。因此，她脑海里的各种条例、规矩所构成的有序而和谐的世界遭到了剧烈的冲击。虽然她对此感到前所未有的厌恶、憎恨，以至于希望他们能够死去，她还是忍不住将目光再次投向他们，就像夏娃受到诱惑偷食善恶树上的果实以获取知识一样的心情。她看见那位很丰满的女人"把她的泳衣往下一拉，翻出里子，抖出藏在里面的散沙"。少女感到"一阵恐惧，那女人似乎并不介意裸露自己的乳房，她一点儿都不在乎"④。淑女文化中对于女性身体的私密性、圣洁性有很严格的要求，而她亲眼所经历的这一幕，无疑使得那些传统观念的绝对权威性有被质疑的危险。她又看见"他们躺在沙滩上，腿交织在一起……那

---

① Brooks, Cleanth and Warren, Robert Penn, eds., *Understanding Fiction*, New York: Appleton-Century-Crofts, 1943, p. 334.
② Fiedler, Leslie, "Redemption to Initiation", *New Leader*, NO. 26, 1958, p. 22.
③ Welty, Eudora, *Stories, Essays and Memoir*, The U. S. A.: The Library of America, 1980, p. 155.
④ Ibid., p. 156.

位很丰满的女人的乳房重重地下垂着，象两只大鸭梨紧贴着她的泳衣……男人的双臂肌肉松弛，用双手舀着沙子，堆积在女人的双腿周围"①。所有这些景象所引起的猝不及防的感触迫使少女从父母"过度保护"的梦境中苏醒，对于不愉悦的真实世界，她无法承受，因为与其本身的经历、教育、修养相差甚远。她所能做的只是闭上双眼，"试图退回到心底最深处的梦幻中，那种无意间触碰到男孩手腕的梦幻中"②。可是，这种逃避带给她的只是往日的记忆所附加的温馨感觉，而那种记忆本身无法再现。她此时深深意识到自己是自身所承载的文化的牺牲者，那个美好的、纯净的、有序的教条世界正在远去，接踵而来的是鲁思·旺德·基夫特（Ruth Vande Kieft）所认为的"粗野、无序，尊严、身份和隐私的丧失"。③

　　事实上，沙滩上所看到的一切是少女所必然经历的一种成长，这种成长在展示身体的生命力的同时，渐渐消解着意识领域里淑女文化的霸主地位。经过这种身体与意识、形而下与形而上所形成的尖锐冲突，少女的成长在从纯真向成熟过渡、在精致的思维世界与粗糙的现实世界磨合的阵痛中得以进行。然而不幸的是，这种成长无法完全而彻底地得以圆满实现，不能帮助这位少女艺术家从梦幻的云端走下，站立在坚实的大地上，因为从她的种种反应来看，她一直企图退回到往日的记忆当中，以此避免面对恶心的现实。在文本的最终部分，女孩依然在想象着她暗恋着的男孩"走进了教室"，她知道他会回头一望，"无言而纯真"。因此，就内心本质而言，《一份回忆》中的女主人公宁愿选择而不是摒弃做淑女文化的屈从者。

　　对于淑女文化的屈从，除了作为逃避现实的一种手段，也可以是

---

① Welty, Eudora, *Stories, Essays and Memoir*, The U.S.A.: The Library of America, 1980, p. 153.
② Ibid., p. 154.
③ Vande Kieft, Ruth M., *Eudora Welty*, New York: Twayne, 1962, p. 28.

反抗既存的强大男权世界失败后一种无可奈何的选择，是继续生存下去的一种妥协。韦尔蒂的长篇小说《三角洲婚礼》中有一个女性角色雪莉（Shelley），她是南方种植园主费尔柴尔德（Fairchild）家族的长女。虽然整部小说围绕妹妹达布妮（Dabney）的婚礼而展开，但是雪莉作为旁观者，却目击并感受了许多为女主人公所不可被告知的详情。在一件件事实的遭遇中，雪莉一边成长一边思考，在对男性权威的质疑中更加深刻地理解着淑女文化的真正内涵，从而调整着自己的人生航标。

虽然作品的焦点总是追随着达布妮，雪莉依然不可否认具有非常鲜明的个性和自我意识。雪莉是艾伦（Ellen）和班特·费尔柴尔德（Battle Fairchild）的第一个女儿，作为南方大家庭的淑女，自小被教导做一个顺从的女儿，父亲就是监护者，是高高在上不可侵犯的权威。但是雪莱不肯盲目依从传统的教条，对于坚韧而温存的母亲艾伦所经历的周期性的屡次怀孕，她抱有自己的看法。艾伦像一个母系社会的家长，更像一位丰产女神，她先后生下了雪莉（Shelley）、达布妮（Dabney）、尹迪亚（India）、罗伊（Roy）、小班特（Little Battle），并正在经历新的孕育过程。作为已经成年的女儿，雪莉熟知女性在生理上应承受的痛楚以及在家庭道德方面所要承担的责任。对于在男权社会淑女文化背景下生存的人们，已经习惯于将男人的性与女人的生育看作天经地义的事情，根本没有必要涉及探讨孰该孰不该的问题。而雪莉却并不从众，即使是威严的父亲，她也敢于替母亲做一番声援。"雪莉赤脚下了楼，来到大厅，她披散着秀发，穿着白色的睡衣。'爸爸，'雪莉站在门口，说道：'为何你总使妈妈陷入这样的困境？'班特根本不屑于女儿干涉此事，他用充满攻击性的口吻响应道：'这是什么话——困境？'雪莉继续替自己辩护道：'在弗吉尼亚，人们都用这种说法。'立刻，父亲班特严厉的话语令雪莉缄口了，'也许他们是这么说，也许你是对的。但是，该死，这不是你今晚要考虑的事情，女儿。'"① 在关于母亲屡次怀孕这一身体事件上，雪莉对淑女文化的迁从提出了抗议，但随之而来遭受到的却是父权蛮横无理的压制，"女性在以菲勒斯—逻各斯中心主义主导的男权文化中被驯服，变得无法被理知"②。在男性主导话语中，女性的语言代表着感性、缺乏理智、歇斯底里、不可理喻，她们失去了话语权，无法释放自己的情绪，无法表达自己的见解，只能被迫噤声。

作品中的雪莉是一个富于艺术气息的女孩儿，当她无法突破传统的成见，流畅地表达自己的见解并被认可时，只能借助于日记的形式使心中的感觉、体验得以宣泄。如此，这种文学手段也帮助她合理地升华了一位婚龄少女的生理欲望。因此，当妹妹达布妮依照淑女之路筹备她的婚礼之时，雪莉依然逃避婚姻这一话题。当雪莉、劳拉（Laura）和尹迪亚（India）去家族墓地祭奠劳拉的母亲时，她们遇到了莫达克（Mrdoch）医生，他预测，"一年以后你也会步入婚姻殿堂，和你妈妈一样养一屋子的孩子"③。而雪莉，她亲眼目睹了艾伦作为母亲对整个家族所做出的奉献和所经历的种种身体的磨难和苦楚，因此极力地逃避南方传统为她设定的淑女生活方式和角色。"莫达克医生质问她：'你想让你的妹妹们都走在你前面出嫁吗？你应该结婚，上帝，不要再虚度年华了。'说完他马上用大拇指拉下雪莉的眼皮，凑近瞧了瞧，并警告她：'你正在虚度年华（mooning）……'。"④ 查阅相关的欧美文化史料可以得知，在 19 世纪 20 年代，虚度年华（mooning）特指一部分沉醉于追求精神与智力的年轻女性群体，她们的行为偏离家庭生活和正常的婚姻，往往很学究气，专注于写作、聊天、

---

① Welty, Eudora, *Stories*, *Essays and Memoir*, The U. S. A. : The Library of America, 1980, pp. 317 – 318.

② [美]朱迪斯·巴特勒：《身体之重——论"性别"的话语界限》，李钧鹏，上海三联书店 2011 年版，第 19 页。

③ Welty, Eudora, *Stories*, *Essays and Memoir*, The U. S. A. : The Library of America, 1980, p. 135.

④ Ibid. , p. 177.

旅游、幻想，而结婚（marriage）被公认为治疗这一现象的最有效办法。因此，莫达克医生通过检验雪莉的身体来断定她患上了"虚度年华"的病症也事出有因，这样的断语显而易见是男权话语的表征，意在牺牲女性对独立人格的追求，转而为男性服务，无私奉献自我，这也是淑女文化宣扬的核心本质所在。而雪莉对现实生活中两性性爱有更为深刻的认知，那些去除了浪漫色彩的性生活导致的生活苦难，绝对性地压倒了她对男女两性幸福的追求。然而在意识当中，她并未将身体与精神对立起来，对知识的追求成为雪莉的折中方案和庇护之所，"去性爱"的身体存在方式成为她对南方淑女文化的潜在对抗方式，也是她夹缝中求得个体自由意志表达的途径。

雪莉对于婚事的拖延，一方面源于父母的成人情感世界和有关身体经验的影响，另一方面也源于自身的性格气质和自恋倾向。雪莉对此事的固守在另外一宗身体事件上得以明确的表达。这里所说的身体事件指的是费尔柴尔德家族的孩子们和乔治叔叔在一起回家的路上，通过铁轨时，莫琳（Maureen）不幸将脚卡进金属支架里，眼看着火车轰隆隆开近，乔治叔叔冒着生命危险，回身救了外甥女莫琳的性命。费尔柴尔德家族认为这一事件体现了南方荣誉所崇尚的英勇的骑士精神，因此召集了所有的家庭成员聆听这一荣耀的事实经过。当班特将讲述故事的荣誉给了雪莉时，她大喊着："噢，爸爸，不要！"随后把责任推脱给了尹迪亚。[1] 在这种严肃的家族事务上，出生权的长幼顺序是被严格遵从的，而这种传统的遵从方式让雪莉想起了莫达克医生的反问："为什么雪莉不在达布妮之前结婚呢？"[2] 事实上，姐妹之间结婚的先后顺序与此刻讲述故事的优先权，在南方人的传统观念中已被先验地确立了。在雪莉的潜意识中，如果应允并接受了这一

---

[1] Welty, Eudora, *Stories, Essays and Memoir*, The U.S.A.: The Library of America, 1980, p. 75.

[2] Ibid., p. 178.

特权，也意味着遵从淑女文化为女性预先设置的成长道路，所以和躲避婚姻一样，她坚决地躲避这一特权。

而真正帮助雪莉部分地完成其少女成长仪式，认识到自己唯一的通途只有屈从传统、屈从淑女文化的是两件与特洛伊（Troy）密切相关的身体事件。婚礼排演的那天晚上，雪莉被指派把准新郎特洛伊从工作间传唤回来，不料一推开门却看见了令人心惊的一幕：如特·姆胡克（Root M'Hook），一个黑人劳工，用刀子对着特洛伊，确切地说应该是冰镐。雪莉看见作为监工的特洛伊从抽屉里取出一支枪，射中了如特的手臂，并呵斥他离开。后来，雪莉才明白这一流血事件源于特洛伊强奸了黑人少女品沁（Pinchy），并致使其怀孕，如特出于同情和愤慨干涉此事。而后大家都对达布妮隐瞒了真情，保证婚礼顺利进行。

从枪伤事件和强奸事件发生的原因、过程及结果来看，处于主动的支配地位的是男性，而身体、心灵受创伤并被迫改变其人生轨迹的恰恰是女性，并且对于自己的命运，品沁和达布妮只能被动而无奈地接受。雪莉非常敏锐地认识到了这一点，并清醒地意识到作为一位女性的悲哀，这是她作为一个单薄而柔弱的个体所无法改变的事实。她试图在意识与自然存在的互动中攫取知识，来躲避必须面对的身体与意识之间的伦理关系，但事实证明，这种间接的自我救赎亦无法通达自我实现的目标。于是雪莉认可了自己的命运，"去性爱"的身体生存模式在男权统治的旧南方不过是一个神话而已，她选择了顺势而为，默默地跟随他人的脚步，屈从于传统，做淑女文化的继承者。

第三节　自愿奉献的身体与淑女文化的彰显

美国女作家凯特·肖邦（Kate Chopin），曾在美国中南部生活并从事写作多年，在她的名著《觉醒》（*The Awakening*）（1899）中，将女人归属两类：一类是"作为母亲的女人"①，被评论家珀·塞斯泰德（Per Seyersted）描述为"牺牲自我的筑巢者"②；另一类是将"婚姻看作诱骗女人成为传宗接代的工具"③的觉醒者。肖邦在其作品中写道："我们很容易从群体中辨认出那些母亲们。当面对真实或虚幻的危险情形时，她们会尽力张开她们的羽翼，拍打着飞到她们的宝贝们身旁，保护他们避免不测；她们就是那些极度爱慕孩子、极度崇拜丈夫，将抹杀自我、奉献自我作为神圣恩典的天使们。"④尤多拉·韦尔蒂的作品中有诸多的女性扮演着与凯特·肖邦笔下的"筑巢者"或弗吉尼亚·伍尔芙（Virginia Wolf）所说的"屋内天使"相近的角色，比较典型的如短篇小说《金雨》（*Shower of Gold*）中的思露娣·哈德森（Snowdie Hudson），长篇小说《三角洲婚礼》中的艾伦（Ellen），短篇小说《六月演奏会》中的莫里森（Morrison）夫人等。

这些女人作为妻子、母亲，恪尽职守地履行着传统道德文化为其设定的责任和义务，她们的身影总是与家和家庭紧密地联系在一起。学者安妮·曼瑟兰德（Anne M. Masserand）曾指出韦尔蒂作品中家和家庭的意义，她认为，"象大多数美国南方作家一样，家和家庭在韦尔蒂的作品中占有很重要的一席之地。它代表着一个舒适、温暖、安全的所在，完全区别于居无定所的流浪生活"⑤。而使家真正成为家庭成员无论是身体还是精神上的温馨港湾的，正是作为妻子与母亲双重角色的女人们。

《金雨》中的女主人公思露娣·哈德森（Snowdie Hudson），毋庸

---

① Chopin, Kate, "The Awakening", Vol. 2 of *The Complete Works of Kate Chopin*, ed. by Peryersted, Baton Rouge: Louisiana State University Press, 1969, p. 888.

② Chopin, Kate, *A Critical Biography*, Baton Rouge: Louisiana State University Press, 1969, p. 134.

③ Chopin, Kate, "The Awakening", Vol. 2 of *The Complete Works of Kate Chopin*, ed. Peryersted, Baton Rouge: Louisiana State University Press, 1969, p. 996.

④ Ibid., p. 888.

⑤ Masserand, Anne M., "Eudora Welty's Travelers: The Journey Theme in Her Short Stories", *Southern Literary Journal*, NO. 3, 1971, pp. 42 – 43.

置疑是最为虔诚的天使形象。首先，文本对于她的身体外貌的描述在某种程度上隐喻了"天使"这一意象——她是白化病患者，她的皮肤很白皙，有着婴儿一般细嫩的肤质。金·麦克莱（King MacLain）之所以娶思露娣是因为她拥有被众多女人羡慕的甜美和温柔的性情。这位妻子用一生的时光守着自己的家，抚养宠爱着自己的孩子，即使金多年隐身于家庭之外，绯闻不断，并生育多个私生子，她仍守护着自己的贞洁，就像守护着她对丈夫的等待，随着岁月的流逝成为一种信仰，确实是一位不折不扣的"屋内天使"。家和家庭成为思露娣为之奉献的居所和对象，她日复一日，非常规律地履行着作为家庭主妇的职责，她以不离不弃地守护这个家并照顾着自己的双生子为骄傲。思露娣的身体与家已经融为了一体，照料家的同时她感到了身心的巨大愉悦——"她为自己家里干净而清新的房间感到高兴，她也为那幽暗的静谧的通往卧室的门厅感到舒心"①。在某种意义上，家不仅仅是一个身体的居所，它同时承载了思露娣对幸福的渴望与坚守。

作为妻子，思露娣对丈夫可谓百依百顺，新婚不久，金·麦克莱将自己的衣帽丢在河边，佯装自杀，神秘地失踪了。这一身体离场事件就金本人而言，是逃避家庭的责任，逃避作为丈夫对妻子应肩负的义务。对于思露娣而言，却是被动接受的、无可奈何的羞辱。但是，当思露娣站在大黑河边，人们将金淹死的消息告诉她时，"她的脸庞和往常一样散发着光芒，她的表情是勇敢无畏的，她似乎没有丝毫退缩放弃的意思"②。并且，每当人们提及金，思露娣都是面带微笑，并不像他们期待的那样有非常愤怒甚至歇斯底里的表现。对此，凯迪·瑞妮（Katie Rainey）给予的解释是："他们哈德森家的人都很沉

---

① Welty, Eudora, *Stories, Essays and Memoir*, The U.S.A.: The Library of America, 1980, p. 75.
② Welty, Eudora, *Delta Wedding*, New York: Barcourt, 1945, p. 41.

得住气。"① 事实上，文本中提及，思露娣有不错的出身，受过良好的教育。她的这种表现很自然地体现了淑女文化对作为妻子或母亲的女性应该具备坚韧这一品质的要求。

对于丈夫的丢弃，思露娣毫无怨言，并且当金突然间现身要求妻子去密林与他幽会时，她也依从了他，尽了做妻子所该满足丈夫生理欲望的职责。之后她独自生下双胞胎儿子，把他们养大成人，并在得知儿子离异得了肺结核时，把他接到身边悉心照料，直到他离世。这样的母亲承担了所有的屈辱、劳累与悲伤，却始终坚韧地沉默着，为丈夫支撑着这个家，成为一位坚强的、充满着母爱的、理想而完美的女性形象。思露娣对丈夫的耐心等待经历了很多年，当她得知金刚刚在门廊出现的消息时，激动之情溢于言表。正在一起做缝纫活计的凯迪·瑞妮对此做了如下叙述——"思露娣把手中的剪刀放在红木上，她的手静静地停在半空中，她看着我，足足有一分钟的时间。随后她跑向门口……她并没有停在门口，而是冲了出去，到了门廊，她朝左右两边张望了一下，跑下了台阶……"② 。这种慢镜头而后快镜头式的人物特写，非常精确地展现了思露娣多年以来压抑于心的思念之情，同时这种感情的外在流露既体现了自我奉献的女性对淑女文化的彰显，也表露了淑女文化宣扬的无欲天使的身心痛苦。

同样，长篇小说《三角洲婚礼》中的艾伦（Ellen）也是淑女文化标榜的典型完美女性。相对于思露娣的坚韧，艾伦身上更多体现出的是温暖的母性。这种母性是南方种植园大家庭的核心情感，是整个家庭的精神支柱。它维持着各个家庭成员内部及外部正常而和谐的情感交流，也保证家庭成为庄园农业生产有序进行的有力支撑，使得庄园经济得以井井有条地运行。这种母性不仅仅是对孩子的爱，还有博

---

① Welty, Eudora, *Stories*, *Essays and Memoir*, The U.S.A.: The Library of America, 1980, p. 75.

② Ibid.

爱的成分渗透其中，包括对于丈夫、亲戚朋友、雇佣工、黑人仆人等的关爱。通过这种博大的关爱，南方大家庭其乐融融的景象才能得以制造，家庭的向心力才能得以凝聚，家庭的核心价值也才能得以体现。

艾伦是南方种植园大家族的女主人，班特·费尔柴尔德（Battle Fairchild）的妻子，是八个孩子的母亲。对于丈夫她尽职尽责，全力以赴承担家庭的内部事务，是无可挑剔的好助手。对于接二连三地怀孕生子，她从未抱怨过身体上遭受的磨难和痛楚。甚至当怀上第八个孩子时，大女儿雪莉替母亲抱屈，指责父亲不该让母亲陷入家庭事务与生育的双重困境时，艾伦丝毫未曾流露自己的烦怨，而是轻轻地安慰女儿。在这种社会性别不平等的制度下，女性的社会地位仍然与其身体的生育功能息息相关，[①] 男尊女卑是女性这种"柔弱的""不稳定的"的身体直接造成的。[②] 在艾伦的潜意识里，作为妻子就应该满足丈夫的情欲，就应该生儿育女，自然地承担一切的责任，就如同南方社会人们普遍信奉的基督教义《旧约》里宣扬的，上帝为了惩罚人的原罪，曾如是说："我必多多加增你怀胎的苦楚，你生产儿女必多受苦楚。你必恋慕你丈夫，你丈夫必管辖你。"（Gen 3∶16）如此，女人的角色已被上帝和社会双重权威层层规定，并在日常生活中不断将此内化于思想及行为，从而成为毋庸置疑的金科玉律。艾伦虔诚地接受并信奉了这种理所当然，并把它作为了生活的目的。她体贴丈夫，关心子女，不仅仅局限于身体上的衣食住行，更涉及精神层面的探索。她曾敏锐地发现雪莉的心里"有块不温暖的地方"，她也为达布妮反叛地嫁给特洛伊面临的可能不幸而担忧。

艾伦的母性还表露在对待劳拉（Laura）的态度上。劳拉是艾伦

[①] ［英］克里斯·希林：《身体与社会理论》，李康译，北京大学出版社2010年版，第46页。

[②] 同上书，第37页。

第三章 淑女文化中身体的诗学 | 85

丈夫班特早年去世的姐姐的女儿，暂时寄住在舅舅家。初次见面，劳拉如此叙述道："尽管舅妈艾伦在所有的事情上都是姗姗来迟，她从门帘里跑出来，张开了双臂，抱着我，嘴里喃喃地念叨着：'我这可怜的没妈的孩子啊！'"① 艾伦对失去母爱的劳拉照顾有加，而劳拉对艾伦也产生了深深的依恋之情，她在艾伦的眼里看到了"从未体验过的爱"，她渴望拥有它。艾伦的母性之爱不仅维系了家族亲情，而且激发了被爱者爱的能力，从而使整个家族亲属之间的感情纽带紧紧地联结在一起，形成了南方传统中最为看重的家庭凝聚力和家庭价值体系。

此外，在南方家庭中，女主人不仅仅是好妻子、好母亲，她同时是一位精干的家庭事务的管理者。对于黑人家仆，她用心关照，老黑女佣帕斯妮（Parthney），同时也是达布妮以前的保姆，由于身体遭受魔咒而重病不起时，艾伦并没有因为文化习俗的差异对其避而远之，相反，她克服重重困难亲自探视她。当得知黑人雇工小昂可（Little Uncle）的妻子苏·埃伦（Sue Ellen）怀孕后，她也亲自去看望她。这种身体力行、事必躬亲是建立在南方庄园经济基础之上的，是传统淑女文化对家庭主妇处理家务、管理仆佣的基本要求。艾伦的奔波操劳体现了她作为一位完美的南方淑女所具有的自我奉献精神。

不仅如此，艾伦母性的博大也辐射到那些与她毫无亲缘关系的人，这与丈夫班特·费尔柴尔德的弟弟乔治叔叔（Uncle George）的强奸事件紧密地关联着。一天，艾伦在密林中无意间遇到了一位身着白衫的女孩，她像一个精灵一样穿梭在密林之间，倏忽就消失了踪影。这引起艾伦的关注和担心，"她是个白种人，整个生活的秘密仿佛由此产生了"②。于艾伦而言，这个秘密并不是精灵般的白衣少女的身份，也不是她为何在森林里出没这一事实，而是作为白人女性竟

---

① Welty, Eudora, *Delta Wedding*, New York: Barcourt, 1945, p. 31.
② Ibid., p. 40.

然在毫无保护措施的情形中独来独往。在美国南方的种植园时期,黑人劳工一直被看作是白人女性身体的巨大威胁,因此白人女性始终处于警觉的自我保护意识当中。这种打心底里油然而生的母性意识使得艾伦一直牵挂着她,后来,她得知乔治强奸过这个女孩,再后来她得知这个女孩被火车轧死,为此感到非常痛惜。艾伦身上所体现出的对女孩悲惨遭遇的怜爱与同情之心,呈现了她母性的悲悯和慈爱,很容易让人联想到圣母玛利亚的圣洁,而圣洁的品质,正是南方淑女的最高境界。

艾伦履行着传统南方妇女应尽的职责,迎合着传统淑女文化对牺牲自我、无私奉献的完美女性的种种预期。她的日常生活被烹饪、养育、缝纫、园艺、管理黑佣等琐事填得满满当当,[1] 她的双眼关注着家庭的每一个成员,时刻为他们的不时之需做好及时的应对。为此,在体力上她时时处于精疲力竭的状态,"她累极了,有时候,面前的世界仿佛一片混乱,渐渐离她远去。她似乎一直不停地忙于把一个又一个生命带到这个世界"[2]。在女儿达布妮·费尔柴尔德(Dabney Fairchild)的婚礼准备过程中,艾伦由于身怀六甲加上过分操劳而晕倒,女仆茹西(Roxie)疼惜她的女主人:"可怜的艾伦,她不能像以前那样坚强地承受这一切的繁忙,看到她脸色如此苍白,真叫人感到难过啊!"[3] 种种事实表明,艾伦作为妻子、母亲、庄园女主人三重角色的忙碌生活,完全剥夺了她的私人空间,她的外在的身体成为家庭事务的载重机,而她的内在的精神却被闲置一旁、一片荒芜。身体与精神的分离如此明显,源于自我的湮没换取了南方社会人人崇尚的克己、无欲、奉献。

女性主义的研究清楚地表明,女性作为男性身体和儿童身体的首

---

[1] Tiegreen, Helen Hurt, *Southern Mothers: Fact and Fictions in Southern Women's Writing*, Baton Rouge: Louisiana State University Press, 1999, p. 95.
[2] Welty, Eudora, *Delta Wedding*, New York: Barcourt, 1945, p. 78.
[3] Ibid., p. 257.

要供应方，往往不得不凭着一副"不堪重负的身体"生活下去。她们常常体验到情绪上和生理上的巨大压力，原因很简单，有太多彼此冲突的问题要应对，事情总是太多，而时间总是不够。①在艾伦有限的生命和有限的时间里，虽然对他人的奉献挤走了对自我的关注，但这并不说明她甘心于身体的付出与疲惫而漠视内心的需求与虚空。如同学者弗里丹（Betty Friedan）在《女性的奥秘》中所指出的，"幸福的家庭主妇"背后总会蕴含着内心的失落和自我的不完整感。和女儿雪莉·费尔柴尔德（Shelly Fairchild）一样，她也无法与任何人进行精神层面的交流，但与雪莉不同，艾伦不通过写日记的手段释放自我，她始终将乔治·费尔柴尔德（George Fairchild）作为心灵相通的倾诉者，只是不以语言的形式而进行。在达布妮的婚礼彩排上，尽管她突然想，"她可以和乔治谈一谈，却又马上意识到这不合时宜。事实上，她从来抽不出时间真正坐下来，用眼睛注视着对方，以优雅的姿态听他们谈话。现在乔治在跳舞，略微有些醉意，这是一个庆祝的时刻。虽然会遗憾，但还是不交谈的好"②。在整篇小说当中，艾伦和乔治的交流依赖于身体语言而实现。她总是从他们之间的相互对视中找到慰藉，而她"总是不假思索地，用微笑来响应他，以此告诉他该用语言表达的每一件事"③。"当他朝她的方向看过来，她仿佛顿悟似的看到了他的思想，就好像他在跳舞的同时思想也被开了锁。他笑着邀请她跳一曲，这真是没有预想到的亲密。他看见了他的思想，就好像被照亮了的纸灯笼，明晰又深奥……"④。在此，艾伦不再是穿梭于家庭琐事，在孩子、面包、黑佣搅混一团的生活中难得抬头闲暇的主妇了，能"看透别人的思想"意味着超人的洞察力，因此，艾伦事实上是一位非常敏感而有富于体察之心的女性。她的自我意识的

---

① Rosen, B., *Women, Work and Achievement*, London: Macmillan, 1989, p. 213.
② Welty, Eudora, *Delta Wedding*, New York: Barcourt, 1945, p. 221.
③ Ibid., p. 79.
④ Ibid., p. 221.

淡薄并非因为心智方面的因素，身与心的分离只源于淑女文化同化了她的思想，进而影响了她的言行举止及生活的原则与态度，她甘愿选择做一位自我奉献的标准淑女，以此实现自我价值。

韦尔蒂作品中思露娣的忍辱负重、坚韧守节和艾伦的无私无欲、圣洁博爱。她们都是处于南方社会上层的女子，因此必须遵循与此社会位置相应的对身体的规范和要求，从而符合这一群体约定俗成的社会通行观念。同时，她们的身体也承载着社会文化符号的价值，这种价值构成了她们的社会人际圈，只有在循规蹈矩地扮演相应的淑女角色的情况下，她们才能被社会群体接纳，并作为文化的载体，把这一文化传统通过身体这一媒介代代沿袭，实现传统和文化的有效传承。

第四节　自为觉醒的身体与淑女文化的颠覆

著名作家凯特·肖邦（Kate Chopin）在《觉醒》（*The Awakening*）一书中成功地塑造了埃德娜（Edna）这位叛逆的女性形象，她不仅温柔顺从，而且勇敢坚强，符合伍尔芙（Virginia Woolf）一直倡导的"双性同体"特征，这种内在气质激励着埃德娜追求性爱自由，追求自我的圆满。她试图通过婚外恋来摆脱父权制的藩篱，因而脱离了普通女人的生活轨迹，无视传统的道德规范的束缚，飞蛾扑火般地为了自我实现而走向了生命绝地。作品在当时的评论界曾引起轩然大波，学者米丽娅姆·塞林斯伯格（Miriam Shillingsburg）从作品的接受角度谈论道："当时的读者和评论家们还没有做好充分的准备接受这位作家如此的坦诚和勇敢，迎合她对于拒绝严格的社会规范而寻求自我表现的女性的叙写。"在半个世纪之后，时过境迁，在同为南方作家的尤多拉·韦尔蒂的作品中，颠覆传统文化的女性已不鲜见，薇姬·瑞妮（Virgie Rainey）、艾可哈特小姐（Miss Eckhart）、克莱缇（Clytie）、达布妮·费尔柴尔德（Dabney Fairchild）和伊思特（Easter）等都是无畏的战斗者，为自我实现而艰苦跋涉。

薇姬·瑞妮（Virgie Rainey）是韦尔蒂小说集《金苹果》中短篇小说《六月演奏会》和《流浪者》（The Wanderers）的女主人公。她对于传统淑女文化的颠覆一方面来自于天性，一方面来自于强烈的自我意识的追寻和实现。在薇姬·瑞妮的成长历程中，凭借独立的个性、愈挫愈勇的执着，她成功地跨越了层层障碍，其反叛表现得更为彻底，意识觉醒的表达也更为深刻。

在《六月演奏会》文本的前几段，凯茜（Cassie）叙述了薇姬·瑞妮（Virgie Rainey）与同伴们截然不同的外表和行为。洛克（Loch）也宣称，甚至到了十六岁少女的花季年龄，薇姬依然看起来像个假小子（tomboy）。在这部作品中，女性人物的"头发"是作家非常着意并且浓墨重彩的地方。当薇姬十一二岁模样时，"她的头发自然地卷曲着，乌黑地象绸缎似的，蓬蓬松松，不加梳理"[1]。与凯茜那"淡黄"的像"烧掉后的纸片"一样的头发相比，薇姬那又浓又密的黑发隐喻了更多的性格内涵。在清教盛行的美洲大陆，浓密的黑发一直被认为是浪漫和情欲的象征，在清教徒眼里，这既是性欲诱惑的源泉，也是罪恶的渊薮。在霍桑、爱伦·坡等其他许多作家的小说中，长着一头黑发的女人都是充满着极度诱惑力的。《红字》（Scarlet Letter）中的海斯特·白兰（Hester Prynne）摘下束发帽时，又黑又长的秀发立刻飘洒在肩上，这样的描述我们一定还记忆犹新。这种"黑发"所蕴含的文化暗示，非常完美地对应了她坚韧勇敢、尊重自我、张扬个性、追求人性自由的脱俗性格。因此，"浓密的黑发"在美国文学中已然成为特定性格类型的女性的指代和象征，不仅仅是生理特征的表现，而且具有艺术文化的内涵。薇姬的黑发经常性地不加梳理，随其自然地披散着，隐喻了她逃避秩序规则、跟随直觉的感性生活方式和价值取向。事实上，她的成长经历明显地表露了性格中存在

---

[1] Welty, Eudora, *Stories*, *Essays and Memoir*, The U.S.A.: The Library of America, 1980, p. 342.

着的桀骜不驯和野性的一面。

　　身体是一种有效媒介，薇姬通过对身体的支配展示着自我意向，但毕竟尚未成年，无法独自立足于社会，况且又出身于南方社会的支配阶层，必然受到来自父母对于她身体的支配意愿的影响，因为身体不仅展露的是个性特征，更体现了支配阶级的价值取向。"支配阶级更有意愿也更有能力生产出最高价值的身体形式，因为形成这些身体形式要求投入大量的时间和金钱。"① 支配阶级有能力让自己孩子接受精英教育，鼓励孩子参加有利于长成社会珍视的身体的活动。其中最明显的就是，父母把女儿送到"淑女堂（finishing schools）"，完成教育，学会衣着打扮、举止言谈以便表现出某种阶级感。② 在莫加纳（Morgana）的支配阶层看来，作为淑女，通晓音乐并具备一定的艺术修养是必须的，所以，许多青春期的女孩子成了私人钢琴教师艾可哈特小姐（Miss Eckhart）的学生，而薇姬·瑞妮是她们当中最有天分的一位，但她却拒绝遵守时间的规约和习俗的影响。尽管钢琴老师对薇姬的禀赋青睐有加，"她甚至有点儿尊重薇姬，并且面对其不逊表现反应得很低调"③。薇姬却不屑一顾，"有时候她从后门进来，手里剥着熟透了的无花果，放进齿间；有时候她干脆不来上课"④。"对于其它女孩子而言，艾可哈特小姐是如此守时、如此威严，当她们从教室的珠帘进出的时候，都小心翼翼的。唯有薇姬不同，她的眼里透着嘲笑的光芒"⑤。"嘲笑"指涉对权威的盲目崇拜，更包含对未完成的身体进行资本追加以期获得价值回报这一做法的鄙视。薇姬举止的桀

---

① Bourdieu, P., *Handbook of Theory and Reasearch for the Sociology of Education*, New york: Greenwood Press, 1986, p. 246.

② [英] 克里斯·希林：《身体与社会理论》，李康译，北京大学出版社2010年版，第127页。

③ Welty, Eudora, *Stories, Essays and Memoir*, The U. S. A. : The Library of America, 1980, p. 46.

④ Ibid., pp. 40 – 41.

⑤ Ibid., p. 38.

骛体现了颠覆传统淑女文化的冲动和追求自由的执着,凡是传统条例规定的生活轨迹,她都试图偏离。源于此,尽管颇有音乐禀赋,她决然终止自己的音乐旅程,转而开始电影剧院的演艺生涯,这完全背弃了南方传统文化中支配阶层对淑女的规训,成为众矢之的。然而正是在尝试这种另类背弃的兴奋当中,薇姬体验到了生命的创造与激情,在另一个层面实现了对身体这一精神载体的深层次认知,这恰恰是循规蹈矩的淑女文化教育无法给予的。

如果说薇姬·瑞妮和其他人一样,对于艾可哈特小姐的不恭缘于她是德国籍非本土人及其低微的家庭教师地位,是极为不公平的。在纪律严明、条规繁杂的学校,薇姬同样是一个神气活现的冒险分子。凯迪·瑞妮如此描述道:"学校并不能扑灭薇姬沸腾的能量。有一次,是个下雨天,课间休息只能在地下室度过。面对这样的束缚,薇姬说她要撞墙了,老教师麦格利卡迪夫人(Mrs. McGillicuddy)说:'那你就撞吧。'薇姬真的用头撞了墙,四年级其它同学都很期待地看着,全都佩服极了。"① 薇姬以近乎自虐的方式来表达对限制自由的不满,这种自我的张扬虽然显得极端,但这种野性的行为也隐含了她对自由的渴望和追求,反映了她独特的个性化的价值取向。

在美国南方男人的臆想当中,南方的淑女圣洁无暇,温良贤慧值得敬仰,从本质上看,这里潜藏了男权社会"社会性别训练"的阴谋。"所谓社会性别训练,意味着给女性预设一种柔弱身体的被支配意象,使得女性软弱这一既存观念和实践变得合法化。"② 因此,南方淑女代表了南方男人竭力维持种植园现状的一种理想。南方女性是作为贵族世家道德标准的继承者和男人理想的象征物,她们被剥夺了性追求的自由和权力,被限制了感情的自由表达,化作纯洁无暇的天

---

① Welty, Eudora, *Stories, Essays and Memoir*, The U.S.A.: The Library of America, 1980, p.43.
② [英]克里斯·希林:《身体与社会理论》,李康译,北京大学出版社2010年版,第107页。

使形象。这种固定模式，已经深深地植入一代又一代南方人的血脉之中。薇姬成为妙龄少女后，并不隐藏自己的情欲，扮演无欲天使，或者为以后成为贤妻良母做好诸如缝纫、烹饪等准备工作，这与作品中凯茜角色的塑造形成鲜明的对比。洛克（Loch）通过望远镜看到了薇姬如何引诱水手并偷食禁果的全部过程。与水手品尝了性之初体验，薇姬亦能坦然而勇敢地面对随后而至的女士们，毫无羞愧之感。"她沿着台阶快步而下，鞋跟叮叮当当作响，上了人行道。薇姬经常是脚步铿锵有力，好像过去什么也没有发生，好像身后什么痕迹都没有留下。不论她的举止如何，似乎都是自由的。"[1] 正如萨特所言："情欲不是别的，只是能揭示他人身体的重要形式之一。"[2] 在情欲的欲求满足当中，薇姬展开了对自我生命的探索，从某种意义而言，这既是生命力的充盈流溢，也是自身认知的深入拓展。"正是在对别人的情欲中或在把握了别人对我的情欲时，我发现了他人的性别存在，并且情欲同时向我显示我的性别存在和他人的性别存在，我和他的作为性别的身体。"[3] 性，是属于最私密、最自然、最本能的情感表达，不属于社会关系的范畴，与任何人都毫无关联。薇姬通过自身欲望的、焦虑的身体实现了性别身体的认知，但与传统经验传承不同，她以颠覆的方式完成了人生的重要一课，因此，对莫加纳人来说，这些张狂的行为举止成为其公开挑衅淑女文化维护者的证明。薇姬对生命本能的尽情张扬，反衬出她对束缚人性、矫情做作的淑女陈规的无情蔑视，她摒弃传统道德习俗的鲜明态度意味着她从此站在了绝大多数人的对立面。

薇姬的身体体验影射了 20 世纪美国南方转型时期道德观念的蜕变，

---

[1] Welty, Eudora, *Stories, Essays and Memoir*, The U.S.A.: The Library of America, 1980, p. 90.

[2] ［法］萨特：《存在与虚无》，陈宣良等译，生活·读书·新知三联书店 2008 年版，第 473 页。

[3] 同上书，第 471 页。

就如尼采曾精辟指出的那样,"道德,就它是一种'应该'而言,已经像宗教一样,被我们的思想方法消灭了"①。人生苦短,及时享乐,抛弃矫情,活在当下,已然成为薇姬身体力行的人生价值观。尽管身体的反叛与张扬预示着薇姬的生命体验历程将异常辛苦,却也无法阻止她真实地活着,血肉是鲜活的,灵魂亦是鲜活的,淑女文化的规训并未成功将薇姬纳入其轨道,反而遭到生命个体的公然颠覆,逐步被消解。

虽然薇姬·瑞妮的个性如此反叛,作为个体的人,她仍然要生存在群体的社会当中,她仍然在心底里渴望他人的认同。每年一度的六月演奏会,既是莫加纳人相聚欢庆的节日,也是女孩子们展示才艺的良机。在夜幕降临的时候,演奏会开始了。"薇姬演奏的是《贝多芬的雅典废墟幻想曲》(*Fantasia on Beethoven's Ruins of Athens*),当她演奏完毕,起身鞠躬谢幕时,血红色的腰带包裹在她的腰间。她身上潮湿,粘糊糊的感觉。她的心仿佛被针戳了一下,汗水顺着额头和脸颊流下来,她用舌头舔着那股咸味。"②这一段短短的身体书写隐含多层含义:首先,薇姬的起身谢幕是一种遵从传统礼仪的表示,可以看作她自愿地向代表传统文化的大多数人暂时地屈服和靠近;其次,她身上湿乎乎的,满脸的汗水,是做这种改变和尝试以赢得众人的认可所应付出的代价;最后,她身着血红的腰带意在宣示不妥协的自由精神仍是不可放弃的选择,而她那心痛的感觉事实上代表了在这种两难抉择中心灵的痛苦和挣扎。

身体作为精神载体,作为人世存在的明证,预设了人既是主体又是客体的事实。在以身体为媒介的个性呈现中,薇姬构成了被注视的对象,同时她注视着这种"注视",企图反作用于注视者所施加的控制其自由的权力,她们之间因此形成了妥协与对抗并存的共在关系。

---

① [德]尼采:《人性的,太人性的》,杨恒达译,中国人民大学出版社2009年版,第54页。
② Welty, Eudora, *Stories*, *Essays and Memoir*, The U.S.A.: The Library of America, 1980, p.74.

而莫加纳群体对"个性"这种异类避之唯恐不及,他们中意的是符合诸多南方传统规矩的人选。尽管薇姬有卓越的音乐天赋,资质平平的凯茜却赢得了更多的掌声和悦纳,因为对于其才能的认可并非靠自身的音乐天赋,而是缘于不同的社会接纳程度。具有讽刺意味的是,当循规蹈矩的凯茜获得了音乐奖学金,继承了艾可哈特的衣钵时,颇具音乐才华的薇姬却因为自身的离经叛道而失去了众人认可,只落得个远走他乡的悲惨结局。传统文化的坚定维护者并不在意公平、公正这些冠冕堂皇的字眼,他们明确表达了对出轨者的嫌恶之心,对薇姬这个局外人给予了最严厉的惩罚。

社会是一个群体的阵营,它具备同化功能,在某种程度上,从众为个体的生存提供了安全保障。多年以后,对于薇姬·瑞妮的自我放逐、自我边缘化,生活在传统习俗中的人们也企图伸出双手,将她拉回她们的阵营当中,而这一契机借着薇姬母亲的逝世事件得以实现。不仅仅吉妮·拉乌建议薇姬在母亲去世后尽快结婚,所有莫加纳女人都趁着这难得的时机向薇姬表示她们的仁慈。珀迪塔·梅奥小姐(Miss Perdita Mayo)劝告她:"你妈妈对你很好,薇姬,真的很好,你们之间却有那么多的纷争。"[1] 许多年来,她们无形[2]中帮着薇姬边缘化了自我,没有任何建设性的安慰和支持,看着她愈走愈远,同时等待着她崩溃的那一刻。就像上帝等待着人类一步一步地堕落,然后才引领其走上救赎之路。在她们看来,薇姬母亲的去世就是那一刻的真正来临,"她们注视着薇姬,但是薇姬没有给她们任何回应的迹象。薇姬感觉到她们的手从她身上滑下,离开了她的身体,然后猛地推了她一下。甚至,她们的双手似乎对这个不愿堕落的身体表示出了难过,重新抬起来,在她的身上抚摸着。对她们而言,这种抚摸期待着

---

[1] Welty, Eudora, *Stories*, *Essays and Memoir*, The U.S.A.: The Library of America, 1980, p. 241.

[2] Ibid., p. 242.

肉体的堕落，这个自有的、独身的、警觉的身体"①。在南方习俗中，身体上的触摸表示对被触摸者的安慰和支持，是一种促进向心力和凝聚力的表示，而孤立或者边缘化某个人，则表示对彰显实力者的一种惩罚。并且，在南方的传统意识中，所有对女人的教导培养都是塑造她成为"贤妻良母"的前期准备，所以，莫加纳人期望薇姬像犯下原罪的亚当和夏娃一样堕落，也就是把她纳入传统道德的轨道，结婚生子。而薇姬正如她们所观察到的，是警觉的，有强烈的自我意识。自我的觉醒让她变得更加坚强，她拒绝同化，面对惩罚，她宁愿坚持对自身生命的张扬。

作为知觉活动的载体，身体体验、感知着周遭的人与物，并把种种存在信息加以内化，或外显或隐喻地传达，薇姬"自为身体"蕴含的文化内涵通过具有象征重生仪式的"大黑河潜水"得以表达。在明亮而闪闪发光的大黑河，薇姬脱掉衣服，潜入河中，远处红色的灯光下，两个光着身子的小男孩躺在岸边看着她。"她看见自己的腰部没入无知无觉的水中，感觉像走进了天空，不纯净的天空。所有的温暖、空气、水和她自己的身体融为一体，所有的东西都成为同一种物质。她低下头，闭上了双眼，明亮的光划过她的眼睑。天空就像个容器，这种半透明的光包围着薇姬和整条河流。她开始游泳，轻轻地搏击。"②文本的描述中，"天空""水""光""天使一般光着身子的小男孩"，都是天堂空间的必备因子。评论家吉尔·弗·皮格特（Jill Fritz-piggott）也认为，"这是典型的伊甸园场景"③。大黑河潜水是一种变相的身体洗礼，只不过并未使薇姬肩负起偿还原罪的惩罚，面对选择，她再次利用了自由意志，重获了新生。权力意志使她成为了自

---

① Welty, Eudora, *Stories*, *Essays and Memoir*, The U.S.A.: The Library of America, 1980, pp.241–242.
② Ibid., p.530.
③ Melinda, Williams, *The Use of Folklore in Eudora Welty's "Golden Apples"*, Ohio: A Bell & Howell Co., 1998, p.76.

我道德的主人，她"自有的"身体在觉醒意识的引导下成为"自为的"身体，颠覆了传统的淑女文化，并主动地把握着自我命运。

"自由的人总是不道德的，因为在任何情况下，他（她）都是自我作主而不是依靠传统。在全部的人类原初状态下，恶的意思就是个体、自由、任意、反常、不可预料、不可估计。按这个标准来看，如果一个人的行为不是遵循传统要求，而是有别的动机（比如对个人有用的动机），都被认为是不道德的。"① 在莫加纳人的评判中，自由不羁的薇姬毋庸置疑是不道德的恶之化身。作为个体，薇姬要在莫加纳群体中立足，必须努力获取社会团体的认可，因为从来不存在一个超越历史的先验主体，"主体是话语的建构，是知识的对象"②。只有成为淑女文化构建的主体，成为这种文化知识驯服的对象，而不是张扬自我、逃逸规范制约的自由意志操纵者，薇姬才能成为规训的从属者，融入莫加纳这个社会团体。尽管她曾一度收敛了个性，藏起了锋芒，强迫自己的意志服从于他人的权力，薇姬依然无法战胜生命本能的冲动，痴迷地沿着自己内心直觉的喜悦前行，最终与群体分道扬镳。

莫加纳这一小社会一直致力于运用权力与知识将个体建构为驯服的肉体，通过对身体持久的规范化训练，以期达到有效包围个体，将其纳入预设的权力模式当中。显而易见，她们的"纪律权力通过其不可见性被实施，同时强加给它的从属者一种强迫的可见性原则。在规训中，这些从属者必须被看见，这种可见性确保了权力对其有效的统治"③。不可见是因为权力以知识或文化的形式出现，可见是因为从属者必须处于全景式的监视之下。首先，薇姬拒绝做一个从属者，她

---

① ［德］尼采：《人性的，太人性的》，杨恒达译，中国人民大学出版社 2009 年版，第 8—9 页。
② Foucault, Michel, "Structuralism and Post-structuralism", *Aesthetics, Method, and Epistemology*, Ed. James D. Faubion, New York: The New Press, 1997, p. 446.
③ Foucault, Michel, *Discipline and Punish*, New York: Random House, Inc., 1995, p. 187.

总是不停地逃逸；其次，薇姬的种种行为都意欲逃离群体目光的注视，不管是与水手的偷情，还是母亲去世后内心情感的表达，抑或是大黑河的独自潜水，均避免暴露的全景式的监视。大黑河潜水本身代表着下降到隐匿的黑暗之中的过程。就隐喻而言，水是潜意识，薇姬则是意识的主体，由于潜意识的力量总是强过意识的人格，大黑河的潜水就是一种冒险。和许多神话故事中的冒险英雄一样，薇姬必须经历一个被吞噬到深渊而后复活的过程，承受恐怖行程中的考验与启示，学会如何与黑暗的力量同行，最后浮现出的才是一个崭新的生活方式，成就一种全新的人格。

莫加纳南方群体所崇尚的淑女文化，不仅仅是土生土长的本地女性成长过程中的一种参照，它的触角也伸向了移居莫加纳的外地移民，在力所能及的范围内最大可能地发挥着它的影响。虽然和薇姬·瑞妮的自觉反叛不同，德国裔的音乐教师艾可哈特小姐自身承载着不同国度的异域文化，从而她的叛离显得自发而无意识。但是，深受南方传统文化浸染的莫加纳并不因此对艾可哈特小姐有所宽容，在不同文化的较量中，她依然成为无辜的涉及者与受害者。

艾可哈特小姐和瘫痪的母亲租住在思露娣的小房子里，靠着给周围的女孩们教授钢琴为生。相对于薇姬骨子里生就的自我张扬的特性，艾可哈特小姐显得很有自制力，也很内敛。在演奏的过程中，"她的表情完全是另外一副模样，她皮肤绷得紧紧的……她的脸像山一样严峻"[①]。作品曾屡次提到，在钢琴课上，她随身携带着节拍器。节拍器是利用摆的等时性控制节拍声来计时的仪器，教学中可以用作时间测量的一种工具。节拍器成了钢琴师身体的一部分，一方面表示她对音乐的节奏感很敏感，对此有非常严格的要求，另一方面体现出她严谨认真的教学态度和处事原则。在对待男女恋情上，艾可哈特小

---

① Welty, Eudora, *Stories, Essays and Memoir*, The U.S.A.: The Library of America, 1980, p. 364.

姐也不像薇姬那样冒着大不韪屈从于情欲的驱使。她和希瑟姆先生（Mr. Sissum）互有好感，但他们的交往非常有分寸，人们只看见她在夜幕下听他拉着手风琴，如此而已。"当希瑟姆先生把薇姬戴在艾可哈特小姐帽子上的花环抖得满身都是的时候，艾可哈特小姐只是静静地坐着，非常温顺的样子。"① 事实上，艾可哈特小姐对于淑女文化的触犯并不在于她外在的言行举止，而在于她自身文化所导致的生存方式。这些生存方式在她自己看来本无可厚非，但莫加纳人却会界定为对南方传统的背离。

　　根据尼采的观点，人并不是权力意志的主人，相反，人完全是权力意志所建构的产物；同时，福柯也为我们展示了一幅被奴役的身体图景。由此而言，男权社会的权力意志旨在用知识和文化包围生命、驯服肉体，这种包围和驯服不是针对作为个体的人而是作为大众的人。相对于薇姬骨子里生就的叛逆，艾可哈特处于下层阶级，以教钢琴为生，自制而内敛，但这并不能使其免于南方文化的驯服与奴役。事实上，艾可哈特对于淑女文化的触犯并不在于她外在的言行举止，而在于自身文化、职业所导致的生存方式。作为一个外来者，艾可哈特并不认为"音乐使得被压迫主体和亚文化群体有能力抵抗居于支配地位的规范和价值"②。她只是借助音乐这一形式固守自己的文化生活方式，在异国他乡苦苦追寻自我实现，这种执着的固守在她本人看来无可厚非，但在不同文化背景的莫加纳人眼中，在追求自我实现过程中她的身体表达却显得过于张扬反叛，因而被界定为南方传统的背离。

　　人是社会的人，身体是人的身体，身体对世界的知觉不可避免具有社会性所带来的历史和文化气息。对艾可哈特而言，这种历史和文化的影响是双重的：作为一个德国人，音乐不是淑女文化强加于她身

---

① Welty, Eudora, *Stories, Essays and Memoir*, The U.S.A.：The Library of America, 1980, p. 361.

② Frith, Simon, *Music for Pleasure*, Cambridge：Polity Press, 1988, p. 139.

上的点缀和额外资本，音乐就是她的生命，是彰显自我生存意义的唯一方式；作为莫加纳的一分子，在男权主导的美国南方社会，女性的才华是被无情压抑、蔑视并予以埋没的，她因而成为了异类。艾可哈特小姐的学生凯茜·莫里森（Cassie Morrison）的母亲莫里森夫人深谙其道，她非常精辟地教导女儿，她自己曾经也有艺术天赋，学过唱歌，但后来，那些创造力只能被照顾患有疟疾的儿子、替女儿的演奏会缝制衣服和参加女伴们的打牌聚会取代，如今所有的艺术才华只限于制作糕点和色拉的创意。由此可见，南方淑女文化只允许女性成为家庭的容器，包揽着各种烦琐的家庭事务，成为男性家长和其子女身体的提供者，同时要不断倾注母性的温柔情感，而自我实现则毫无立足之地。在传统南方意识中，音乐教育只是作为一种工具或手段，培养女性成为优雅的贵妇人，成为增加身价的砝码，并不是实现自我价值的途径。而艾可哈特不同，钟情于音乐是主要的具身性存在方式，每年一度的六月演奏会是她展示业绩的盛大节日，因为音乐旋律的舞动是生命得以张扬的媒介。由于对音乐的认识有本质不同，再加上外来移居者的身份，艾可哈特不可避免成为被放逐、被妖魔化的对象。

　　女性的生命创造被限定在一个狭小的范围，她们是一群失声者，无法替自己声张，男性在消解女性创造力的同时也牢牢维护了自己的既存权力和地位，因此才诞生了众多"阁楼上的疯女人"，艾可哈特最终成为了她们其中的一员。而"疯女人"并不意味着无理智、不可理喻，更深意义上指那些窥破了男权统治阴谋、勇于实现自我的执着追求者。租住房里的另一位房客沃伊特先生（Mr. Voight），"每当艾可哈特小姐在倾听学生们弹奏时，便面对女孩子们大大咧咧地走过去，在楼梯拐角敞开睡衣，像只雄火鸡似的……当他扇动着自己的栗色睡衣时，竟然没有穿内裤"[1]。音乐教学是一种艺术审美活动，在

---

[1] Welty, Eudora, *Stories*, *Essays and Memoir*, The U. S. A.：The Library of America, 1980，p. 373.

艾可哈特看来，是个非常严肃的场合，是她展示自我价值的舞台，而沃伊特却以他男性的身体呈现使其极端荒诞化。面对沃伊特每天肆无忌惮地展示他的男性性征，艾可哈特作为女性所体现出的智力、才华和价值被强大的男权在身体骚扰的嘲讽中轻而易举地消解殆尽，女性话语的努力建构与男性易如反掌的摧毁形成了鲜明对比。

男权文化规定，淑女是男性的依附者和从属者，而绝不是具有强烈自我意识的奋斗者和实践者。接受了这种传统观念的莫加纳女人们，之所以放逐艾可哈特小姐不仅仅因为她的音乐才能，而且是她无意识的背离所隐藏着的自为觉醒。学者蜜茜·思帕兹（Missie Spights）说："如果艾可哈特小姐允许别人以名而不是姓来称呼她，或许她会和其他南方淑女没多大的不同。如果她和她们一样信仰同一宗教，而不是一个陌生的教派，她就会成为我们中的一员……或者如果她嫁给任何一个男人，即使像金·麦克莱一样糟糕的男人，每个人都会同情她的处境。"[1] 但是艾可哈特小姐，她追求着自己的音乐事业，她不会制作色拉和糕点，却乐此不疲于大家觉得可笑的食物。她不像她们借着空闲打牌闲聊，结伴而行去教堂祷告。她始终保持着她的独身身份，不像其他莫加纳女人一样适时而嫁，相夫教子。由此看来，与那些传统淑女文化规定下生存的女性们相参照，她和她们的生活轨迹毫无交汇的可能，而她的独立意识更加剧了自身的边缘化程度。艾可哈特小姐觉醒在自我意识的固守中，也觉醒在众人的孤立中。最后，当希瑟姆先生独自乘船，掉进大黑河溺死后，她失去了唯一的知心旅伴。虽然希瑟姆先生是长老会教徒，可是艾可哈特小姐仍然坚持参加他的葬礼。在墓地里，她挤过人群，面对着棺材，"她挣扎着，圆圆的脸拉得又长又宽，她的情绪与所有其他人如此格格不

---

[1] Welty, Eudora, *Stories, Essays and Memoir*, The U.S.A.：The Library of America, 1980，p. 373.

入,那种难过是完全不同的……她开始剧烈地点着头,从一边到另一边"①。艾可哈特小姐在墓地里的这番失态痛哭,是自然情感的外露,没有任何矫情的成分。如果没有溺水身亡这一事件,她和希瑟姆先生的感情会得到进一步的发展。但是,莫加纳人并不认同艾可哈特小姐的所作所为,非但没有人安慰她,反而因为她的墓地哭泣这一行为,许多母亲阻止女儿们继续上她的钢琴课。在她们看来,艾可哈特小姐和希瑟姆先生属于不同教派,两人之间没有正式的婚约关系,却在大庭广众之下如此毫不节制地表露情感是不合时宜的。这种举止是淑女文化引以为耻的,是与母亲们的初衷相悖的,女孩子有可能效仿而误入歧途。事实上,音乐课上艾可哈特小姐随着节奏摇摆的身体、弹奏的狂化乐曲已经传递着明显的性欲特征。② 在这位艺术家眼里,这或许是生命真正的自然流动,在莫加纳人看来,却是摧毁传统淑女文化精粹的洪水猛兽。因此,她们筑起了一道高高的围墙,努力把她隔绝于外。

人的社会性决定了其共生状态,共生使社会内部个体之间形成一种凝聚,消除了生存的紧张感,而对个体的隔绝意味着将其推向既存道德伦理的边缘,是一种无形的惩罚。在小区群体的疏离中,凯茜·莫里森叙述了艾可哈特小姐的转变:"她虽然没有很明显地瘦下去,却变得又虚弱又苍老……人们说,你只要看一看艾可哈特小姐,就知道她快要精神崩溃了。但是,这位钢琴师依然保持着她的威严。"③赛斯特·艾辛格(Chester Eisinger)曾非常有见地地指出了莫加纳女人们举足轻重的作用,"在《六月演奏会》中,她们形成了一个团体,排斥那些与她们的信仰相左、不遵循她们那一套道德习俗的异己

---

① Welty, Eudora, *Stories, Essays and Memoir*, The U.S.A.: The Library of America, 1980, p. 362.

② Lemieux, R.E., *Sexual Symbolism in the Short Stories of Eudora Welty*, New York: Hamilton, 1969, p. 103.

③ Welty, Eudora, *Stories, Essays and Memoir*, The U.S.A.: The Library of America, 1980, p. 386.

者……她们驱逐了薇姬·瑞妮，逼疯了艾可哈特小姐"①。最终，艾可哈特小姐失去了居所，男人们把她的节拍器扔出了窗外。绝望之余，"她跑回房间，将燃烧的蜡烛举过头顶，借此躲避驱赶她的男人们。烛火烧着了她的头发……穆迪先生（Mr. Moody）跳了起来，拿起衣服从后面盖住了艾可哈特小姐的头，做了个鬼脸，好像全世界的人在某些时候都不得不做一些令人羞愧的事情似的。他用手直击她被蒙着的头部……"② 这一火烧头发事件是艾可哈特小姐彻底绝望并歇斯底里的生动写照，不仅强迫她面临着南方传统秩序维护者的暴力摧残，而且完全泯灭了她对自由和事业的热切追求。性情崇高的钢琴师面对那些缺乏人性的男人们，失去了尊严，被送进了精神病医院。学者简·格来特朗德（Jan Gretlund）曾询问尤多拉·韦尔蒂，是否莫加纳的整个社会群体应该为艾可哈特小姐的发疯负责。韦尔蒂如此回答："南方社会的群体紧密地联结在一起，对那些不属于他们圈子里的人会采取相应的处罚。"③ 正是在这种围剿式的孤立和逼迫中，这个来自异国的艺术家尽管具备敏锐的自我觉醒意识，为保留个性执着而坚韧地奋斗着，但她的微薄之力最终没能颠覆根深蒂固的南方淑女文化，相反，她的梦想被传统习俗无情颠覆并彻底粉碎了。

　　身体是一个巨大的隐喻场域，话语权是其中至关重要的话题，谁是说者，谁是听者，其归属决定了男女两性的权力运作模式及身份地位，同时形成了身体表达的文化呈现。在一个以男权文化为主流、社会性别不平等的社会，女性作为弱者的身份和地位是被提前预设的，是不会得到丝毫改变的。就如同莫加纳地区，在男权文化为预设的淑女文化的凝视里，不论是做一个柔顺的、无语的服从者，还是做一个

---

　　① Eisinger, Chester E., *Fiction of the Stories*, Chicago: University of Chicago Press, 1963, p. 118.
　　② Welty, Eudora, *Stories, Essays and Memoir*, The U. S. A.: The Library of America, 1980, p. 389.
　　③ Welty, Eudora, "Interview with Jan Nordby Gretlund. An Interview with Eudora Welty", *Coversations with Eudora Welty*, Ed. Peggy Prenshaw, Jackson: University Press of Mississippi, 1984, p. 222.

热情的、身体力行的实践者，抑或是做一个或自觉、或自发的叛逆者，她们的命运都不会出现任何实质性的转机。淑女理所当然是柔顺无语的服从者，她们是拥有"柔弱""不稳定"身体的劣势性征个体，如果像薇姬一样做一个自为叛逆者，背离所处的文化语境，身体在不同层面的知觉会令生命迸发极为绚丽的光彩，同时赋予精神成长最深切的体验，这是痛苦，也是快乐，更是孤独。如果像艾可哈特一样，固守自己文化的根，把身体的律动和对事业的追求紧握于手，却又无法逃避所处社会文化的包围，结果是残忍地被围剿。无论结果如何，薇姬·瑞妮和艾可哈特的抗争，都体现了对生命本身的热爱，对个体尊严的彰显，并在自我追寻中逐步消解了传统的美国南方淑女文化。

第四章　种族文化中身体的诗学

　　由于美国南方独特的种植园经济，除了居于上层阶级的绅士和淑女，缔造南方神话自然离不开大量工作在庄园土地上的黑人劳工。因此，在南方传统文化中，不仅包含骑士精神、绅士文明和淑女文化，种族文化依然是不可或缺的组成部分。

　　1998年，安妮·沃尔德伦（Anne Waldron）在未曾正式发表的韦尔蒂传记的第一章中写道："理查德·赖特（Richard Wright）和尤多拉·韦尔蒂两位作家，不谋而合，极为生动地再现了美国南方的种族隔离所衍生出的恐怖与愚昧，尽管他们从未谋面，尽管俩人出生于同一年代、同一地区、有共同的兴趣……"[1] 在名为《小说家必须投身斗争吗?》（*Must the Novelist Crusade?*）的杂文中，韦尔蒂也指出："血缘之间、情感之间、精神与行为之间是有联系的，种族与种族之间也不例外。少了任何一方，这种联系也将不复存在。就像一棵根深叶茂的老树，它们彼此牵连，若想分离，就必须从树梢到树根将其劈开。"[2] 在20世纪50年代，韦尔蒂曾十分热情地参与了阿德莱·斯蒂文森（Adlai Stevenson）的竞选事宜，尽管斯蒂文森和韦尔蒂家乡杰克逊镇的绝大多数居民在种族问题上持不同的政见，韦尔蒂因此可能

---

[1] Waldon, Ann, *Eudora Welty: A Writer's Life*, Louisana: Baton Rouge, 1998, p. 45.
[2] Welty, Eudora, *Stories, Essays and Memoir*, The U. S. A.: The Library of America, 1980, p. 811.

成为她周围人的对立面，她还是坚定地支持他。在此之前，韦尔蒂也曾冒险写信给当局，愤怒地谴责州政府的反闪米特人及法西斯的蛊惑行为。1963年，一位供职于NAACP名为麦德加·艾弗斯（Medgar Evers）的年轻黑人，遭到白人暗杀。韦尔蒂的短篇小说《声音从何处来？》（Where is the Voice Coming from？）就是对这一事件的文学式叙写，揭露了谋杀者邪恶的种族主义心态。

在韦尔蒂的作品中，黑人不但承袭了肤色符号化中隐含的卑微、低劣的阶级标识，并且承载着肤色隐喻文化中的邪恶、残暴、野蛮等种族标识。在阶级压迫和种族压迫的双重重轭下，黑人的身体成为一种泛义上的、非正常的、有问题的身体。这些身体失去了主体的具性特征，成为白人意识形态中的想象物，一种创造性的强加体。这些想象与强加成分通过身心两方面美化白人、丑化黑人，鲜明对立的二元体系得以建构而成。但是，这种有悖历史、有悖事实的人为建构迟早会面临坍塌崩溃的结局，白人种族最终得面对事实、面对真理，为错误的身体观引发的种种问题寻求出路。

第一节　南方种族文化的历史传承

早在4000年前，黑人祖先苏丹族人已经凭借自己的智慧发明了适应非洲热带气候的农业文明，他们具有最高明的冶铁和用铁技术，而欧洲人此时尚处于茹毛饮血的原始阶段。令人遗憾的是，非洲黑人文化在尚未来得及被外部世界全面而系统地接受之前，随着奴隶贸易的兴起，遭到了史无前例的贬抑。

从非洲大规模地贩卖黑奴到美洲，最早的确切记载是在1518年。英国人于1587年开始在北美建立殖民地，即现在的北卡罗莱纳的罗诺克岛。但第一个成功的英国殖民地当推1607年在弗吉尼亚建立的詹姆斯敦。1619年，一名荷兰人将20名非洲黑人卖到詹姆士，成为第一批到达美国南方的黑人移民。南方历史始于美国印第安人在北美南部的拓荒文化，人类文化学家查尔斯·哈德森（Charles Hudson）、历史学家J·莱契·怀特（J. L. White）等人在近年来的研究中表明，早期印第安文化为后来移居新大陆的欧洲人开创了谋生手段，如自然资源的利用，居住地点的选择和运输路线的开辟等。印第安人把在新世界的生存方式介绍给欧洲人和非洲人，南方的一些州和河流都是以印第安人的名字命名的。南方的农业和制奶业，民间医学和口头民间文学也都受到美国土著文化传统的影响。[①]但是，随着后期移民愈来愈多，对土地的需求增加，殖民者的先进文化和土著原始文明的差异等因素导致了两者之间的矛盾，冲突愈演愈烈，殖民者运用先进武器迫害、杀戮印地安人，毁灭印地安文化，同时印第安人部落大批杀害美国移民，都是有史可查的事实。

  17世纪初期的南方小农场主一般靠家人完成农活，稍觉繁重的劳动靠整个小区协作完成，但是，当时美国南方的每个自由人都有权利获得土地，因而自愿的劳动力并不存在，开垦大片荒地所需的劳动力明显不足。在此境遇下，土著印第安人成为劳动力的来源，但是他们数量有限，文化过于原始，无法适应较为现代的农业文明，再加上复仇心强，不能作为解决劳动力的有效途径。由此，白人契约奴应运而生，他们一般是靠短期出卖劳动力赚足抵达美国路费的英国人，或是英国政府遣送到美国的穷人、罪犯。而这些白人契约奴一旦适应了当地环境，掌握了耕种方法，就会脱离农场主的控制，经营自己的土地。之后，随着小农场被大种植园鲸吞，种植园贵族很快就找到了解决问题的最有效途径，即大批地贩入体格强壮能尽快适应气候和环境变化的黑人充当奴隶。这种非人道的野蛮行径置黑人的生命安全于不顾，在运输途中他们被关在毫无卫生设施的船舱里，其中有许多黑人不堪恶劣的待遇而死于饥渴或气闷。

---

① 陈永国：《美国南方文化》，吉林出版社1996年版，第7页。

1661年，蓄奴法在美国南方的弗吉尼亚州正式通过，贩卖黑奴在法律上有了立足之地。不仅如此，此法还规定，奴隶可以被当做私有财产被占有，其后代继承祖辈的地位，奴隶犯罪将由代表蓄奴阶级的法庭给予特殊的处罚。这也是为何凶杀、私刑、公开处决等暴力事件在美国南方司空见惯的原因，也是为何人们普遍接受南方暴力文化的渊源所在。追今抚昔，蓄奴制也确实称得上是南方区别于美国其他地区的特点之一，不管是精华还是糟粕，它都使得南方这块土地拥有了独属于它自己的东西。历史既见证了骑士风度的绅士、道德高尚的淑女，也见证了监工的皮鞭、黑奴的血泪。

随着种植园经济的不断壮大，随着黑奴数量的不断增加，种植园贵族阶层明显感觉到了来自于黑人的威胁，确立一个严格的等级制度势在必行。在蓄奴制时代，尽管由于黑人在白人生活中的辅助作用不可或缺，黑人侍候白人，帮助白人接生、哺育孩子，参与日常礼仪活动，但二者之间仍然是等级严格的主仆关系。自从黑人被强行由自由人变为奴隶，他在面临着一个陌生国度的同时，同样面临陌生的语言和文化环境。在17世纪末18世纪初，虽然黑人在美国南方占人口的绝大多数，但南方统治阶层自诩为17世纪英国克伦威尔时代贵族保皇党的后裔，在本地沿袭英国的语言、文化、宗教礼仪、政治体制等，并将其设定为主流文化。黑奴被迫放弃自己的母语，学习使用英语进行日常的交流，但由于读音不准、文法不通，一直被视为文化低能儿。种植园主阶层一边同化黑人，削弱他们传统文化的凝聚力，一边利用黑人的体力优势，并让他们培养一种自愿接受奴役的意识，自觉驯服地为统治阶层服务。由于美国社会历史的特殊性，美国黑人成为一种另类群体，特别是与白人种族之间存在着明显的界限，从而有了"种族问题"这一说法。

美国学者托马斯·索威尔在其著作中提到：黑人是在违反其意志

的情况下强行被带到美国来的唯一种族。① 从一开始,他们的从属地位就被贴上了标签。在美国白人的意识中,黑人民族一直被贬抑为野蛮、劣等的种族。在整个漫长的贩奴过程中产生了一整套文献,将非洲男女刻画成相貌丑陋、纵欲、暴烈的野蛮人,而且人种学研究指出,黑人天生善于屈膝,甚至有遗传性的漫游症,以此证明奴隶制的正当性。② 为此,南方贵族不惜花费心血,在《圣经》中找出依据,以铁的律例的形式为不合理的奴役寻求正当的理由。《圣经》中曾记载,诺亚和他的妻子生有三子——闪、雅弗、含。诺亚有一个葡萄园,自酿美酒,有一次他喝得酩酊大醉,在帐篷里赤身裸体。含看见了就告诉了闪和雅弗,于是闪和雅弗拿着衣服,倒退着进去给父亲披上。可是三儿子含却以此为乐趣,大有嘲笑之意。诺亚酒醒,非常生气,诅咒含世世代代作他兄弟的奴仆。犹太人认为含去了非洲,是黑人的祖先。另有一说认为,黑人是该隐的后代,因此本性具有暴力凶杀的倾向。又有一说认为,黑人是撒旦的后代,因此被上帝诅咒,皮肤漆黑如铁,形似地狱里的黑暗。通过《圣经》这一至高权威的确认,白人成功地实现了对黑人的标定,同时也确立了"白人至上"的观念。

在主流文化的引导下,黑人的原始信仰被取缔,他们和白人同是一个教会的会友,信奉相同的基督教信条和礼仪,诸如洗礼、礼拜、弥撒等。尽管如此,黑人与白人在精神上并不是平等的,他们依然属于截然不同的精神国度。在此,尽管宗教上存在着某种程度的同化现象,也不过是借以制造驯服黑人的一种工具而已。

立法者和种植园主携手为黑奴立下种种规则,不仅从时间上而且

---

① [美]托马斯·索威尔:《美国种族简史》,沈宗美译,南京大学出版社1992年版,第231页。

② Rose, S., "Scientific Racism and Ideology: The IQ Racket from Galton to Jensen", Eds. L. Birke and J. Silvertown, *The Political Economy of Science*, London: Macmilllan, 1976, p. 265.

从空间上控制他们的行动。法律规定,未经主人的书面容许黑奴是不能离开种植园主的辖地范围的。即使得到书面的许可,他们还必须写下自己到达的目的地和最迟回来的时间。除了星期天和节假日,黑奴必须整天辛勤地劳作。一位名叫查理·克拉普(Charlie Crump)的黑人谈起他的经历,说道:"我们从早工作到晚,有时甚至一天只吃一餐饭。"① 每天晚上9点号角就会响起,告诉黑奴们该回家休息,以保障第二天有充沛的体力,保证生产有序进行。

除此之外,严格的等级秩序还体现在日常的社交礼仪等方面,从而保证白人对黑人的统治及白人至上的地位不可动摇。按照规矩,黑人与白人不能在公共场合握手、一起走路和表示友好,黑人在公共场合见到白人要脱帽,而白人即使在黑人家里也不用脱帽……托马斯·迪克森(Thomas Dixon)在关于三K党的书《团伙》(The Clansman)中如此丑化黑人:"他有低级动物般的粗短脖子,他的肤色是煤黑色的,他的嘴唇厚得只得往上下两边翻卷。他的鼻子扁平,巨大的鼻孔永远是向外张开着。邪恶的眼珠子,那白色上面的灰色斑点,总是长得很开,在稀疏的眼睫毛下像猿一样地眨巴着。"凡此种种,爱德华·艾尔斯(Edward L. Ayers)在其著作《南方的前途:重建之后的生活》(The Promise of the New South: Life after Reconstruction)一书中做了精辟的总结:"在两个种族中,没有一个种族的低,哪来生活的和平与和谐。"② 在当时的美国南方,30多万种植园主统治着400多万的黑人奴隶,"并非他们犯了什么罪行,而是因为他们的肤色是黑色的"③。

北方在经历了第二次工业革命之后需要大量的劳动力,而南方的

---

① Wilson, Charles R. & Ferris, William eds., *Encycolopedia of Southern Culture*, The U.S.A.: The University of North Carolina Press, 1989, p. 137.
② Ayers, Edward L., *The Promise of the New South: Life after Reconstruction*, New York: Oxford University Press, 1993, p. 239.
③ Ibid., p. 241.

黑奴制度把黑人绑定在农场，从而南北双方出现了巨大的矛盾，最终导致了美国内战的爆发。随着内战的结束，奴隶制的废除，黑人与白人的关系发生了本质性的转变。黑白分隔居住的局势渐渐形成，白人对黑人邻居的敌视和驱逐，黑人寻找同胞的归属感是种族隔离最主要的原因之一。1896 年，美国最高法院认为"隔离但平等"符合宪法，从而为南方各州对黑人的强制隔离提供了法律依据。越是有可能存在异性接触的区域，越可能被纳入隔离带。白人对黑人的隔离和歧视不仅仅体现在语言文字、宗教信仰和文化习惯上，甚至衍生到举止行为层面。

  为了恢复旧南方白人的绝对地位，南方白人处心积虑地剥夺黑人的政治权利。除了佐治亚州、南卡罗来纳州和佛罗里达州，其他南方各州都合法地剥夺了黑人的选举权。在白人的意识形态中，黑人的肤色不言而喻表征着一个低劣种族的存在，而白人则是与之相形参照下的优等民族。这种二元对立模式的既定生成，为黑人与白人享受不平等待遇奠定了思想基础。因此，自 1877 年以来，南方黑人的政治遭遇一直在倒退，黑人的处境每况愈下。白人通过对黑人兽性的夸张与宣扬，来强势地维持白人居高临下的绝对控制地位。以保护白人妇女为由，白人淑女的易被侵害与黑人男子的强暴行为被紧密联系在一起。白人对黑人的惩罚以一种非常残暴、不人性的行为出现，那就是私刑。强奸白人妇女是对黑人男子执行私刑的最普遍理由，尽管事实上，大量的私刑与强奸白人妇女无关。私刑的方式多种多样，令人发指，如绞死、肢解、火焚等，不通过法庭的审判、作证、辩护等，由白人男子自行实施处决，非常典型而直接地体现了白人自身的优越感。白人妇女对强奸的恐惧、黑人男子对私刑的恐惧相伴相随，使得这两个截然不同的弱势群体双双处于南方白人男性的控制之下，强有力地维持着南方传统的白人家长制体系。相对于南方白人为维护自身的种族纯洁所犯下的罪恶行径，南方黑人也组织起了以恐怖为宗旨的"黑夜骑士"，成为种族对抗、暴力冲突的工具，从而形成了美国南方典型的暴力文化。

作为一名来自南方蓄奴小镇的美国南方作家，马克·吐温（Mark Twain）在其作品中较早地涉及种族问题的探讨。随着作品的不断发表面世，他的种族观也发生了截然不同的转变。他早期的两部游记《傻子出国记》（Innocents Abroad）和《苦行记》（Roughing It）很显然地标明了他的白人种族主义立场。马克·吐温不遗余力地描述了土耳其苏丹的凶残、无知和落后，也淋漓尽致地表达了他对印第安人野蛮、懒惰的鄙夷和蔑视。"作为美国南方出来的孩子，生在蓄奴小区，长在蓄奴家庭，马克·吐温的一生都在与儿时就很熟悉的种族偏见做斗争。"[1] 随着阅历的增加，他在中晚期的作品中表达了自己与以往截然不同的种族态度，历险小说《哈克贝利·费恩历险记》（The Adventure of Huckleberry Finn）揭示的是一个发人深省的重大主题，批判了美国蓄奴制的罪恶，表达了作家反对种族压迫、追求自由、民主的美好心愿。

作为20世纪文坛巨匠的南方作家福克纳，在对"黑人故事"的书写里找到了对一个时代的深沉反思。在他精心写就的世系小说中，那些具有象征意味的"种族形象"，反复出现并阐释着充满神秘色彩的种族神话，构建着种族关系的现实生存状况。同时，黑人所经历的心路历程构成了作家对白人与黑人复杂关系的探索，展现了南方区域的种族意识。在整个文化融合的过程中，黑人本能地保留了其特殊的民族心理，体现了自身迥异于白人的差异性。短篇小说《殉葬》（Red Leaves）（1930）比较具体地描述了黑人有别于白人的种种生活习性。1932年，福克纳创作了第一部反映种族主题的小说《八月之光》，塑造了混血儿乔·克里斯默斯（J. Chrismas）的形象。当时的白人社会认为，血液是文明的载体，再白的黑人其血液里流淌的还是

---

[1] Howe, L., "Race, Genealogy, and Genre in Mark Twain's Pudd'nhead Wilson", *Nineteenth-Century Literature*, NO. 4, 1992, pp. 495–516.

黑人的血液，黑人与白人通婚会带来白人文明的毁灭。在对待混血儿的问题上，南方上层社会的态度是极为偏执的，在等级森严的南方社会，别人不会承认，更不会赞同白人与血统不纯的人相爱，甚至过从甚密，对当事人来说，受到如此歧视的后果是极为严重的。所以，不仅是克里斯默斯，还有《押沙龙！押沙龙！》中的查尔斯·波恩（Charles Bon），他们寻求认同的道路注定是血迹斑斑的，他们的认同危机深刻地揭示了南方种族意识最重要的两个方面，即严格的南方社会等级观念和南方女性神话。除了上面所论及的两部小说，短篇小说《干旱的九月》（Dry September）中米妮小姐（Miss Minnie Cooper）对梅耶斯（Will Mayes）指控的可信性问题就比较典型地体现了这种种族意识，尽管事实可能与米妮所言不符，但深受南方淑女神话的浸染，无人怀疑她莫须有的诬陷，同时也无人站出来为梅耶斯伸张正义，因为白人害怕被冠以"亲黑"的污名。由此可见，对黑人身体的深层恐惧成为了一种社会习惯。以司法为例，尽管在美国南部各州被控谋杀兼强奸的男性中有50%是白人，但被最后处决的90%是黑人，且均被控强奸了白人女性。[①]由此，种族偏见构成了种族文化信仰的十字架，在对白人刻意的美化、崇拜中，黑人的身体充当了牺牲品或祭奠品，奉献给了白人的神祇。

出生于美国南方黑人聚居的佐治亚州的非裔美国黑人女作家艾丽斯·沃克（Alice Walker），自幼耳闻目睹了南方黑人的悲惨生活，对种族主义有深刻而切身的体会。但与传统作家不同的是，她并不只停留在美国社会对黑人的种族歧视和压迫层面上，而是以自身的女性经验为凭借，将性别、种族文化相互联结成一个互动的整体，借以表现美国黑人特别是黑人女性的政治生存状况。沃克最出名的代表作《紫色》（Color Purple）最明显地体现了这一点。主人公茜莉（Celie）喜

---

① Stapes, R., *Mansculinity: The Black Male's Role in American Society*, San Francisco: Black Scholar Press, 1982, p. 345.

欢紫色，在小说伊始，她渴望能买上一块紫色的布料做衣服，这是主人公渴望平等、独立的隐喻表达。紫色也是女同性恋主义的标志，在白人统治者和黑人男性的双重压迫下，茜莉选择了与莎格·艾微利（Shug Avery）的同性恋情。玛莎·雪莱（Martha Shelly）曾说："在男权社会里，女同性恋主义是心理健康的标志，为了摆脱男性的压迫，妇女们必须团结起来——我们必须学会爱自己，爱彼此，我们只有变得强大有力而又不依赖于男性，才可能站在一个有利的位置来对付他们。"[1] 茜莉的勇敢抉择体现了她对传统男权社会异性恋的颠覆，维护了自身的健康生存模式。此外，作品中有一段"做裤子"的情节描述。"做裤子"的英文表达为"wear the pants"，其俗语含义是妇女掌权当家，在婚姻等关系中处于支配地位，起领导指挥作用等。肖瓦尔特（Showalter）曾说，"女人通过选择自己的衣服创造自己的个性"[2]。茜莉成立了"大众裤业有限公司"，拥有了自己的事业，并在为自己和莎格做裤子时体验到了自尊与自爱的巨大喜悦。在此作品中，男权、种族和身份的追寻相辅相成构建了文本最基本的框架。

20世纪的30年代与40年代，韦尔蒂为摄影与写作而奔忙。她拍摄了密西西比地区的景物、人物，这些照片中最重要的主题之一便是黑人生活。它们呈现了黑人文化的不同方面：穿戴充满异域情调的黑人算命者，绣着神秘象征图案的黑人围裙，穿着晚服的黑人妇女，电影院的"黑人通道"，以及黑人集市等不一而足。就韦尔蒂的文学作品而言，虽然不是典型的黑人世界，但黑人角色依然是她描述与关注的对象。黑人总是隔绝于白人的社交生活，他们沿袭自己种族原始的风俗习惯和文化风尚，遵循自己的信仰，同时寻求摆脱白人传统辖制

---

[1] Shelly, Martha, *Lesbianism and the Women's Liberation Movement*, New York: Ace, 1970, p. 134.

[2] Showalter, Elaine, *Sister's Choice: Tradition and Change in American Women's Writing*, Oxford: Clarendon Press, 1991, p. 259.

的自由。所有这些不仅仅在韦尔蒂的视觉艺术中得到了图像式的展现，也在其文本世界里进行了栩栩如生的叙写。

韦尔蒂一生单身，终生未曾离开她生长的那块土地，她的作品也几乎都是以密西西比三角洲地区为背景的。在那里，棉花的种植铺天盖地，大量黑人劳动力随处可见，在田间或家里辛勤劳作。《三角洲婚礼》（*Delta Wedding*）就是以此为写作背景的典型代表，费尔柴尔德（Fairchild）家族是大种植园主，主人与奴仆和谐相处，黑人忠心侍奉主人，主人也关心黑奴的健康，是战前南方神话的最完美的再现。然而，这种表面的和谐无法掩盖白人与黑人的地位差别。作品中的黑人接生婆帕斯妮（Partheny）和思达德尼（Studney）婶婶无论是风俗习惯还是行为举止都是异于白人的，她们的与众不同代表了身为黑人的种族特征，但在主流文化的边缘化过程中却面临着身份丧失的危险。在短篇小说集《金苹果》（*The Golden Apples*）中，韦尔蒂也将笔触深入到了黑人领域，不同的是更为敏锐地表现了白人对黑人最为本质的态度，以及白人极力维护血统纯正、维护荣誉以避免小区遭受黑人威胁的极端行为。《六月演奏会》（*June Recital*）中，莫加纳地区的白人小区居民就因为无法忍受艾可哈特小姐曾遭黑人强暴这一个人历史，千方百计将音乐家庭女教师艾可哈特小姐驱逐。《金雨》（*A Shower of Gold*）中，黑人普莱兹·摩根（Plez Morgan）忠心耿耿地为白人服务，但是依然无法得到他们的承认。而在《月亮湖》（*Moon Lake*）和《西班牙音乐》（*Music from Spain*）中，韦尔蒂笔下的黑人是摆脱了白人束缚之后的自由人，由于他们的天性和他们的原始信仰，他们成了在精神上比白人更自由的人。

韦尔蒂的其他作品，如《绿帘》（*A Certain of Green*）、《熟路》（*A Worn Path*）、《被驱赶的印度女佣珂拉》（*Keela, the Outcast Indian Maiden*）、《声音从何处来？》（*Where Is the Voice Coming From?*）、《燃烧》（*The Burning*）等诸多短篇小说中，虽然黑人角色多有出现，但学术界对于这些主人公的探讨纳入种族主义主题研究的却极为贫乏。或许是由于韦尔蒂本人一直声称自己的写作远离政治，或许是因为美国本土的政治环境使然，由于学界未做论证，也就无法给出定论。仅有的与种族主义有关的几篇主要包括：1986 年苏珊妮·马尔斯（Suzanne Marrs）发表在《南方评论》（*The Southern Review*）上的"尤多拉·韦尔蒂小说中的种族隐喻（The Metaphor of Race in Eudora Welty's Fiction）"；1987 年南希·哈格鲁沃（Nancy D. Hargrover）发表在《南方文学杂志》（*Southern Literary Journal*）上的"暗杀者画像：尤多拉·韦尔蒂的《声音从何处来？》（Portrait of an Assassin：Eudora Welty's "*Where is the Voice Coming From?*"）"；2007 年《哈德逊评论》（*Hudson Review*）上刊载了迪安·弗拉沃（Dean Flower）的文章"尤多拉·韦尔蒂和种族主义（Eudora Welty and Racism）"。下面，我们将从身体叙述的视角探讨韦尔蒂作品中隐喻的种族文化内涵。

第二节　戕害的身体与种族冲突

纵观美国南方的历史发展进程，早期对印第安人土著的殖民掠夺，此后种植园经济对黑人奴隶的压迫，都无法避免不同种族之间的矛盾与冲突，并且，这种非个人恩怨的对抗渐渐演化为历史遗留问题。而历史是无法被改写的，因此，曾经的迫害与被迫害、屠戮与被屠戮、役使与被役使成为种族之间和平沟通交往的障碍所在。不同种族之间的冲突、结局大多以身体的残伤、流血或者意识的愚化、心灵的创伤等形式出现，本节要探讨的"戕害的身体"正是从以上所列举的身与心两个层次加以考证分析的。

虽然，韦尔蒂自称不是一个政治感、历史感很强的作家，并且其研究专家苏珊妮·马尔斯（Suzanne Marrs）也认为，"在韦尔蒂的作品世界里，黑人并不是典型代表，作家本人熟悉的是白人世界，但是她前期的四部短篇小说里却出现了黑人主人公"①。她所说的四部作品包括《珂拉,被驱赶的印第安女佣》《送给玛茱莉的花》《力神》和《熟路》。当然,全面地考察韦尔蒂所有的短篇小说和长篇小说,对于种族的描述也同样零星地散布于中后期的作品中,如《初次的爱》(First Love)、《西班牙音乐》《燃烧》《声音从何处来?》《示威者》(The Demonstrators)和长篇小说《三角洲婚礼》(Delta Wedding)等。虽然故事中的黑人角色不是以主人公的身份出现的,但是对情节的推动发展至关重要,同时也展现了特定历史阶段的种族文化特征。

由于历史的原因,美国白种人与印第安土著之间的矛盾是渊源已久,无法靠个人的力量加以解决,并且,他们之间的仇恨往往以血腥的身体屠杀的方式得以释放。所以,这种种族之间的冲突是群体对群体的历史性报复,不涉及个体之间的对与错,甚至没有缘由可寻。韦尔蒂的短篇小说《初次的爱》中的主人公约书耳·梅尔斯(Joel Mayes),一个聋哑少年,回忆了他小时候从弗吉尼亚到纳齐兹镇(Natchez)的一段遭遇:在途中,约书耳同行的一群人遇上了印第安土著居民,约书耳的父母消失在森林里。他被遗留下来受麦凯莱布(McCaleb)老人的保护。

"他们躺倒在浓密的灌木丛中,这些植物就像长了锯齿的怪物。他们每一个人,不管是男人、女人还是孩子,从隐密处看着彼此,似乎这是个最不安全的所在,怀着急切而狂野的本能注视着每一处动静……约书耳哭泣起来,麦凯莱布老人用一把钝斧子砍死了那只狂躁的狗,然后转身非常严肃地看着他,把斧刃举到空中,热切地示意他们保持安静。约书耳发出了声响,他喘着气,立刻想都不想把嘴巴撞向了土地,嘴里塞满了树叶……在女人们和男人们一动不动躲藏在丛林里的那一大段时间里,聋哑儿约书耳真正体会到了安

---

① Marrs, Suzanne, "The Metaphor of Race in Eudora Welty's Fiction", *The Southern Review*, NO. 22, 1986, p. 697.

静对其他人意味着什么。带着极度的恐惧,他极其敏锐地感到了危险的存在,也感受到了他们之间强有力却令人无比压抑的凝聚力。这时,一群印第安人已经走过他们身边……"①

这是面对即将可能发生种族冲突的情景下的一段身体叙述,种种身体状态的描写都突出了生命受到威胁时潜意识里产生的不安、恐惧与躁动,而身体种种感觉的剧烈程度也预示了种族冲突一旦上演可能造成的血腥局面。故事的发生背景是1807年,虽然距离早期殖民掠夺已有一个多世纪,美国白种人与印第安土著之间的仇恨情绪仍然非常强烈地延续了下来,并且仍然以身体的戕害作为表达憎恨的唯一方式。

这种毫无人性的杀戮在韦尔蒂的另一部作品《强盗新郎》(The Robber Bridegroom)中得到了更为明显的表述。克莱蒙特(Clement)对杰米(Jamie)讲述了他们被印第安人抓走后颇为悲惨的遭遇,"在他们的营地,我们被命令站成一圈,象奴隶一样脱光了衣服表演。我们必须不停地旋转,头晕脑胀地跳舞,感觉四肢都不在自己身上了。我们被他们羞辱、折磨,为他们取乐……他们全都穿着花花绿绿的羽毛,站着观赏,就像我们是一只只耗子……我的儿子被投进油锅烫死了,我妻子阿米莉亚(Amelia)看到这一情形,从印第安人的胳膊中倒下,死了。那些土著为此笑得直发抖……在他们极度的鄙视中,我被放生了,但在我的身上烙了印"②。这是文本中关于印第安土著与美国南方白人的种族冲突的具体叙述。在此,身体所遭受的报复性伤害既包括残忍地夺取生命,也包括通过身体的裸舞给予羞辱,还包括通过身体烙印来表达一个种族对另一个种族刻骨的仇恨。这种仇恨记载了土著人对先辈以诚相待早期殖民者反而遭受背叛并被其几近灭绝的愤慨。通过这种以牙还牙的方式,

---

① Welty, Eudora, *Stories, Essays and Memoir*, The U.S.A.: The Library of America, 1980, p. 187.
② Welty, Eudora, *Complete Novels*, The U.S.A.: The Library of America, 1980, p. 13.

他们试图弥补失去家园的巨大损失和减少痛苦。

而相对于印第安土著的仇恨，美国白种人对土著人则更多表现为对其原始文明的鄙视，以及对其种族生命的厌恶与不屑。作品《强盗新郎》中，与杰米争夺强盗头目的小哈普（Little Harp），以非常残忍的方式夺取了一名印第安少女的生命。他先用印第安人酿制的黑酒将她灌到昏睡，然后用刀剁掉了她的无名指，随后再杀死了这名少女。但不同的是，小哈普并不是针对两个种族之间的历史仇恨，而是误以为那位土著少女是强盗头目杰米的未婚妻，也就是庄园主克莱蒙特的漂亮女儿罗斯蒙德（Rosemond）。他误杀印第安少女，事实上意图挑战杰米，夺得首领地位。此中所言的黑酒是印第安人的传统饮品，有人称之为睡酒。小哈普特意选用黑酒将印第安少女灌晕，而后将其置于死地，隐喻了美国白种人对印第安文化的无情嘲弄，意味着印第安人自己创造的文明最后成为了本族人的死亡引子。对于此次事件，印第安人进行了坚决的报复，他们削掉了杰米手下众多强盗的头皮，敲着鼓，要最漂亮的女人出来为印第安少女偿命。罗斯蒙德的继母萨洛米（Salome），心狠手辣，因为嫉妒女儿的美貌，声称她自己就是最美丽的女人，结果误打误撞成了土著人的祭品。

在印第安人的信仰中，太阳是至高无上的神，像印第安酋长说的，"太阳是我们部落的源头，是所有事物的源头"[1]。萨洛米却是一个掌握着巫术的女人，她声称："我可以惩罚太阳，因为我看到你们的太阳正在被阴影吞没。"[2]但印第安人并没有因此放过萨洛米，而是要求她跳舞来阻止太阳的转动，以验证虚实。结果，"在火堆旁边，印第安人击鼓，萨洛米跳着，整个肢体变得通红。她边跳边一件件脱掉衣服，最后裸舞着像一只被拔光了羽毛的鹅。她跳得越来越快越来越快……太

---

[1] Welty, Eudora, *Complete Novels*, The U.S.A.: The Library of America, 1980, p. 78.
[2] Ibid., p. 77.

阳仍一如既往……萨洛米倒下了，死了，像一块石头"①。种族之间的冲突以身体的报复、死亡、偿还得以进行，并最终得到暂时的缓解。

种植园经济时期的种族冲突并不像殖民时期呈现大规模的原始的屠杀状态，为了维护庄园主与奴隶之间等级森严的既存地位，白人与黑人之间的冲突仍然以身体的控制达到行使权利的目的。作家拉尔夫·埃利森（Ralph Ellison）指出，黑人遭受白人的剥削压迫，不仅帮助美国经济飞速发展，建立起了美国人的物质梦想，而且在黑人被非人化的历史进程中，他们扮演了隐喻的社会角色，把白人凸显得更人道，更文明，更有教养，而黑人自己则成为白人规定的主流文化之外的他者。②通过黑人他者化的过程，黑皮肤与白皮肤分别隐喻了不同的文化内涵。在白种人构建自身主流文化的同时，黑人的身体成为一种工具或媒介，庄园主和他们的监工干预它，监禁它或强使它劳动，那是为了剥夺黑人的自由，因为这种自由被视为上层白人的权利和财产。③在种族之间的鸿沟深深筑起的同时，种族隔离与隔阂也进入了意识领域，黑人被白人认为是低等的、愚昧的、野蛮的，他们只适合在皮鞭下像牛一样不吭声地劳作，任何反抗换来的都将是身体的惩罚。

韦尔蒂的长篇小说《三角洲婚礼》中，黑人如特·姆胡克（Root M'Hook）与其他两个黑人劳工发生了争斗，砍伤了他们的手。费尔柴尔德（Fairchild）家族的监工特洛伊在处理这一事件时，非常果断和简单，他拿起枪打伤了姆胡克的手臂，根本不过问三个黑人之间争斗的原因和孰对孰错。在特洛伊的眼里，他们仅仅是劳动的工具，不能算作有思想有感情的人。作为监工，他根本不会就此事对庄园主班特·费尔柴尔德提起只言片语。特洛伊就形同一道屏障，阻隔了上层

---

① Welty, Eudora, *Complete Novels*, The U.S.A.：The Library of America, 1980, p. 78.
② Ellison, Ralph, "Twentieth-Century Fiction and the Black Mask of Humanity", *Shadow and Act*, New York：Vintage Books, 1953, p. 29.
③ ［法］米歇尔·福柯：《规训与惩罚》，刘北成、杨远婴译，生活·读书·新知三联书店 2007 年版，第 11 页。

白人与黑人的交往接触，保护主流文化不受浸污。沃尔登（Waldon）在他对韦尔蒂的采访录中就曾提到，在 1923 年，三角洲地区的黑人占 43%，而上层白人仅仅认识两到三个他们自己家里的黑佣。白人在尽可能地选择远离黑人。

当雪莉·费尔柴尔德（Shelly Fairchild）为了妹妹达布妮·费尔柴尔德（Dabney Fairchild）的婚礼排演来召唤特洛伊时，不巧遇上这起种族冲突事件。"'雪莉，你能过来吗？'特洛伊对雪莉说。'我不能，这里有血洒在门上。'雪莉的声音像寒冰一样。'亲爱的，你可以跳着跨越过来。'"[①] 在眼前的场景中，姆胡克手中的刀，特洛伊身上的枪，为了怀孕的黑女仆品沁（Pinchy）而发生的这场冲突，都是具有阳物特征和性意味表达的，因此对于门上黑人姆胡克留下的血，雪莉产生了过度的敏感。血液（blood），特别是黑人的血液，引起了白人强烈的保证血统纯正意识。而在此情此景中，血液与性混合在一起的概念使雪莉更警觉种族之间的亵渎。"她按照特洛伊吩咐的，跨了过去，她将永远不会告诉任何人这些事情。"[②] 玛格丽特·霍曼斯（Margaret Homans）在其文章"种族书写中的隐喻与身体（Racial Composition：Metaphor and the Body in the Writing of Race）"中明确指出，"黑人的黑不是一种物质性的存在，而是一种隐喻"[③]。拉尔夫·埃里森（Ralph Ellison）也认为，"作为一种隐喻，黑人在美国代表着反叛、罪恶以及无法被白人所掌控的混乱"[④]。托妮·莫里森（Toni Morrison）更进一步指出，"黑人的他者化实现了美国白种人的想象，

[①] Welty, Eudora, *Delta Wedding*, New York: Harcourt, Brace and World, Inc., 1945, p. 195.

[②] Ibid., p. 196.

[③] Homans, Margaret, "Racial Composition: Metaphor and the Body in the Writing of Race", *Female Subjects in Black and White*, Eds. Elizabeth Abel, Barbara Christian, and Helene Moglen, Berkley: University of California Press, 1997, p. 79.

[④] Ralph, Ellison, "Twentieth-Century Fiction and the Black Mask of Humanity", *Shadow and Act*, New York: Vintage Books, 1953, p. 41.

黑人的被奴役反衬了白人的高贵、权力与自由"[1]。如此，雪莉的行为和意识就不难理解，因为黑人代表的是人性中最消极、最卑劣的部分，与黑人血液的沾染也意味着与这些卑劣的东西相融合，成为白人上层社会所不齿的"他者"。因为在庄园经济背景下，种植园阶层掌握着话语权，黑人形象的塑造并不能由黑人自己完成。这种被支配被奴役的状况保证了庄园经济的有序进行，为种植园主的经济和地位提供了保障，保证了南方神话的不间断叙写。

但是南北战争的爆发、废奴制的执行以及北方工业化的入侵，在很大程度上动摇了庄园主阶层的地位，消解了所谓的南方神话。旧南方情结弥漫在几乎每一个南方人的心中，他们怀念曾经的文雅安逸的生活，憎恨破坏旧有制度的改革者，始终抱着回到过去的一厢情愿之中。

韦尔蒂的短篇小说《声音从何处来？》取材于真实的历史事件，反映了这一南方怀旧情绪。1963年6月12日，大约中午12点半的时候，在密西西比州杰克逊镇的一条街道上，著名的民权运动领导人麦德加·艾弗斯（Medgar Evers）刚刚走出小轿车，就被躲在树丛中的刺客从身后用枪打死。麦德加·艾弗斯一直致力于为黑人的权利而奔走呼吁，提倡黑人与白人的社会平等，可以说是黑人利益的代表者。凶手贝克威思（Beckwith）是美国南方种植园主的后裔，沉迷于种族问题，曾散发倡导种族隔离的传单。尽管呼吁严惩凶手的呼声很高，众多的南方人依然认为贝克威思应该被宣告无罪。在审判庭上，在法官离开的一段时间，前任密西西比州州长罗斯·班尼特（Ross Barnett）甚至和贝克威思握手，以示对他的支持。在他们看来，麦德加·艾弗斯代表的是黑人的利益，那么他就是黑人种族的代表，谋杀这位民权领导人就是保证白人历史性的优越地位不受黑人侵犯，也是

---

[1] Morrison, Toni, *Playing in the Dark: Whiteness and the Literary Imagination*, New York: Vintage Books, 1992, p. 52.

对主流话语权的维护。初审和二审都没有判定贝克威思有罪,但同时也未宣布他清白。相反,更为令人诧异的是,"贝克威思被许多南方人奉为英雄,认为他做了一件极为荣耀的事情,坚定地维护了南方特有的生活方式"①。甚至在监狱里,贝克威思也享有特殊的照顾,他被容许拥有一台电视,可以继续收集武器的爱好,有人送来热气腾腾的饭菜。他的支持者们还会寄信、寄钱给他。基于如此雄厚的拥护和强烈的支持,贝克威思自信十足,骄傲自炫,十分得意自己所扮演的角色,如此宣扬道:"我信仰种族隔离就如同我信仰上帝。"②

事实上,贝克威思所受到的额外待遇和众多南方人的拥护,体现出的是南方人对失去的南方神话的一种眷恋,对旧南方的生活方式的一种无限缅怀,他们竭力渴望历史的车轮能够倒转,回到往日养尊处优、和谐富足的庄园时代,至于黑人的痛苦和苦难则不是他们关心的重点。对此,韦尔蒂亦如此说道:"我终生生活在南方这片土地上,我深深了解这样的一种思想,大多数南方人都有的一种思想。因此,在这篇小说中我使用第一人称叙事,让凶手自己叙述。因为我知道,我了解这个主人公的所思所想,因为那些想法一直伴随着我的生活。"③ 由此,我们可以深切地意识到:对于南方人而言,存在着"黑"与"白"的强烈观念,黑人代表着危险的"他者","白与黑分别意味着纯洁与污秽、贞洁与罪恶、美德与卑劣、仁慈与邪恶、上帝与魔鬼"④。这些意象更加强化了白人支配与统治黑人的正当性和合法性。

在历史的不断演进中,种族之间的冲突总是与身体息息相关,或

---

① Hargrove, Nancy D., "Portrait of an Assassin: Eudora Welty's 'Where is the Voice Coming From?'", *Southern Literary Journal*, NO. 20, 1987, p. 77.
② Ibid.
③ Maclay, Joanna, "A Conversation with Eudora Welty", *Conversations with Eudora Welty*, New York: Modern Library, 1984, p. 100.
④ Jordan, W., "First Impressions: Initial English Confrontations with Africans", *"Race" in Britain*, Ed. C. Husband, London: Hutchinson, 1982, p. 124.

是作为复仇的替代品，或是物化了的劳动工具，抑或是宣扬种族隔离立场的媒介，身体都是特定历史时期的文化载体，承载着不同的种族文化特征和内容。

第三节　强暴的身体与南方荣誉

由于白人上层社会掌控着话语权，通过主流话语的他者化，黑人特别是黑人男性的形象，被统一规定为野蛮、落后、愚顽不化、充满性攻击力等，并渐渐内化于包括白人和黑人自身的意识当中。相应地，南方淑女文化中的白人女性特别是上层社会的淑女，其形象如同圣洁的天使，纯洁、美丽、高雅。这种反差强烈的对比，成为南方白人想象中南方淑女成为黑人男性性攻击对象的依据之一。

强暴或者强奸（rape），特指以暴力的方式非意愿地发生的性行为（the crime of forcing someone to have sex, especially by using violence）。作为身体的性侵害，强暴是蓄奴时代比较普遍的话题，它涉及了种族、道德、南方荣誉等多方面的问题。荣誉（honor），指的是好的名声或得到公众的尊重和认同（a: good name or public esteem; reputation b: a showing of usually merited respect; recognition）。荣誉在蓄奴时代是南方道德体系中非常重要的组成部分，也是南方神话形成的关键性因素。

南北战争之前，南方白人确信他们一直遵从着严格的道德标准来生活，这种遵守道德规范的行为被他们称为对荣誉规则的维护。伯特沦·怀特·布朗（Bertram Wyatt-Brown）在他的著作《南方荣誉：旧南方的道德与行为》（*Southern Honor: Ethnics and Behavior in Old South*）一书中明确指出："南方从早期开始，荣誉就和等级阶层、权力利益维护家族血统以及小区需求紧密相联系。这所有的苛求均要求拒绝与地位低下者、非本地人或者曾经蒙羞的人相往来。所有这些人也是完全被拒之于荣誉圈之外的。"① 由此而言，白人家族成员遭受黑人强暴被认为是非常耻辱的事情，因为黑人是卑下的种族，从阶级来讲是处于最下层的奴隶。因此，身体强暴产生的结合将污染血统的纯正，整个家族的荣誉将因此而蒙羞，进而丧失整个区域的尊重和正常的社会交往。这会直接导致无法挽回的后果，也就是失去长久以来世世代代经营起来的社会地位、名声和特权，并产生一种被放逐的困境，面临被边缘化的危险。

韦尔蒂的短篇小说《六月演奏会》中钢琴师艾可哈特小姐，可以说是读者印象很深刻的一个角色。这一方面源于作家所言，是以自己为模型创造的，因此更为真切可触；另一方面，艾可哈特小姐遭遇了黑人的强暴，随后又遭遇了莫加纳人的放逐，其命运令人颇为同情。在这部短篇小说中，虽然黑人并不像《三角洲婚礼》一样被给予很大的叙写空间，但对于情节的发展和主题的表达依然至关重要。文中对艾可哈特小姐被强暴这一事件的描述非常简单，是以她的学生凯茜（Cassie）的视角进行的："九点钟的时候，一个疯狂的黑人躲在学校树丛中，突然跳出来强暴了艾可哈特小姐。"② 对这一事件，学者帕特里夏·耶格尔（Patricia Yaeger）在他的著作《丑闻与欲望》（Dirt and Desire）中认为，凯茜的叙述将南方的传统道德律例与艾可哈特小姐的身体联系在了一起，演习了杰奎琳·道·霍尔（Jacquelyn Dowd Hall）所谓的"南方强暴情结"③。实质上，这种强暴情结是南方白人对南方淑女行使控制与支配权力的工具。通过制造黑人男性令人恐怖的性侵略癖好，从而成功地将南方女人置于白人男性的保护之下，并使她们产生依赖。但事实上诚如弗朗兹法农所言，所谓黑人的

---

① Wyatt-Brown, Bertram, *Southern Honor: Ethnics and Behavior in Old South*, New York: Oxford University Press, Inc., 1982, p. 4.
② Welty, Eudora, *Stories, Essays and Memoir*, The U.S.A.: The Library of America, 1980, p. 365.
③ Yaeger, Patricia, *Dirt and Desire: Reconstruction Southern Women's Writing 1930 – 1990*, Chicago: University of Chicago Press, 2000, p. 215.

性就像动物一般,这种神话与迷思只不过是白人奴隶主捏造出来的。①

尽管莫加纳人对艾可哈特小姐被侮辱反应强烈,不再让他们的孩子跟着她学弹钢琴,并希望她能够很知趣地从此消失。因为他们不想面对艾可哈特小姐曾经被黑人强暴过这一丑陋的事实,而且,他们认为这已经损害了本地区白人的荣誉。但是,艾可哈特小姐本人并不以为这有多么恐怖多么严重,她依然坚持生活在莫加纳,并以自己的方式生存。但莫加纳的白人群体,对于不能掌控的力量采取的方式就是放逐和边缘化。正像杰奎琳·道·霍尔(Jacquelyn Dowd Hall)在《南方荣誉:旧南方的道德与行为》(*Honor of the South*:*Morality and Behavior of the Old South*)一书的序言中提到的,南方传统道德的背离者只有在表现出无助感时才能被重新接纳,否则,尽管那些失足者是因为非个人的原因而造成了过错,也会遭到社会的谴责,面临着被排斥、被放逐的命运,甚至更糟糕。因为艾可哈特小姐是个非常独立也很有思想的觉醒者,她拒绝妥协,而是选择坚韧地独自生存,所以悲惨的结局便不可避免,最终被送进了精神病院。在此,韦尔蒂利用艾可哈特小姐这一角色也表达了她的种族主义观念,部分地消解了黑人天生具备强暴白种女人的强烈性欲望这一神话,以隐喻的方式指出,莫加纳白人群体对艾可哈特小姐的放逐和边缘化比起强暴事件更令人恐怖、寒心。

在旧南方的传统意识中,黑人强暴白种女人是罪不可赦的,通常被私刑处死,但是白人强暴黑人女性却被认为不值得一提,是很自然的事情,甚至他们还会把此看作是一种恩赐,一种施舍。长篇小说《三角洲婚礼》中费尔柴尔德(Fairchild)家族的监工特洛伊(Troy)强奸了黑女佣品沁(Pinchy),导致其怀孕。在文本中,韦尔蒂运用了委婉语"经历(coming through)"来表示,其意义模棱两可,学者们对此莫衷一是,认为一方面指品沁被特洛伊强奸,正在经受心灵创

---

① Fanon, F., *Black Skin*, *White Masks*, London: Pluto Press, 1984, p. 232.

伤,另一方面指被强奸后怀孕,正在完成生命孕育这一过程。对此,许多读者也对韦尔蒂提出疑问,希望得到明确的暗指。而作家本人的响应却仍然很暧昧,她说:"很多事情我没有足够的智慧去认识,因此我也无法给出解释。我只是想当然地认为大家都能够理解。"① 鉴于作家一生独身的生活经历,学者们一致认为品沁经历了从少女到妇女的蜕变。

凑巧的是,强奸怀孕生子事件恰恰发生在特洛伊和达布妮即将举行婚礼的时候,如果丑闻被传播将直接危及费尔柴尔德家族的荣誉。由于黑人是失语的群体,相对于经济与社会地位都高高在上的白人阶层,一个黑人女佣的情感、思想与需求都是缺席而不可见的。因此,在整部作品中,品沁一直是沉默不语的,这符合当时社会情境下对黑人角色的界定,也只有当事人的三缄其口和不计较个人的利益得失,整个种植园大家族方可顺利地行使自己的权力,以确保自身的利益和声名不受任何损失。身体的沉默不是缺场,不是静止于无所作为的回避状态,它以在场的方式沉默着,无声地抗争着。因此,品沁的被迫失语并不代表她无视自己所受到的伤害,姆胡克(M'Hook)等几个黑人对特洛伊的寻衅也部分地代表了她力所能及的反抗意识。身体的自由与权力不能超越身体的政治,它始终与特定的利益相联系。② 身体依然是人的身体,只不过这个人不再是绝对的主体。③ 读者也只能从品沁的众多表情中体会到她的内心挣扎与痛苦——"她狂乱的眼神呆呆地凝视着一片白茫茫的棉田、白色的耀眼的天空以及远处河边在风中摇曳着的树叶。"④ 在特洛伊和达布妮的婚礼上,"品沁全身着白色,她看起来有点儿放荡不羁,同时又沉默抑郁,白色衬着她黑色的

---

① Thornton, Naoko Fuwa, "Seeing Real Things", *More Conversation with Eudora Welty*, Ed. Peggy Prenshaw, Mississipi: University Press of Mississipi, 1996, p. 255.
② 郑震:《身体图景》,中国大百科全书出版社 2009 年版,第 342 页。
③ 同上书,第 347 页。
④ Welty, Eudora, *Complete Novels*, The U.S.A.: The Library of America, 1980, p. 285.

皮肤变成了深蓝色"①。婚礼结束之后，达布妮的母亲艾伦（Ellen）发现自从生育之后，品沁再也没有正眼看过她，而是高高抬着她那紫黑色的脸，紫罗兰似的黑脸。②而品沁的反抗也仅限于此，在温文尔雅的白人社会，不仅白人男性强奸黑人女性是见怪不怪的惯例，被强奸者的沉默不语也是身体被长期规训之后的自然表现。

就费尔柴尔德家族这方面来看，艾伦作为整个庄园的母亲，实际上很清楚未婚婿特洛伊强奸黑女佣品沁的事实，但是一方面因为女儿达布妮执意要嫁给特洛伊，另一方面为了维护整个大家族的荣誉，她选择对女儿隐瞒此事，按期操办婚礼以便事情顺利进行。而一直对达布妮的婚事持反对态度的姐姐雪莉（Shelly），偶然发现几个黑人和特洛伊发生冲突的后面竟然隐藏着这一强奸事件，本来这是一个很好的解除婚约的理由，但经过深思熟虑之后，她还是决定把它保留为一个秘密。首先，她意识到自己并不是第一个知道这一秘密的人，她的母亲艾伦和家庭其他成员早就心知肚明，但一致选择对此心照不宣。原因何在？因为揭露强奸事实比起隐瞒这一秘密，会使整个家族遭受更大的利益损失，因此，他们宁愿达布妮不知内情，安然走上婚姻礼堂。其次，对于雪莉而言，品沁的遭遇是令人同情的，但是，当她亲眼看到特洛伊如此果断地拿出枪击中姆胡克，不问青红皂白迅速地处理掉这一种族间的冲突，令她顿时领悟到白人父权制下社会运行的特定规则，认识到黑人女性特定的地位和命运，同时也认识到了白人女性的权利、义务以及条件限制等。她的同情只不过是微乎其微的抗争砝码，既不能弥补品沁所遭受到的巨大伤害，也无法改变她卑微的生存状态。所以，雪莉决定不提此事，"她将不会告诉任何人，因为对将要发生的事情只能听之任之"③。在此，旧南方传统中的种族意识

---

① Welty, Eudora, *Complete Novels*, The U.S.A.: The Library of America, 1980, p. 300.
② Ibid., p. 317.
③ Ibid., p. 285.

是多么根深蒂固、多么强大威严，由此可见一斑。

尽管费尔柴尔德家族无论从个人感情还是历史文化方面，都无法站在品沁的同一立场上，但是，当孩子顺利诞生之后，他们还是为她感到高兴。这正如韦尔蒂在杂文《作家必须革新吗？》（Must the Novelist Crusade?）一文中所指出的，在《三角洲婚礼》中，费尔柴尔德家族的人并没有被描写成毫无人性的恶棍形象，他们是一群有血有肉的、既有缺点又有优点的人，有思想、有感情、遵从特定习俗生活着的人。而品沁的顺利生产也帮助她尽快回到原来的身份和角色，使得人们的注意力尽快转移，再也不去关注与费尔柴尔德家族成员相关的耻辱，强奸事件因此被轻易地抹去，南方家族的荣誉得以完好保留。

在旧南方，传统的南方荣誉观念已经深入骨髓，渗透到世代南方贵族阶层的血液当中，即使在旧南方大厦将倾的末日时期，南方人依然用尽心机，竭力维护家族的荣誉，甚至以一种极端的毁灭生命的方式予以实现。韦尔蒂短篇小说《燃烧》（The Burning），在一定程度上而言，比较充分地表达了这种意识和行为模式。这篇小说是唯一与南北战争稍有关联的作品，也是公认的最晦涩难懂、最暧昧不清的作品。学者罗伯特戈勒姆·戴维斯（Robert Gorham Davis）的评点很典型地代表了大多数评论家的意见，"这部作品的大部分充满悬念，就像谜一样。读者必须通过诸多互不相干甚至相互抵触的意象，特别是两个老处女梅拉（Myra）小姐、茜奥（Theo）小姐和黑人女仆黛利拉（Delilah）三个女人的意象，将整个故事情节串联起来，这些散乱的意象就像一面被打碎了的镜子，需要重新拼贴"[1]。这种拼贴在不同读者或者拼贴者的手中，出现的结果可能就像马赛克，呈现出各不相同的画面，这意味着文本自身是开放性的，具备多维的阐释空间。

《燃烧》的模棱两可主要集中在小男孩菲尼（Phinny）的出身问

---

[1] Davis, Robert Gorham, *The Modern Masters*, New York: Harcourt, Brace and Company, 1953, p. 441.

题上。其中的一种解读认为,菲尼是大家族梅拉小姐和他已经过世的哥哥本顿(Benton)乱伦而生。但更为可信的一种说法是,黛利拉被本顿强奸生下了菲尼。梅拉小姐一直坚持这个孩子是她和一位求爱者所生,而茜奥小姐则反驳她,认为菲尼是本顿的儿子,而且很明显他是个黑皮肤。对此,梅拉小姐理屈词穷地辩解:"他原来生下来是白种人,后来才变黑的。"并且,黑女佣黛利拉对菲尼怀有特殊而强烈的感情,精心地照顾着他。如此看来,梅拉的谎言只不过是一种虚伪的掩饰,掩饰了事实真相,否认上流社会的白人家族其纯正血统被黑人玷污的耻辱,借着歪曲事实、自我欺骗来维护业已蒙羞的家庭荣誉。

不管是哪种解读,菲尼的非婚生子身份是毋庸置疑的。虽然孩子是无辜的,但是作为整个辉煌了几代的大家族的耻辱标记,他理所当然成了被虐待、被遗弃的对象。梅拉小姐和茜奥小姐把菲尼独自一人锁在阁楼上,其成为不能见光的隐形人。作为母亲的黛利拉,因为黑人低下的地位,毫无话语权,只能听任主人摆布而无能为力。这个孤苦可怜的孩子只有通过乱扔玩具、茶匙、杯子等来吸引大人的注意,可是梅拉小姐和茜奥小姐根本不曾理会菲尼在情感方面的需求。

当谢尔曼将军的北方军队来到杰克逊镇,烧掉了她们的庄园,威胁着要她们献出作为南方淑女的贞洁时,梅拉小姐和茜奥小姐把黛利拉作为替罪羊献给了北方军。黛利拉被强奸,但北方军并没有放过两位老处女,她们无可奈何、被动地为南方家族的荣誉再次增加了耻辱。最后,她们选择了上吊自杀来挽回荣誉,洗刷耻辱。对于幼小的菲尼,她们根本没有保护的念头,而是故意把他留在楼上,致使其活活地被烧死了,或许这种生命的彻底消失正是她们最终期待的结果。即使在家族被毁灭的时候,她们也希望家族的耻辱一起被埋葬,不为任何人所知晓,只留下完美的南方荣誉为后人所传扬。

深受伤害的黛利拉在灰烬里找到了菲尼的骨头,把它带在身上。之后,在门廊的那面镜子里,黛利拉看到了自己的真实形象。她耸着肩，仔细地凑近了看，发现了"非洲母亲"的形象，由此她联想到非洲的原始生活画面——盾牌、皮鼓、沼泽、鹿角等。在此，镜子成为历史与文化的象征，当南北战争宣布奴隶制被废除，黑人从此获得了人身自由之后，黑人自身的文化意识受刺激而觉醒，同时身份回归也成为必然。黛利拉在旧南方的传统思想的禁锢中，遭受了身与心的双重剥削与伤害，最终伴随着历史的前进走向新的未来，而南方荣誉最终被湮没在历史的尘埃之中。

三部作品，三位不同阶级、不同种族的女主人公，都遭受了被强暴的身体体验。相同的是，"无论女性处于怎样的阶级地位，有关强奸的体验或威胁都会严重损害她们持续生产颇具价值的身体资本形式的能力"①。父权制外加种族歧视所构成的重重压力给遭遇强奸的女性受害者创造了十分恶劣的生存空间，因此，她们靠着自身的拼搏提升身体资本的可能性已经变得非常微小。如果要将身体资本转换成其他的生存资源，女性面临的限制要比男性多得多，其中的好处常常要通过其丈夫作为中介得以实现。②而对艾可哈特小姐、品沁、黛利拉来说，在婚姻市场上已经失去了良好的资质，她们注定充当了社会制度与偏见的牺牲品。

第四节　亲和的身体与种族融合

在美国南方，特别是民权运动之前或者更早的旧南方时期，白人与黑人的社会地位、社会角色有严格的规定，日常生活、社会交往、风俗礼仪、宗教活动等，都遵从严格的种族隔离制度，白人与黑人之间隔着永远无法填平的鸿沟，黑人只充当一望无垠的棉田里的劳动工

---

① ［英］克里斯·希林：《身体与社会理论》，李康译，北京大学出版社2010年版，第141页。

② Wright, E., "Rethinking, Once again, the Concept of Class Structure", *The Debate on Classes*, Eds. E. Wright and al., London: Verso, 1989, p. 321.

具，与家畜的作用和地位相当，根本不被当人看待。

黑人的身体被贬斥为动物或邪恶的身体；黑人的身体被想象为零精神维度的纯物理性身体。为了强化这一认识，白人通过各种愚化政策，在黑人的意识领域树立原始愚昧、低人一等、逆来顺受、无条件服从白人主子的权威等卑贱的自我形象。除了从《圣经》中寻找证据，说服黑人相信自己是魔鬼撒旦的化身，被上帝惩罚永世受苦，白人还通过对黑人的身体驯服以达到彻底愚化的目的。高强度的劳作、刑罚等是身体驯服最基本也是最直接的方式，除此之外，他们还借用"畸形秀（freak show）"这一形式丑化黑人，利用大众的耻笑愚弄让黑人反观自己的形象。从本质上而言，所有身体驯服的方法都是为白人的统治而服务的。听话、顺从、不反抗、认同自己的处境并甘愿忍受命运的无情摆布，是身体驯服最终的目的和结果，也从而实现了白人世界成功统治黑人世界的梦想。

在韦尔蒂的短篇小说《珂拉，被驱赶的印第安少女》里，作者非常真切地描述了畸形秀的场景。这则故事和《声音从何处来？》都取材于现实生活中发生的事情。韦尔蒂在访谈中叙述道："有一天，我去市场，遇到一个摆摊的，这位摊主给我讲起自己亲眼所见一个年轻黑人被逼着吃活鸡的事。这成为我写作《珂拉》的素材来源，我想读者看完之后一定会认为这是真正发生过的事情，因为虚构这种可怕的事情是不可能的。"[①] 在文本中，一个名叫小李·罗伊（Little Lee Roy）的黑人男性被关在笼子里，打扮成穿着红色衣服的印第安少女模样，学着动物嚎叫，并做着活吞生鸡的恐怖而恶心的表演。"他们把一只活鸡扔进笼子，小李·罗伊会上前抓住它，拇指按住鸡脖子，不停摩擦着，然后，把鸡头一口咬下来……他把羽毛拔掉，吮吸着鸡

---

① Welty, Eudora, *Conversations with Eudora Welty*, Ed. Peggy Prenshaw, Mississipi: University Press of Mississipi, 1984, p. 5.

血,所有人都看得见那只鸡仍然是活着的。"① 这可谓是福柯《规训与惩罚》中描述的"敞景式"监狱的翻版,只是更野蛮、更残酷、更无人道而已。南方白人不仅限制了小李·罗伊的身体行为模式,而且强迫性地将其外在特征动物化。它不仅仅是一种驯服的方式,而且是将黑人种族"非人化"的过程演练。这种"非人化"的身体操练取缔了黑人作为人这一类属与动物的最本质区别特征——对语言的使用和对文明的拥有,从而降低到为了生存而茹毛饮血的低级动物层次。不需要军队、警察、暴力,仅仅是一种"凝视",即使小李·罗伊是多少有社会知识和实践的主体,也在这种权力的凝视下成为一个被随意支配的身体。

"畸形秀"并不仅仅是黑人供白人取乐的一种消遣方式,其后隐含了非常深刻的政治、社会、文化因素。众多的文学评论家如库尔利(Cooley)、韦斯林(Westling)、皮特威(Pitavy)等着重指出,畸形秀最多出现在 1840—1940 年。翻阅美国的历史,这段时期恰恰是黑人和白人的地位关系出现重大调整的阶段。雷切尔·亚当(Rachel Adams)曾深刻地指出畸形秀带有历史变化的特征。他的研究认为,畸形秀一般在历史转变的关键时期兴盛,当男权遭受制衡或种族地位面临重大调整的时候,像珂拉(Keela)这样的现象就会上演。② 这种畸形秀不同于一般的娱乐性表演,通过现场观看,意在无形中建立一种阶级与种族的地位差别意识,形成互为参照的二元对立概念,一方是优越的、文雅的、权威的白人文明世界,另一方是原始的、野蛮的、屈从的黑人食人族文化,由此主流文化得以宣扬,黑人地位更加趋于边缘化。

究其实质,畸形秀通过对身体的变异化和畸形化处理强化了白人

---

① Welty, Eudora, *Stories, Essays and Memoir*, The U. S. A. : The Library of America, 1980, pp. 49 – 50.

② Adams, Rachel, *Sideshow U. S. A. : Freaks and the American Cultural Imagination*, Chicago: University of Chicago Press, 2001, p. 164.

与黑人悬殊的身份地位概念,使黑人满足于被奴役的现状,淡薄他们作为独立个体的自我意识,从而更有效地驱使他们为白人建立强大的经济王国而忠心效力。珂拉的现象也表明了白人对黑人人口日益增长的恐惧,惧怕他们势力壮大而无法控制,惧怕失去自己颐指气使的特权和安享物质财富的奢侈。黑人珂拉被扮演成吃活鸡的印第安少女,这一身体事件包含了不同层次的隐喻之意。首先,它凸显了小李·罗伊的原始动物特征,其隐喻含义是,与拥有一套先进文明体系的白人相比,黑人和印第安土著不过是还未进化的食人族,理应在白人的管理和领导下走向理性和文明。其次,它展示了黑人和土著卑下的阶级地位,因为在这场畸形秀的表演中,小李·罗伊是被看的物件,白人看的主体,由此,凝视者的权威和权力与被凝视者的被压迫被剥夺在同一时间同一事件中得以成功建构。最后,小李·罗伊不仅被去除了人的属性,就连他自身的性征也被弱化,他由一个阳刚、勇猛的黑人男性转变为阴柔、顺从的印第安少女。通过如此逐层地剥夺,黑人和土著的身份和地位愈来愈卑微。而这种卑下或者落魄(abjection)的形象,正是美国的白人文化要强加在被驱役的黑人种族身上的筹码。著名的法国女权理论家茱莉亚·克里斯蒂娃(Julia Kristeva)认为,卑下、落魄是一种精神领域的运作,经过这种运作,个人或群体的身份地位通过排斥那些威胁身份地位界限划分的意识和做法而得以成功建立。[1] 在此,白人通过使黑人卑劣化来清除种族之间的平等化威胁,他们的身份地位因而得以巩固。

著名韦尔蒂研究学者苏珊妮·马尔斯(Suzanne Marrs)曾于1986年《南方评论》(*The Southhern Review*)上发表的文章"韦尔蒂小说的种族隐喻(The Metaphor of Race in Eudora Welty's Fiction)"中指出,黑人与白人的种族隔离是显而易见的,但他们之间的亲和(intimacy)

---

[1] Kristeva, Julia, *Powers of Horror*, Trans. Leon S. Roudiez, New York: Columbia University Press, 1982, p. 4.

也是存在的。特别是随着历史的变迁，旧南方在经历了南北战争、民权运动等历史性事件之后，带着全新的思想回首蓄奴制时期的所作所为，就产生了一种历史的负罪感。两个种族的身体的隔离演变为身体的亲和，以此平复内心的愧疚。这里的亲和（intimacy）指的是建立一种友好的朋友式的亲近关系（the state of being a warm friedship developing through close association）。《珂拉》中的主人公斯蒂夫（Steve）就扮演了这一角色，他当时是珂拉畸形秀表演的工作人员之一，他的职责是招徕顾客和观众。在若干年之后，斯蒂夫为此事异常愧疚，尽管自己对此不负主要责任，他还是带着负罪的心前去寻找小李·罗伊，试图弥补对他的伤害。他试图消除自以为的种族之间的敌对状态，建立一种亲和平等的朋友式关系，来减轻他一直以来承受的良心谴责。

为了实现这一做法，斯蒂夫做出了许多实质性的努力。首先，他向曼克斯（Max）坦白自己的负罪感，把自己的错误公开地展示出来，认真地面对它。其次，他在餐馆主人的带领下，主动寻找小李·罗伊的下落。最后，他给了小李·罗伊一些钱，以此缩短俩人的距离，补偿他所遭受的伤害，同时表示一份关心、一份歉疚之情。令人遗憾的是，斯蒂夫的亲和行为并没有取得建设性的成功，因为曼克斯已被根深蒂固的黑人种族卑劣观念彻底愚化，并没有意识到自己身心所受到的创伤，也就不能理解他的愧疚。因此，斯蒂夫的目的没有完全达到。但是，在斯蒂夫的身上依然体现了白人对旧南方的重新审视，对历史的尊重与反思，在此意义上，斯蒂夫的亲和努力依然具有积极的意义。

事实上，南北战争之后，随着工业化的逐渐渗透，南方人的思想也在逐步地转化。在对待黑人的问题上，虽说隔离仍在潜意识里存在，但身体之亲和却并非绝对的禁忌。在韦尔蒂的《三角洲婚礼》中，艾伦就很公正地表示，黑人劳力对建立南方庄园大家族的贵族地位和经济基础是不可或缺的，正是有了黑人的劳作，白人才得以享受文雅的、精致的上层生活。这种公正的看法,一方面代表了一部分比较理智的南方上层人士的观点,也在另一方面见证了历史的真实。詹姆士·科布(James Cobb)也非常明确地指出,"在三角洲,白人与黑人的生活在1930年之前呈现明显的两极分化,白人的富足和特权是靠黑人的被剥削和丧失权力来维持和支撑起来的"①。随着对黑人在美国南方历史进程中所做贡献的逐步认同,到了特定的历史时期,白人与黑人之间的界限不再如同旧南方时期那么泾渭分明,而废奴制的实现与工业化的入侵也为两个种族的亲和提供了契机。

在韦尔蒂的长篇小说《三角洲婚礼》中,艾伦对待家中的黑人女佣是不带任何阶级与种族歧视色彩的,她们之间更接近于家庭成员而不是主仆的关系。当得知达布妮的保姆老黑女佣帕斯妮(Parthney)生病,艾伦急切地前去询问照料。同时,艾伦也探望黑人雇工小昂可(Little Uncle)怀孕的妻子苏·埃伦(Sue Ellen),表达她作为主人的关切之情。甚至在自己怀孕的时候,艾伦也亲自操持家务,不给黑女佣茹西(Roxie)增加额外的负担。艾伦的所作所为体现了一种母亲式的亲切和关怀,白人与黑人之间更多的是亲和而不是疏离。

相应地,乔治·费尔柴尔德(George Fairchild)也体现了他对黑人劳工家长式的宽容。家长式(pertanalism)是自种植园经济时期开始就存在的具有种族化特征的社会惯例。但是乔治的家长作风不同于旧南方时代,他并没有把黑人当做愚昧无知的弱智,而是以平等的态度对待他们,饱含着兄弟般的友爱之情。有一天早晨,乔治碰巧遇到一起黑人之间的武力争斗,情势非常危急。乔治不顾生命危险,冲上去横空夺过刀子,然后把两个黑人按倒在地,制止了这场争斗。最后,他替受了刀伤的黑人仔细包扎了伤口。作品中通过达布妮的视角如此叙述:"另外一个黑人静静地坐起来,斜倚着看着乔治叔叔,他

---

① Cobb, James C., *The Most Southern Place on Earth: The Mississippi Delta and the Roots of Regional Identity*, New York: Oxford University Press, 1992, p. 152.

的脸布满皱纹。他嚎啕大哭着,向乔治叔叔张开了双臂。乔治叔叔停下了手头的事情,听任他哭了一会儿。"① 当达布妮看到乔治叔叔双手和双腿沾满了黑人的血,她觉得作为费尔柴尔德大家族的优越和白人高高在上的特权被侵犯了,乔治叔叔所做的一切是她很不愿意看到的,所以她拔腿跑掉了。这一情景对于达布妮很有震撼力,对她脑海里固有的种族隔离意识是一种强烈的冲击。乔治听到达布妮对自己的所作所为尖叫着反抗,他"看见她站在田间,在达布妮跑过去的时候抓住了她,把她紧紧地抱在胸前。她的嘴唇贴着他的胸口,感觉到了汗水的味道"②。在达布妮看来,这汗水里甚至都融合了黑人的血液,她感觉这种融合玷污了纯洁的白种人血统。韦尔蒂通过达布妮和乔治的相互参照,表露了种族之间的隔离与亲和的不同态度和看法,以及由此引起的思想冲突。事实上,这也代表了新旧交替时代的一种普遍现象。

  历史的前进是不以人的意志为转移的,自20世纪40年代的美国民权运动以来,种族之间的亲和意识有了更进一步的改观。长篇小说《三角洲婚礼》的故事背景被置于1923年,就是对这一历史性转折的生动影射。文中提到,九岁的劳拉(Laura),费尔柴尔德家族的外甥女,为了参加达布妮的婚礼,乘着昵称为"黄狗号(The Yellow Dog)"的列车从亚祖河(Yazoo)来到三角洲(Delta)。作品中还提到,这趟列车真正的名称是亚祖—三角洲(Yazoo-Delta),它之所以被称为"黄狗号",缘于车上乘客既不完全是白人,也不完全是黑人,而是白人和黑人可以混合乘坐的一列特殊列车。这多少体现了种族隔离消除的亲和景象,不禁让人联想到美国民权运动领导者马丁·路德·金(Martin Luther King)掀起的罢乘运动。事实上,在20世纪

---

① Welty, Eudora, *Delta Wedding*, New York: Harcourt, Brace and World, Inc., 1945, p. 45.
② Ibid.

20 年代之前，白人与黑人身体的隔离在许多场合被明文规定。为此，政府设有黑人专用的火车和电车，电影院的门口挂着"只对白人开放"的告示牌，白人的餐馆会将黑人拒于门外等。而作品中劳拉的亲身经历展现了不同种族之间身体的亲和，白人与黑人之间身体距离的拉近，为两个种族、两种文化的交流和融合提供了最基本的可能。同时，这种身体的亲和在一定程度上彰显了文明高度发展时期的人道主义精神，为美国民主的深层次发展铺平了道路。

由此看来，在美国南方不同的历史时期，种族融合与种族隔离永远是并行存在的。虽然身体的亲和相对于身体的疏离显得如此比例不调，但是伴随着时间的流逝，黑人与白人之间由于历史原因建立起来的鸿沟正在逐渐地缩小，违背人道的种族隔离终将被历史淘汰。

第五章　社会转型中身体的诗学

　　转型，是指事物从一种运动形式向另一种运动形式转变的过渡过程。社会转型，是指社会从一种类型向另一种类型转变的过渡过程，一般指由传统型向现代型转变。和其他社会文化一样，美国南方文化是一个不断发展变化的过程。尽管在此前的历史中缔造了多么宏伟瑰丽的神话，南方依然会把那些神话变成身后的尘埃，脚步不停地迎接新的历史征程。当工业化的入侵以势不可当的步伐迈进的时候，种植园经济便成为一种过时，美国南方进入了农业向工业的转型时期。

　　简·诺比·格莱特朗德（Jan Nordby Gretlund）在1994年出版的著作《尤多拉·韦尔蒂的地理美学》（*Eudora Welty's Aesthetics of Place*）中对韦尔蒂的全部作品进行了整体性文化研究，随后得出一个概括性很强的结论：尤多拉·韦尔蒂是一个"农业文学作家（Literary Agrarian）"。文中指出，韦尔蒂作品中的主人公大多是农场主或小镇村民，他们无论从心理而言还是生存联系上，都深深根植于土生土长的地方文化，传承于传统的道德情感。平均地权论（agrarianism）成为韦尔蒂作品美学与伦理学表达的灵魂所在。格莱特朗德之所以称韦尔蒂为农业文学作家，是因为韦尔蒂在作品中表示，她为现代城市的发展和改变所导致的自然环境的失去感到遗憾。在《旅行推销员之死》这一短篇小说中，格莱特朗德认为："那种传统的农业生活得以再现——对自然充满崇敬之情、与自然和谐相处、与自然保持着神秘联系。"① 在某种程度上，将韦尔蒂贴上农业文学家的标签仍有失偏颇，作家生活在工业化大举入侵的20世纪，其作品的表达事实上涵盖了农业与工业两个方面的传承与影响。

法国当代著名的社会学家布迪厄（Pieer Bourdieu）在他的文化资本理论里提到过"场域""惯习"这两个概念。场域是指各种位置之间存在的客观关系的一个网络或一个构型。场域的存在是为了给各种资本的相互竞争、比较和转换提供一个必要的场所。惯习作为知觉、评价、行动的分类图示构成的性情倾向系统，是社会化了的主观性，它来自于社会制度，又寄居于身体之中。② 美国南方从种植园经济过渡到工业化之后，社会、经济、文化、宗教等各个场域都发生了质的变化。生存于这些场域中的南方人，他们各自在社会中的位置，彼此之间的社会关系，他们与上帝、与自我之间的关系均相应得以改变调整。在动荡不堪的适应过程中，以往历史中所形成的惯习被迫发生转向，这种转向深刻地体现在身体这一载体之上。庄园经济时代，劳动作为身体的机能而存在，人与土地、自然处于和谐状态，大自然为人提供食物以维持生存，人通过劳动与大自然交往并从中获得喜悦感与成就感。庄园时代的阶级界限明显，各个阶层各司其职，生活井然有序。当工业化入侵之后，商品进入了南方人的生活，资本家追逐利润最大化的初衷迫使工人的身体变为一种工具、一种手段。因为失去了与自然的亲和交流，劳动成为不堪忍受的苦役，人与人之间的感情交往更多夹杂了金钱等物的因素，因此，身体不再是活生生的血肉，而是变成了商品供求链条上机械的、丧失了生命活力的物。身体的物化造成了不同个人的、社会的问题，使得生活单调而贫瘠，交流无法顺利进行，情感的发展屡遭阻滞，旧南方昔日的和谐荡然无存，取而代

---

① Gretlund, Jan Nordby, *Eudora Welty's Aesthetics of Place*, Newark: University of Delaware Press, 1994, p.56.
② [法]皮埃尔·布迪厄：《实践感》，蒋梓桦译，译林出版社2003年版，第86—87页。

之的是商品社会的混乱无序。

第一节 南方种植园经济和工业化入侵

美国南方的独特文化归根到底与种植园经济有着千丝万缕的联系，因为具体反映在美国南方各种文化层面的特征都是由庄园经济所衍生出来的，比如种族文化、淑女文化、哥特文化、南方神话等。而南方种植园经济的兴起和繁荣则完全依赖于美国南方特有的气候、土壤和地理环境。

大西洋沿岸的潮汐地河流众多，土壤肥沃，成为那些为了躲避宗教和政治迫害，希望在新大陆重建"伊甸园"，或寻求更高生存质量的早期拓荒者的理想选地，也成为英国殖民者中意的落脚点。他们依靠得天独厚的自然条件发展农业，并使其成为美国南方最重要的标志之一。墨西哥湾（Gulf of Mexico）虽欠肥沃，但降雨量和温度适合棉花生长，成为美国南方最重要的产棉区，皮德蒙高原（Piedmont Plateau）土壤极为丰饶，适于多种农作物的经营，是小麦和玉米的主要产区。蓝岭山脉（Blue Ridge Mountains）和阿列格尼山脉（Allegheny Mountains）之间的大山谷是美国南方土地最肥沃的地带，是盛产麦、黍的天然粮仓，畜牧业也很发达。总体而言，这种千姿百态的多样化地貌，再加上恰好处于所谓的"阳光带"上，温和湿润的气候和漫长的生长期促成了美国南方以烟草、稻谷、靛青、棉花和甘蔗为基础的农业经济，也哺育了南方人对土地的深厚感情，及将身心孕于大自然的精神状态。

殖民地初期，白种人以先进的科学、文化、生活方式明显优越于土著印第安人，从而理所当然地占据了统治地位。1619年，20名非洲黑人被一艘荷兰轮船运送到詹姆斯敦（Jamestown）充当劳力。1793年，新英格兰人艾里·威特里（Eli Whitney）发明了轧棉机（cotongin），能够自动将棉花中的籽粒剔除出来，并快速梳理棉花纤维。轧棉机的出现给棉花生产带来了一系列大的变化：首先，促使南方棉花的输出量大增；其次，生产线的自动化凸现出劳动人手的缺乏。由于大量劳动力的需求，黑奴贩卖空前高涨。

美国南方的黑白两重格局形成，蓄奴制与种植园经济并轨而行。早期殖民者通过艰苦的奋斗建立起大大小小的庄园，成为种植园主，由此，庄园经济和奴隶制度构成了南北战争前美国南方社会的基础。

虽然都是来自于英国的中产阶级，弗吉尼亚的早期拓荒者和之后的南方殖民主义者相对于北方殖民者持有迥然不同的动机。他们主要出于经济原因，寻求本国得不到的机会，创建新的伊甸园，并以此为基础建立起包含着骑士精神、绅士风度、淑女风范、家族荣誉等在内的主流价值文化体系和思维方式。为此，大种植园主们必须明确地区分社会各阶层的身份界限，以帮助他们顺利圆满地完成这一南方神话的构建过程。特别是17世纪到18世纪初，黑人奴隶人口迅猛增长，面对来自于黑人人口的威胁，这种阶级的严格划分显得更为重要。

总的来看，从社会结构上讲，南方是典型的阶级社会。少数的种植园主（planter）处于社会的最顶层，他们主宰着土地，占有着绝大部分财富，掌握着政权，支配着整个南方社会文化的进程，成为南方社会行为规范、价值体系的代表。与种植园主阶级有着血缘或姻缘关系的中产阶级自耕农（yeoman），有望进入上层社会，因而他们的地位具有变通的可能。没有土地所有权、与种植园主阶级有着不同出身的穷白人（poor white），被称为"白人垃圾"，他们的生活方式和思维习惯不被纳入主流文化。最底层的黑人奴隶（slave）是南方特有的经济体制的支柱，同时又是为白人阶层服务的被支配者，也是种族压迫的承担者。各个阶层之间等级分明，特别是后两个阶级与种植园主阶级之间隔着一条无法逾越的鸿沟。在南北战争之前，虽然黑人和白人一起参与家庭生活、风俗活动、宗教礼仪等，但他们之间悬殊的经济地位、社会地位是明显存在的，并且他们分属截然不同的精神王国。

众所周知，1775—1783 年的美国独立战争（American War of Independence）为美国国内发展扫平了外部障碍，建立了联邦制，由资产阶级和种植园主联合执政。美国南方在种植园经济的基础之上发展黑奴制，而北方则实行资本主义的雇佣制。到了 19 世纪中叶，始于英国的工业革命扩展到了美国，由于海外棉花市场广阔，种植园经济本身需要大量补充黑人奴隶，而北方随着资本主义工业的深入发展，也愈来愈需求廉价劳动力，于是两种不同的经济制度之间产生了激烈的矛盾和剧烈的冲突，再加上蓄奴制的不人道，最终导致了 1861—1865 年美国南北战争（American Civil War）的爆发。

以南方失败而告终的美国南北战争使美国南方遭受重挫，赖以生存的奴隶制被废除，南方神话中"神之居所"的乡村变得满目疮痍，南方人度过了一段异常艰苦而悲惨的时期。紧接着的工业化浪潮淹没了南方人历来敝帚自珍的重农主义。重农主义认为乡村是培养人高尚道德情操的土壤，强调乡村的至上优越性，蔑视工业化代表的城市商业生活。工业化的入侵导致的商业化为主导的现代文明，迅速摧毁了美国南方人的田园生活。19 世纪中叶，人与自然和谐相处的一幕已渐渐失去往日的浪漫色彩，往日淳朴而宁静的田园小镇生活被喧嚣骚动替代。批评家赫伯特·罗斯·布朗（Herbert Ross Brown）在《1789—1860 年的美国伤感小说》（*The Sentimental Novel in America 1789 - 1860*）一书中，曾如此描述旧南方父权制下的家庭生活："家中的年长者带着家人一起做祈祷，或自豪地主持家庭晚餐的仪式，旁边是他们强壮的儿子、体态雍容的妻子，以及有教养的孩子和那些忠心耿耿的黑奴。"[①] 而随着美国工业化进程的不断深入，这种天伦之乐的和谐已经消失得无影无踪，所能看到的尽是悲戚的乡村、骚动的人流、冷漠的利益冲突及无知的暴力事件。正如赫伯特·罗斯·布朗

---

① Brown, Herbert Ross, *The Sentimental Novel in America 1789 - 1860*, North Carolina: Duke University Press, 1940, p. 203.

所描述的,"故乡那宽敞的装满金黄色稻谷的粮仓、冬天温暖的壁炉、高高的烟囱,那凉爽的客厅、粉色的厨房、美丽的井栏、阳光普照的草地、快乐的果园——都只能深深地铭刻在记忆之中了"[1]。

在社会转型时期,现代因子的生成与发展是一种由表及里的过程。工业化过程就是工业超越农业、农田变工厂、农业人口涌入城市、城市吞噬农村的过程。在这一过程中,不仅社会关系及组织形式发生了改变,人们的思想价值观念也在发生潜移默化的改变。在北方的工业化入侵中,南方人既是受益者同时又是牺牲品。工业化进程所导致的社会价值观念的巨大变迁,南方人在面对这种价值变迁进行选择时产生的价值观的完全裂变,使得南方人的精神和心理问题开始凸现出来。早期的英国殖民者作为上帝的"选民",为了追求自由和理想来到了上帝选中的"新伊甸园",希望在这块土地上建立一个"希望之乡"。这种理想在美国建国之后得到了极为充分的发展,在种植园经济形成过程中成为美国南方社会的主导思想。但是,基于此建立起来的关于南方上层贵族的神话,由于内战的爆发、奴隶制的解体而变得七零八落。而正是对南方神话这一历史性的毁灭,激励了南方人对传统的价值和道德等文化观念的更深层次的认识,南方的自我意识得到了前所未有的深化。面对时代巨变所产生的巨大的心理落差,南方人普遍陷入了怀旧情愫,有的在新旧价值体系的更替中迷失了方向、迷茫、困惑、无所适从,也有的被卷入滚滚而来的工业化、商业化大潮,在与时俱进地享受消费时代的自由和便捷的同时,品尝着机器时代无语的尴尬、交流的困境。由此,传统南方时期以大自然为生、保持身心和谐的精神状态遭遇了威胁并被瓦解。身与心的分离表明身体不再与意识或灵魂本质相关,而是与商品、金钱等物相关,成为商品社会的物中之一物。

---

[1] Brown, Herbert Ross, *The Sentimental Novel in America 1789 – 1860*, North Carolina: Duke University Press, 1940, p. 254.

在南北战争之前，美国南方的传统价值观作为南方各阶层共同遵循的社会、文化、道德准则，被无意识地履行着，仿佛它就像地里生产的棉花一样自然天成。人们在淳朴悠闲的田园生活中尽享着"伊甸园"般的永恒，并没有完全意识到作为南方人的独特特征的存在。内战的爆发、蓄奴制的取缔、种植园经济的转型瞬间激发了对正在嬗变的美国南方文化特性的重新认识，一种更为丰厚的社会理解、历史理解和文化理解融入了这种认识当中，以大批具有怀旧情结的南方作家创作的作品为表现，前所未有地展现了美国南方经济转型时期南方人的文化风貌。

在充满着文学意味的历史呈现中，南方巨匠福克纳的作品《喧哗与骚动》不仅描述了工业化入侵带来的外在变化，更深刻再现了物质文明的冲击对不同家庭成员造成的身心影响，以及由此带来的不同命运结局。以前曾是大种植园主、内战时当过将军的康普生先生（Mr. Compson），战后为了顺利供儿子昆丁（Quentin Compson）读大学，为了让女儿凯蒂（Caddy Compson）体面地出嫁，把自家最后一块牧场卖给了一家高尔夫俱乐部。土地和牧场是南方大家族经济地位的体现和保障，高尔夫俱乐部接手康普生家的牧场，象征着庄园经济面临工业化入侵所呈现出的颓败之势。康普生太太（Mrs. Compson）去世后，贾森（Jason Compson）将家族的最后一样东西——康普生大宅卖掉了。豪华的府宅是庄园主财富的象征之一，大宅的出售从侧面印证了种植园大家族不可避免的没落和衰变。战后的政治经济氛围的变化、价值观念的更替在康普生子女身上发生了根本性的作用：本来天性活泼的凯蒂更加无视父辈关于淑女贞操的熏陶，失贞于达尔顿·爱密斯（Dalton Ames）；视南方传统与家庭荣誉为生命的昆丁紧紧抓住慢慢消逝的南方幻影，宁愿借着违心承认自己的乱伦来换取对旧南方的固守，同时忍受着巨大的精神创伤；贾森在工业化的商业浪潮里如鱼得水，变成了冷酷无情的拜金者。内战前后康普生家族的变迁，家庭成员在行为、心理上的巨大反差生动地体现了转型时期美国南方人所经历的物质上与精神上的双重变化。

弗兰娜丽·奥康纳是美国南方文学的代表人物之一,被称为"南方天主教小说家",她的作品主要表现了转型时期宗教观念的转变对人们的信仰、价值观、日常生活及自我情绪表达等方面的影响。随着内战的结束、工业化的蓬勃发展,继而世界大战的洗劫,美国南方已完全不是福克纳时代的旧南方,根深蒂固的清教主义信仰被动摇,一切正统的价值观念被质疑、解构。出生于虔诚的天主教家庭的奥康纳将宗教作为剖析现代南方社会的切入点,书写着与社会格格不入的南方精神畸零人,他们有的固守旧的传统,有的信仰严重缺失,有的以暴力对抗异化的世界。小说《慧血》(*Wise Blood*)中塑造的年轻传教士,否认上帝,皈依了虚无主义,借宗教信仰的名义赚取金钱,最后却精神空虚自虐而死。这种具有启示录意味的叙述展现了失去宗教信仰的南方人荒谬而痛苦的生存状态。《好人难寻》(*A Good Man is Hard to Find*)同样发人深省地指出:旧南方的道德信仰已被完全遗弃,旧南方的温情脉脉已被异化了的暴力世界替代。

此外,其他的南方作家也在一定程度上描述了美国南方的社会文化生活变迁,主要涉及的也是经济、历史、文化的转变引起人们内心精神世界对这一突变的无所适从及巨大冲突。凯瑟琳·安·波特的作品如《愚人船》(*Ship of Fools*)、"米兰达系列(the Miranda Stories)"、《开花的犹大树》(*Flowering Judas*)等,其主题也涉及战后人的精神孤独、新旧文化的冲突、传统与变革的矛盾等。威廉·斯泰伦(William Styron)在其四部主要小说之二的《把这座房子烧了》(*Set This House on Fire*)和《奈特·唐纳的忏悔》(*The Confessions of Nat Turner*)中,以南方作家特有的直觉和浓厚的悲剧意识,对南方种植园经济中白人与黑人的冲突进行了历史性再现,在作品中对异化世界中寻求自我、拼命保持个性、理想的南方人给予了人文主义观照。

尤多拉·韦尔蒂的创作生涯主要集中在 20 世纪 30 年代到 70 年

代，作品中的历史背景也大多被置于美国南北战争后的经济转型时期。尽管作家本人极力反对"地域作家"这一标志性的称谓，不可否认的是，文本的主题基本上是立足于典型的南方文化而得以表达的。

　　从早先的短篇小说集《绿帘》《大网》《金苹果》和长篇小说《三角洲婚礼》到后期的长篇小说《失败的战争》，我们都能隐隐约约看到南方种植园的影子，看到它在历史的跌宕起伏中所扮演的不同角色，以及对南方人的文化、生活和心理所产生的巨大影响。在韦尔蒂的大多数作品中，南方的文化传统连同家长制、绅士风度、淑女风范一起禁锢着南方，面对外界的新变化，南方人总是抱着重重疑虑去迎接扑面而来的新空气。他们小心翼翼，如履薄冰，在传统与新鲜事物之间做着前所未有的尝试。《莉莉·多和三位女士》中，生活在小镇的三位女士，她们乐观、热情却又好管闲事。莉莉·多作为一个稍有残疾的弱女成了她们着力保护的对象，但是小镇已经脱离原来的封闭落后，满脑子淑女传统的三位女士即使心存种种忧虑，仍然无法阻挡莉莉对自由恋爱的渴望与选择，尽管她是弱智女。

　　工业化摧毁了南方种植园的经济基础，却并不能结束南方人旧有的思想意识及对农业社会的留恋，同时也无法消除南方人失去和谐之后无序的生活带给他们的空虚和焦虑，当然也不能解决冷酷的工业化商品经济带给南方人无言的交流困境。《一个推销员之死》（*Death of a Traveling Salesman*）中的主人公为了生计，将绝大部分的时间花在驾车行驶在远离家乡的陌生街巷，高温、酷暑、劳累、疾病纷至沓来，他的生活面临着死亡的威胁，直到临终前看到正在孕育新生命的那对夫妻，他们淳朴而自然的生活才让他彻底了解了自己难言的生存处境，从而顿悟了生命的真谛。南方传统的生活方式和价值观在历史变迁的冲击下分崩离析，南方人的精神家园随着物质家园的衰变而日趋荒芜。工业化让习惯了日出而作日落而息的南方人离开了土地，为生存而奔走，他们最终被生活压得喘不过气来，以生命的消逝为代价替优胜劣汰的商业社会竞争作了铺路石。

在新旧交锋的经济转型年代,南方人还不能彻底告别旧南方的道德文化传统,而对于工业化入侵带来的新思想也不能欣然接受,在抵制、防守与新奇、浅尝辄止的困惑中茫然地迷失在十字路口。这种阵痛体现在众多普通人的平凡生活中突然出现的惊骇事件中,例如《送给玛苿莉的花》(*Flowers for Marjorie*)中面临着失业困境的丈夫杀死了身怀六甲的妻子;《克莱缇》中面对着失去南方传统家庭秩序之后的混乱、无序和冷漠,备受亲人颐指气使的克莱缇瞬间觉醒,选择淹死自杀。转型时期的经济变化对家庭及个人命运带来的巨大影响,很显然地体现在韦尔蒂的长篇小说《失败的战争》中,通过杰克(Jack)一家的衰败和杰克本人的多蹇遭遇,充分揭示了工业化对传统南方家庭带来的强大冲击和震撼。工业化的入侵改变了南方人的生活方式,在工业家柯利(Curly)的层层盘剥下,杰克一家不仅失去了用血汗辛苦积攒的家产,而且丧失了基本的生存能力。他们无力面对转型时期带来的各种冲击,无法适应新的生存环境,在身心两方面经受着痛苦与煎熬。

第二节 联姻的身体与阶级界限的淡化

身体,在生理学上指的是一个由骨骼、肌肉、内脏和五官组成的实体;在哲学意义上指的是与精神相对应的物质肉体。但是,身体不仅仅是体现存在的"肉身"或"躯体"之生理基础,不仅仅是生命体验的媒介,或是性别划分中区别男性特征和女性特征的具象依据,也不仅仅是分泌荷尔蒙产生性欲或孕育生命的生育工具。身体是自然的物质实体,也是社会话语构建的精神个体,它因此构成对整个社会的隐喻表达。身体的生理化认识是笛卡尔"身体/灵魂"二元对立的后遗症,到了1976年,在汤姆斯·汉纳(Thomas Hanna)的身心学概念中,物质身体(physical body)和心性身体(mind body)在互动中实现了统一。

在福柯看来，身体始终是既存的，在一定的时间和空间等待着被建构。在认识论上，身体是由话语产生的，并受制于话语。同时，福柯还认为，"心性身体不单是肉身性的客体，主流话语的塑造者还通过占有意识、意向和语言来规定权力和权威的范围"①。在美国南方社会，种植园主是主流话语的制定者，在生活习俗、道德规范、日常礼仪各方面都有严格的规定。一个人的出身背景代表了他的身份、地位，是有阶级划分的。而这种阶级的差别也导致了对联姻的限制，由此，身体不仅体现了个体所不可更改的阶级属性，也体现了话语塑造者对主体的人生意向的控制。但同时，福柯也指出，身体作为一种生物性实体，作为一种社会建构的产物，具有高度的可塑性和不稳定性。② 因此，传统南方社会特别是上层社会，只在同阶级内部联姻的偏见并非是一成不变的。不同阶级出身的身体联姻在某种程度上淡化了严格的阶级界限。

在韦尔蒂的作品中，阶级差异的描述出现在多部作品的多个人物身上，如《三角洲婚礼》（*Delta Wedding*）中的费尔柴尔德种植园大家族成员达布妮、乔治和穷白人特洛伊、萝碧（Robbie）等，《庞德之心》（*The Ponder Heart*）中的上层阶级庞德（Ponder）家族成员恩达·厄尔（Enda Earle）、丹尼尔（Daniel）和中产阶级的邦妮·迪（Bonnie Dee），《乐观者的女儿》（*The Optimist's Daughter*）中的法官和他的第二任妻子菲（Fay）等。这种阶级差别表现在基本价值观的不同之上，体现在举止习惯和日常习俗的差异之中。上层阶级的文雅、得体、无私、爱心、遵从传统道德等品质与中下层阶级的自私、低俗、物欲、摒弃传统、追逐新潮等恶习形成鲜明的对比。尽管如

---

① ［英］克里斯·希林：《身体与社会理论》，李康译，北京大学出版社 2010 年版，第 71 页。

② 同上。

此，作品中这些主人公仍然打破传统习俗，试图实现不同特质的团体的融合。

在《三角洲婚礼》中，大种植园主的女儿达布妮（Dabney）追寻和自家监工特洛伊（Troy）的婚姻结合，很显然地出于对传统道德的叛逆心态。一方面，她憎恨自己被当做贞洁的淑女过度保护，极力想冲破传统的束缚，探究婚姻的秘密。相对于雪莉，达布妮不喜沉思，但热情大胆，敢于张扬个性，因此，她深深地被特洛伊吸引，只因为他不是费尔柴尔德（Fairchild）家族的一员，也同时企图颠覆费尔柴尔德家族对她成为传统形象的预期。所以，她认为"她和特洛伊在一起将会过上一种真正的生活"①。她急切地渴望窥探生活的秘密，呼吁着："请带领我进入，带领我进入，为我打开窗户，就像我为你打开窗户一样。"② "有时候，达布妮不能确信她是不是个真正的费尔柴尔德，有时候她根本不在乎她是个费尔柴尔德……和特洛伊在一起的幸福感使得身份变得无足轻重，对她而言，自己是费尔柴尔德的一份子毫无意义，就如同蜕掉的蝉皮对于树上的鸣蝉一样毫无意义。"③达布妮渴望着像蝉一样经历一种蜕变，把上层社会的外衣和面具留在大庄园这棵树上，使她能够平等而自由地与特洛伊交往。她或许厌倦了庄园生活的理性、秩序，热切地把自己投入到感性生活里。达布妮强烈的独立意识和叛逆精神使她忽略了与特洛伊的身份地位的悬殊，她自己则更庆幸这种差异的结合。

在南方上层社会的传统观念中，黑人并不是威胁他们既存地位的主要力量，因为肤色、种族、文化习俗等已经建筑了一条无法逾越的鸿沟；最令人惧怕的则是穷白人的力量，他们可能通过联姻的形式入侵种植园大家族内部，用下层社会低俗的品位和恶劣的品质污染高贵

---

① Welty, Eudora, *Delta Wedding*, New York: Harcourt, Brace and World, Inc., 1945, p. 120.
② Ibid., p. 90.
③ Ibid., pp. 32 - 33.

文雅的正统文化，威胁其血统与文明的纯正。在上层社会的视角中，穷白人虽然与他们是同一种族，但出身、教育、修养等差异不可同日而语。在他们看来，穷白人毫无品位可言，追逐物质、金钱以及各种庸俗华丽的东西，并且冷酷无情，缺乏爱心，自私自利。事实上，韦尔蒂作品中的几位主人公的所作所为也证实了这一看法的正确性。对于达布妮多少带有冲动性质的婚姻，颇有心智的雪莉（Shelly）非常的一针见血："特洛伊认为达布妮不仅仅是他的一个赌注，而是一个非常确定的目标，得到她对他而言非常确定。"[①] 而在婚礼彩排前夕，费尔柴尔德家族成员得知特洛伊强奸了黑人女仆沁致使其怀孕，黑人雇工为此前来挑衅，被特洛伊十分果断地用枪击伤。这种意外事件也暴露了特洛伊的不检点、残酷、无情和决绝。

　　基于传统观念和确凿的事实，虽然达布妮心有所属，除了乔治叔叔给予支持之外，几乎所有人在不同程度上对此心有不满。泰普（Tempe）姑姑嘲笑达布妮要嫁给一个地位悬殊的监工，讥讽他第一次见面时说话结结巴巴。普里姆罗斯（Primrose）和吉姆·安伦（Jim Allen）两位姑姑拒绝对达布妮的选择发表任何意见，但是声言她们害怕看到这个监工，尽管她们和他很熟，几乎每天都看得见他在田间的身影。塞纳-马恩省尔（Senile）姑姑年事已高，虽然有点搞不清状况，却对着她早已去世的弟弟自语着，应该用枪把那个追求者射死。麦克（Mac）姑姑很诙谐，认为特洛伊·弗雷文（Troy Flavin）应该被扔进河里喂鲶鱼。达布妮的父亲则怂恿孩子们争先恐后地愚弄特洛伊，就连一向温和的母亲艾伦也担心女儿婚后是否能得到幸福。受大人们的影响，与特洛伊无冤无仇的孩子们每每经过特洛伊的家门口，都要朝地上吐口水。

　　对于这种阶级界限，特洛伊并不在意，或许他能意识到，从而以

[①] Welty, Eudora, *Delta Wedding*, New York: Harcourt, Brace and World, Inc., 1945, p. 85.

自己的言行尽量予以淡化。他尊重自己的出身，也珍爱自身阶层的传统文化。他甚至声称，只要习惯了山民的生活，其实和三角洲没什么不同。当然，三角洲的种植园阶层对于阶级差别是相当敏感的，对于这样的想法是嗤之以鼻或觉得恶心。当特洛伊向大家展示他母亲寄来的新婚礼物——几床被子时，他对这种传统习俗感到自豪而骄傲，并认为它是非常珍贵的礼物。而费尔柴尔德家族却不屑一顾，并不认同。特洛伊的母亲在其中一床被子上别了一张小纸条，写道："给美丽的新娘达布妮·费尔柴尔德。非常抱歉不能专门送一打被子给新娘子，但是我可以把我的送给你。祝你长命，多生儿女，上帝保佑。"[1]虽然特洛伊非常引以为荣，费尔柴尔德家族作为话语权的掌控者却十分鄙视这番祝福。首先，他们认为措辞很直接、不文雅，缺少含蓄。其次，在未婚之前提及生儿育女有语言上的禁忌，而这些在缺乏教养的山民阶层是不曾被意识到的。

尽管费尔柴尔德家族对特洛伊的阶级身份地位不甚合意，视那个阶级所体现出的文化为异类，加以嗤笑，但并不认为这位监工的入侵是一种巨大的威胁。《三角洲婚礼》的故事背景是1923年，棉花产业繁荣，种植园家族还没有遭受外来者如北方佬的排挤，因此并不觉得有危机感。相反，作为一个强大的经济实体，庄园需要一个强有力的管理者，基于自身家族发展和繁荣的需要，接受一位精干的监工成为家族的一份子也是有利无弊的。特别在处理几个黑人劳工为品沁被强奸进行的挑衅事件中，特洛伊表现出了上层社会男人的骑士精神，他不仅果断地平息了争斗，而且机智勇敢地保护了雪莉作为南方淑女形象代表的安全，从而赢得了费尔柴尔德家族的认同。所以，达布妮和特洛伊两个出身截然不同的阶层的联姻并未遭到实质性的阻碍。尽管除了达布妮，大家心知肚明特洛伊强奸品沁的事实，还是选择了三缄

---

[1] Welty, Eudora, *Delta Wedding*, New York: Harcourt, Brace and World, Inc., 1945, p. 180.

其口,婚礼按计划照常进行。事实上,达布妮出于好奇和欲望与特洛伊的联姻是整个家族荣誉的牺牲品,阶级界限的淡化也只不过是经济利益调和过程中的附属品而已。

学者朱厄尼塔·雷恩(Juanita Browning Laing)在1980年出版的博士论文《尤多拉·韦尔蒂小说中的南方传统》(*The Southern Tradition in the Fiction of Eudora Welty*)中做出的粗略统计认为,在某种程度上,费尔柴尔德家族的聚合力和血统的纯正由于对外联姻而遭遇了威胁。从文本来看,的确存在家族中若干成员嫁娶得门不当户不对,如达布妮、乔治、玛丽(Mary)等,他们找到的伴侣或是无地产的穷白人或是山民,玛丽姑姑甚至嫁给了一个北方佬,完全摒弃了南方的生活方式。但是,在南方的传统习俗中,男人的入侵并没引起轩然大波,而女人的加入则是慎之又慎的。就如同韦尔蒂在《三角洲婚礼》中描述的,"当男人娶了地位低下的妻子,未来的状况就取决于这个女人,因为女人会把丈夫变得粗俗不堪"①。女人主宰着男人,从而主宰了整个大庄园,所以女人的力量虽然是隐形的却是决定性的,这也是特洛伊为何能轻而易举迎娶达布妮,而萝碧(Robbie)却始终无法被费尔柴尔德家族真正接受的原因所在。

同为费尔柴尔德家族的闯入者,萝碧的家庭背景却与特洛伊迥然不同。特洛伊的出身对于大多数人而言是个模糊概念,无从考证,而萝碧却祖宗几代都生息在三角洲,为费尔柴尔德家族服务。萝碧的祖父斯汪森(Swanson)既跛又口吃,是孩子们嘲弄的对象;她的父亲里德(Reid)不务正业,没有能力真正养家;她的姐姐莱贝尔(Rebel)和一个酒鬼私奔;萝碧自己则只是费尔柴尔德家族店里的一个小职员而已。相对于种植园大家族颇有文化底蕴的家庭背景和传统习俗,萝碧的状况让人为之羞愧,她自己在根本不知传统为何物的环境

---

① Welty, Eudora, *Delta Wedding*, New York: Harcourt, Brace and World, Inc., 1945, pp. 205–206.

中长大。而当乔治作为费尔柴尔德最受宠的家族成员，力排众议，和萝碧结婚时，注定了萝碧要经历一场艰难的蜕变。

在孩提时代，萝碧就捡着穿费尔柴尔德家丢弃的旧衣物长大，并在他们的资助下接受教育。后来她为他们工作，听闻关于这个大家族的许多故事。于她而言，费尔柴尔德家族的世界如同神话梦境，和乔治的结合"让她感觉自己好像掀开了一道闪闪发光的帷幔"①。而她卑微的出身、欠缺的教养，使得自己与这个家族的生活习惯、价值取向相差甚远，所以当她渐渐深入到这个世界的内部，就不难发现这是一个难以忍受的梦魇。在费尔柴尔德家族成员眼里，萝碧是一个自私、有心计、攀高枝的女人，麦克姑姑直接认为萝碧嫁给乔治就是冲着钱财而来的。这种"自私"的结论后来也得到了充分的证实。在一次集体外出途中，经过铁道时，莫琳（Maureen）将脚卡在了枕木之间无法脱身，眼看着火车轰隆隆地开过来了，乔治冒着生命危险救了他的这位侄女。这一行为非常符合美国南方传统中以家庭为核心的价值观，是家庭荣誉、骑士精神的有力体现，所以班特·费尔柴尔德组织全体成员举行家庭会议，从不同的角度讲述乔治的英勇品质，以此彰显家族的荣耀。但是，萝碧对此事件颇为愤恨，她发疯般地喊着："乔治，你没有为我做过这样的事。"② 以小我的利益出发，萝碧认为只有自己才能赢得乔治全身心的爱，同时乔治的爱只能毫无保留地奉献给她一人。当铁道救人事件发生后，萝碧非常清醒地意识到了其后隐含的象征意义，那就是，在乔治的心目中，是家族而不是妻子占据着主要的地位。这对于以个人为中心、厌恶传统束缚的萝碧是无法接受的。

一方面，萝碧从意识层面拒绝认同大家族的传统习俗。婚礼，对

---

① Welty, Eudora, *Delta Wedding*, New York: Harcourt, Brace and World, Inc., 1945, p. 149.

② Ibid., p. 160.

南方上层社会而言，是一个非常盛大的家族仪式，代表着新成员的产生和家族生命的延续，同时是一个公开的家族聚会的节日，应该有尽可能多的家族成员参加。但是，萝碧却坚持将自己的婚礼变成一场私奔，半夜喊醒牧师为她和乔治举行了婚礼，这严重地违背了费尔柴尔德家族的婚礼传统。另一方面，萝碧从实际生活中力图隔离乔治与家族的联系。她主张俩人的独立空间，迫使乔治离开了庄园，来到商业城市孟菲斯以律师为业。在没有传统规矩束缚的城市生活中，萝碧过得游刃有余，满足了对物质的欲望，把整个家变成了博物馆。但是，这种张扬的个人主义与家庭观念根深蒂固的南方传统存在剧烈的冲突。就像韦尔蒂在《三角洲婚礼》中强调的："在费尔柴尔德家族，私人空间是不受期待的，家庭成员互相观察、评价彼此的言行，即使不在一起，也会告知生活的情形。基本上，家族会窒息个人主义的行为和想法，同时对成员的言行举止提出严格的高标准。"① 铁道救人事件表明，乔治是遵从家族传统习俗的，这必然引起萝碧内心的极大冲突，他们的婚姻也由此变得复杂。

　　由于价值观念的背离，费尔柴尔德家族成员认为，萝碧为此事非但不为丈夫感到骄傲，反而与乔治心生嫌隙，是浅薄低俗的表现。相反，"在萝碧的眼里，费尔柴尔德家族的女人都戴着一副假面具，是索求而不是慷慨给予的面具"②。以艾伦为代表的费尔柴尔德女性们事实上无私而坚韧地为大家族付出着，只不过萝碧本身的修养很难理解那种传统熏陶出的奉献境界，反而认为是一种戴着假面具的矫情，是她们利用淑女的甜美温婉不停地从乔治那里索取的一种掩饰。费尔柴尔德家族对家庭凝聚力的竭力维护，使萝碧为了把丈夫紧紧拉回身边而心力交瘁。但是，她的爱正如学者莎莉·马林斯·格林（Sharlee

---

① Bloom, Ronna Lynn, *"Don't Touch Me": Violence in Eudora Welty's Fighters*, Proquest Information and Learning Company, 2003, pp. 71-72.

② Welty, Eudora, *Delta Wedding*, New York: Harcourt, Brace and World, Inc., 1945, p. 147.

Mullins Green)指出的:"不管萝碧怎样精确地定义费尔柴尔德家族爱的性质,她自己并未意识到对乔治的爱是毁灭性的占有。"① 这种对爱的自私占有的确是毁灭性的,不可避免会造成俩人的相互伤害。

即使洞察力极强的雪莉也坦承,自己没有能力理解萝碧和乔治之间爱的复杂性。"但是,雪莉很敏锐地感觉到他们在深深地互不妥协地互相伤害,对此她无法真正理解……她心里暗暗地猜测,铁道救人事件本身可能成为萝碧离开乔治而乔治不再追随萝碧的症结。"② 随后,看到萝碧独自一人躲在店里,非常气愤并屈辱地哭泣着。"萝碧的眼泪让雪莉感到惊骇,她为一个男人哭得如此坦率,如此不加掩饰,又是如此地坚决;在费尔柴尔德的庄园腹地,她如此大声地哭泣,敞着店门,像在大马路上一样,没有任何东西能遮挡那哭声……"③ 这种公开的感情宣泄是不符合南方传统及淑女风范要求的。而萝碧由于自身的阶级出身和文化熏陶,无法真正融入这个上层家族,践行他们高雅而严格的习俗规矩,只能成为费尔柴尔德家族的圈外人,一个努力为个人主义抗争却被团体主义轻易击败的另类。因此,萝碧与乔治的联姻虽然从表面看淡化了阶级界限,下层社会的穷白人有机会进入了上层社会的种植园大家族,但事实上前者无法真正地被后者接纳。虽然萝碧与乔治在身体层面相互深深地吸引,过着和谐浪漫的夫妻生活,但是无法遮盖最本质的问题,也就是各自追求的价值观和人生态度无法使他们在精神层面产生共鸣。

除了《三角洲婚礼》,长篇小说《庞德之心》同样叙写了不同阶层男女联姻的生存状况。作品中的丹尼尔·庞德(Daniel Ponder)和邦妮·迪·皮科克(Bonnie Dee Peacock)非常典型地表现了两个阶

---

① Green, Sharlee Mullins, "In and Out the Circle: The Individual and the Clan in Eudora Welty's Delta Wedding", *Southern Literary Journal*, NO. 22, 1989, p. 54.
② Welty, Eudora, *Delta Wedding*, New York: Harcourt, Brace and World, Inc., 1945, p. 88.
③ Ibid., p. 138.

层的地位悬殊，以及由此引发的夫妻二人之间价值取向的差异。丹尼尔心无城府、乐善好施，邦妮·迪是他的第三任妻子，虽然年轻瘦弱，却心计颇深，为了一座大房子、一辆轿车和一个酒店这些物质性的承诺而允婚，并且利用"试婚"这一招法检验诺言能否兑现。韦尔蒂研究学者培基·普瑞肖（Peggy Prenshaw）认为邦妮·迪与埃德拉·厄尔·庞德（Edna Earle Ponder）的大家闺秀风度形成鲜明对照。一方面，邦妮·迪与生俱来下层阶级对物质的贪欲，通过阅览杂志和产品宣传册订购各种商品，以满足身体的享乐；而丹尼尔却轻视物质，将酒店轻而易举转交给侄女埃德拉·厄尔经营，经常送钱给黑人。另一方面，邦妮·迪由于隔绝于她自身阶层的生活习俗，无法融入庞德家族的交际圈，而丹尼尔由于个性乐观豪爽，并不能体会妻子的边缘化处境。五年时间里邦妮·迪只能和黑人女佣纳西斯（Narciss）一起度过，在精神上非常孤单。作品中写到，丹尼尔为了取悦妻子，挠痒逗她发笑，结果邦妮·迪躲在被子里被闷死了。这一意外事件虽说离奇，却深刻地隐喻了俩人无法调和的矛盾，对他们而言，达到和谐并不能靠美好愿望可以实现，阶级出身的差别所衍生出的生活方式和思维方式的不同最终导致以悲剧收场。

在社会关系中，个人的出身是衡量其身份地位的重要因素，但这种身体标识是先验而存在的，是个人的努力和抗争所无法改变的。不同出身的身体之联姻，虽然打破了南方传统的偏见，弥合了不同阶层之间的裂痕，但从实质上而言并没有达到预期的幸福。以上对韦尔蒂作品中三对婚姻生存状况的剖析，这一结论可以有力地得到证实。

第三节　流浪的身体与交流的困境

南北战争之前的美国南方是传统的农业社会，种植业一直是最重要的经济成分，庄园经济和奴隶制是当时南方社会的基础。"种植园经济在相当长的时间内存在,城镇在南方的发展较为迟缓。"① 南北战争之后也只有少量大城市出现,新镇也为数不多。20世纪之后,以工业化、商业化为代表的现代文明经济形式迅速摧毁了南方赖以生存的种植园经济。不论南方人多么因循守旧,铁路依然铺设延伸到了任何能够到达的地方,工业化产品通过一列一列火车运到南方人的面前,小镇和城市随之迅速发展。生活环境的改变引起了南方人生活方式的转变,稳定自足、安逸无忧的田园生活一去不返,工业化的入侵迫使他们离开了土地,成为商业大潮里搏取生存的现代人。

在这种社会经济文化转型的背景之下,工厂、商店成为人们生存环境的组成部分。铁路公路的铺设给人们的出行带来了巨大的便利,封闭的南方借此慢慢向外界敞开了大门。工业产品的输入,为生活注入了新鲜的内容,促使人们重新思考生活水平和生活质量。但同时,人们的谋生方式也发生了转变。南方人不再是日出而作日落而息,他们不再一辈子守着土地,有保障、有安全,不为生计担忧,而是成为了工业化流水线的一部分,成为商业化链条上的一环,被人为地机械化了。在枯燥的工作环境中,日复一日地与机器为伴,失去了与自然的天然联系,丧失了情感、思想交流的媒介和机会。

韦尔蒂的短篇小说《钥匙》(*The Key*)叙述的故事发生在火车站,这一环境的设置也表明了事件产生的大致时间背景。夫妇俩艾丽(Ellie)和阿尔伯特(Albert),一聋一哑,他们的交流仅仅通过手势进行。这种基于生理缺陷而造成的交流障碍,在工业化日益猖狂的年代,"在日常生活中,虽然表面是平静的,但其下暗藏着种种矛盾"②。异化造成的孤独感,在他们身上体现得更为突出。这种孤独感就像温德尔·哈里斯(Wendell Harris)所说的,"既是生理上的

---

① [美]卢瑟·S.路德克:《构建美国——美国的社会与文化》,王波等译,江苏人民出版社2006年版,第90页。
② Opitz, Kurt, "Eudora Welty: The Order of a Capital Soul", *Critique*, NO.7, 1965, p. 80.

也是心理上的"①。对于注重交流的艾丽而言，任何事情都应该用话语表达得清清楚楚。"她必须通过语言交流任何的误解、每一项决定，有时候甚至是他们共同做出的已经付诸行动的决定。她还希望谈论男人和女人之间那种私密的必要的分离，谈论他们之间亲密的生活、他们往日的回忆、他们的童年、他们的梦想。"② 她是如此渴望将自己的感情思想形之于外，以至于"她那双红红的神经质的双手都表现出对交谈的极度渴望"③。但是，现代文明造成的普遍疏离感，是被笼罩在工业化大网之下的个人所无法克服的。由此，在艾丽看来，他们的生活是悲惨、寂寞的结合体，带着朝圣般的心情寄希望于尼亚加拉大瀑布（Niagara Falls）一游，因为在南方传统文化中，尼亚加拉是度蜜月的地方，象征着新的开始，象征着希望。

这一对被现实生活折磨得了无生机的夫妻，在火车站的候车室里，彼此沉默，一言不发，直到一枚钥匙从天而降落在阿尔伯特的眼前。接下来，俩人对这把突如其来的钥匙表露出不同态度：阿尔伯特认为这把钥匙是幸福的象征，而艾丽则用手语斥责他："你总是说些废话，安静。"④ 随后，"阿尔伯特的眼睛变得朦胧而充满了梦幻，他已经决定不把这把钥匙看作他和艾丽幸福的象征，而是属于他自己的某种象征，某种莫名地不可预见的东西或许正在向他靠近……"⑤，这种一波三折的思维转换其实包含了很丰富的内容。首先，工业化的现代文明改变了女性和男性的传统地位，男性不再是高高在上的权威发布者和支配者，而女性也不再是男性的附庸和被支配者。艾丽对阿尔伯特的态度正体现了这一点。此外，文本中如此描述道，"艾丽缺乏女性的温柔，她腰身强壮而直挺，坚实得像一块立方体，全身线条

---

① Harris, Wendell, "Welty's 'The Key'", *The Explicator*, NO. 17, 1959, p. 61.
② Welty, Eudora, *A Curtain of Green*, New York: Harcourt, Brace and Company, 1947, p. 72.
③ Ibid., p. 54.
④ Ibid., p. 32.
⑤ Ibid., p. 37.

坚硬而有棱角"①。而阿尔伯特则恰恰相反,"他说起话来慢条斯理,柔声细气,总是很害羞的样子……他瘦小、整洁、细心"②。在此,女性气质的男性化和男性气质的女性化得以充分表露,隐喻了现代文明所导致的男女地位的倒错与反差。阿尔伯特试图赋予这枚钥匙的出现以特别的意义,他期望从中获取某种外在的神秘力量,以改变自己屈从于艾丽控制的尴尬现状,改善和妻子的交流困境和紧张关系。

韦尔蒂的另一短篇小说《一个推销员之死》(*Death of a Travelling Salesman*),也是作家本人的处女作,更深入地描写了商业链条正常运作必不可少的角色之一——一名推销员的内心世界。他的交流困境则包含了多种层面的含义,显得更为复杂。这位名为鲍曼(R. J. Bowman)的推销员每日开着车往来于乡村城镇,以推销鞋子为业,虽然和各种各样的人打交道,建立了形形色色的人际关系,他的流浪生活却是以自我为中心,呈现出一种无根的漂浮状态。在鲍曼的情感世界里,他从来没有和任何人建立起具有建设性的感情交流。他没有爱过别人,也没有被别人爱过,与女人的交往仅仅局限于一夜情。"女人?他只想起一个又一个房子,就像中国纸盒子一样的巢。如果他想起一个女人,他就会想起那个房子里的家具所营造出的孤独。"③ 由此可见,鲍曼只停留在肉体而不触及灵魂的情感交流,让他本来单调的推销生涯更显孤独空虚。

作品中几乎没有涉及任何有关鲍曼亲情的描写,只是在他推销迷路时,抬头看见了一片云朵,让他联想起祖母的床,"他真希望自己能一头扎进她房间,躺倒在那床大大的羽绒被里"④。可以推想而知,因为必须流浪谋生,鲍曼与亲人之间的交流是缺失的。这些最基本的

---

① Welty, Eudora, *A Curtain of Green*, New York: Harcourt, Brace and Company, 1947, p. 29.
② Ibid., p. 30.
③ Welty, Eudora, *Selected Stories of Eudora Welty*, New York: Modern Library, 1954, p. 233.
④ Ibid., p. 230.

人际交流的缺席导致了工业化时代异化的鲍曼迷失了自我,同时陷入了无法与自身和他人交流的困境。

在最后一次的推销途中,鲍曼迷了路,车子遇到了障碍,自己发烧病重,这种种困境迫使他求助于他人。随后,他来到了索恩(Sonne)的家。在一种特殊的危急情境中,他自身遭遇着生命的威胁,这在某种程度上有助于突破自身交流的窘境,主动感受、体验与索恩一家的沟通并引发对人生的深刻思考。在他进门之前,潜意识里索恩的家就是女性子宫的意象,他将索恩的妻子当做母亲,在她的身上找到了母性的温暖,他感受到了自身充满了一种奇怪而强烈的情感。在她的家里,他觉得像待在母亲子宫里一样安全。诸如此类的描述表明,鲍曼渐渐恢复了与自身情感的交流,同时也凸显了工业化对个体人性的摧残。这种与自身情感交流的复苏,同时也导致了性欲的萌发。鲍曼开始心跳加速,在索恩的妻子面前,"他手上的脉搏跳动得就像小河里的鳟鱼"[1]。当他想拥抱她时,"他的心跳了起来,他的灵魂也跟着跳了起来"[2]。梅洛-庞蒂认为,身体具备自然表达的能力,它能把一种意向投射到实际的动作中。[3] 性欲与言语一样,都是身体表达能力的展现,也即身体意向性的具体体现。这种性的自然流露表明,鲍曼长期以来只作为工业生产线上的机器零件,承受着对人性本能的压抑和身心不平衡的孤独感。

当他试图建立一种建设性的交流关系时,他发现了索恩的妻子身体里孕育着新的生命,这个屋子因此充满了温暖的气息,生活具有了特殊的意义。这对夫妇虽然很少有语言的交谈,但他们的行为、面部表情、目光交流都充分地表达了双方精神交流的默契。这一发现让鲍

---

[1] Welty, Eudora, *Selected Stories of Eudora Welty*, New York: Modern Library, 1954, p. 235.

[2] Ibid., p. 243.

[3] Merleau-ponty, *Phenomenology of Perception*, Trans. Colin Smith, London: Routledge and Kegan Paul, 1962, p. 237.

曼为之震惊，他理解了婚姻的秘密，看到了两性交流的斐然成果，他为此深深地妒忌索恩，那是他所未曾拥有的最自然的、健康的情感和生活。因此，鲍曼中止了带有性意味的情感表达。"他很快感到一种羞愧，一想到自己通过几句话和一些拥抱来完成一种陌生的交流，他就觉得精疲力竭。"[1] 一种陌生的交流对于鲍曼而言，实际上就是两性的身心交流。在他遇到索恩一家之前，这种交流在单调枯燥的现代文明语境中是无力建立起来的。即使在这种非同寻常的生命危急时刻，他暂时抛却了工业化社会的种种面具，以最真切最自然的方式与自身、与外界沟通，他仍然发现自己是个不能找到归宿的流浪者。

学者培基·普瑞肖（Peggy Prenshaw）认为，"这个推销员为了人生的顿悟付出了巨大代价"[2]。的确如此，当鲍曼看到索恩夫妇为他准备的传统食物——玉米面包、土豆和咖啡，感觉着房间里亲切和谐的氛围，他明白自己不仅失去了与自身与他人的交流，同时也失去了与土地、与传统的交流，因此他的生活是无根的，就像浮萍，很贫瘠，很单薄，毫无意义可言。最终，这种悲观无力让发烧患病的推销员鲍曼丧失了生的希望，客死异乡。这样的结局也非常吻合马克思认为的，资本主义的雇佣是人的本质的异化，不是人对自身的肯定，而是劳动者自身的丧失。

韦尔蒂的另一部短篇小说《搭便车者》（*The Hitch-hikers*）中的主人公汤姆·哈里斯（Tom Harris），同样是一位推销员，流浪在各个大大小小的村镇，为谋生，也为工业化的顺利运行而奔波。他没有固定的家，吃在饭店，睡在旅馆，从来没有和任何人建立过稳定的、长期的亲密关系。在途中，哈里斯答应两个年轻人搭他的便车，因为其中一个年轻人带着吉他。吉他是艺术地表达情感的一种媒介，所以，哈

---

[1] Welty, Eudora, *Selected Stories of Eudora Welty*, New York: Modern Library, 1954, p. 244.

[2] Prenshaw, Peggy Whitman, ed., *Eudora Welty: Critical Essays*, Mississippi: University Press of Mississippi, 1979, p. 62.

里斯的慷慨行为隐喻了他对情感的需求。

马克思认为，在人类历史发展的一定阶段，当主体创造的对象——客体，反过来控制、支配、统治主体，使主客体的关系颠倒，就形成了异化。人本身的劳动异化过程，是在资本主义条件下工人生产过程的产物，成了统治工人的手段，物统治了人。① 在资本主义的雇佣劳动中，劳动成了动物的机能，不是肉体力量和精神力量的自由发挥，相反，成为对肉体的损伤和精神的摧残。汤姆·哈里斯，作为一名雇佣劳动者，吃穿住用是其基本的肉体需求，情感是其精神需求。然而，尽管他年复一年辛苦工作，却仍然颠沛流离，不仅在肉体上受苦，而且由于这种机械而紧张的生活节奏，哈里斯与他人的精神交流上亦出现了种种障碍。和鲍曼一样，他居无定所，漂浮不定，只知道自己的目的地是孟菲斯或其他什么地方，至于晚上在哪里过夜都不得而知，偶遇的一夜情也成为情感释放的主要途径。在某种程度上，哈里斯也意识到自己在经受精神死亡的折磨，这源于他的流浪生活。身体的流浪让他个人的情感也处于流浪的不稳定状态，他自身无法深刻地与任何人建立亲密无间的私人关系，因此"感到生活的极端无助"②。这是资本主义工业化背景下典型的异化生存状态。对生活的无法把握，对自我的无法理解，体现了自我异化和自我背离造成的精神痛苦。并且，从本质上而言，人是社会性的动物，从生理上而言，成年男性有追求一段稳定的两性关系的欲望。哈里斯并不是没有机会建立这种两性交流的机会，可是，他对自身情感的无从把握及潜意识里的自我背离导致了每段感情都无疾而终。

汤姆·哈里斯和鲁思（Ruth）熟识，他也被她的外貌吸引，但是，他们之间的交流也只停留在最表层的寒暄，无法深入。在鲁思举

---

① [德] 马克思：《1844年经济学哲学手稿》，中共中央马克思列宁斯大林著作编译局编译，人民出版社2000年版，第50页。

② Welty, Eudora, *Selected Stories of Eudora Welty*, New York: Modern Library, 1954, p. 141.

办的聚会上，鲁思很热心地介绍了一个年轻女孩卡若（Carol）与哈里斯约会。在旅馆里，哈里斯似乎开始感受到了某种欲望的萌发，并开始在脑海里思索女人，但是，他的思维突然发生了改变，"他知道自己无法被任何东西所把握所控制……"①。尽管卡若在雨夜半更等候在旅店门外，告诉哈里斯他们五年前就认识，从那时起她就疯狂地爱上了他，而哈里斯虽然迫切地需要爱、需要被关怀，却发现自己无法响应这份感情。和卡若共饮可乐及一番无意义的谈话之后，他把迷茫不解的她送上了一辆的士。梅洛-庞蒂在其著作《知觉现象学》中指出："动作的沟通或理解是通过我的意向和他人的动作、我的动作和在他人行为中显现的意向的相互关系实现的。所有的一切是他人的意向寓于我的身体之中或我的意向寓于他人的身体之中。……动作如同一个问题出现在我的前面，它向我指出世界的某些感性点，它要求我把世界和这些感性点连接起来。当我的行为在这条道路上发现了自己的道路时，沟通就实现了。"②当卡若的意向呈现在哈里斯的面前，他感知到了世界的感性点，但并未将自己的意向投射到卡若身上，所以哈里斯无法实现世界与感性点的连接，无法找到自己的路，因而两者之间的沟通难以实现。和鲍曼一样，哈里斯的这种爱无力、性无能状态成为他们所处的特定社会情境中的普遍现象。

韦尔蒂在另一部短篇小说《我的爱，无处容身》（*No Place for You, My Love*）里，更为深刻地揭示了工业文明熏陶下人们情感世界的荒芜和贫瘠，这与传统庄园经济文化所引以为荣的子孙满堂的丰饶婚姻形成了鲜明对比。在故事里，一个异常炎热的夏日，互不相识的男女主人公，因为共同的朋友相遇于新奥尔良的一家餐馆。男主人公已婚，女主人公正处于一场并不看好的感情纠葛中。他们互有好感，

---

① Welty, Eudora, *Selected Stories of Eudora Welty*, New York：Modern Library, 1954, p. 141.
② [法] 梅洛-庞蒂：《知觉现象学》，姜志辉译，商务印书馆2005年版，第241页。

"当他看到她精致的、率真的脸,他想应该和这个女人有一段感情"①。他们在一辆轿车里兜风,几乎走遍了整个奥尔良。为了发展一段浪漫的恋情,他们调情,他们试图触摸、试图接吻,甚至他们在喧嚷的帐篷舞会里一起翩翩起舞,似乎找到了难得的浪漫氛围,但到后来却仍然什么也没有发生。在整个过程中,伴随他们的是难耐的炎热,围绕他们的是蚊子、飞蛾、臭虫。好不容易找到一个看似适宜的去处——江边,然而,他们眼里看到的却是一堆堆的龙虾、鳄鱼,耳里听到的是买家和卖家吵吵嚷嚷的讨价还价声。整个世界似乎呈现出无可奈何的喧嚷、无序,这与田园经济所呈现出的恬静、和谐是如此不同,而这种让人无法忍受的变奏正是现代文明的特征。

在这个异化的世界里,人成为了孤独的个体存在,无法与他人搭建起真正的交流沟通的桥梁。人作为感性的存在物却无法与感性的对象之间发生真正的对象性关系。作为爱着、感觉着、意愿着、思维着的存在,人因此无法感受到生存的乐趣,从而演变为非人。这就是作品中自始至终互不知姓名的男女主人公的命运,他们的命运代表了社会转型时期包括鲍曼和哈里斯在内的所有个体的悲剧。人的自然本质的异化使得生命不再属于他自己,相反,他自己已经成为一种被动的对象的存在。他们是强大的工业机器上的零部件,帮助创造出来令人望而生畏的现代文明,但是这种强大的异己力量把他们自身的生命空间越挤越小,使得他们的内在力量越来越弱小,越来越贫乏。正如马克思所言:"工人在劳动中耗费的力量越多,他亲手创造出来反对自身的、异己的对象世界的力量就越强大,他自身、他内部世界就越贫乏,归他所有的东西就越少。"②文本中的男女主人公之所以不能圆满地实现他们一直共同渴望的浪漫恋情,就是因为工业化的社会已经使

---

① Welty, Eudora, *The Bride of the Innisfallen*, New York: Harcourt, Brace & World, Inc., 1955, p. 1.
② 《马克思恩格斯选集》第 1 卷,人民出版社 1995 年版,第 41 页。

他们成为异化了的非人，在强大的异己力量面前无能为力。这种强大的异己力量在作品中是通过蚊子、飞蛾、臭虫、龙虾、鳄鱼等隐喻出现的，这事实上是男女主人公无力去交流、去爱的原因和症结所在，同时也是前两部作品中两名推销员悲剧结局的成因。

第四节 欲望的身体与消逝的和谐

在美国南方传统的农业文明逐渐转型为工业文明的过程中，随着工业在南方经济中的比重不断提高，农业使用了机器，而新的机器则取代了大量的农业劳动者。在工业最终解体了农业，成为经济主体的情境中，农民被迫离开了土地，农业劳动力大量转向工业领域。马克思在《资本论》第1卷第23章中指出："因为活的劳动不断地被机器所代替，无论在工业还是农业中，机器的使用和它在越来越多的生产部门中占有支配的地位，造成了'人口过剩'和'失业后备军'，从而使一部分人陷于贫困。"

韦尔蒂的短篇小说《送给玛茱莉的花》（*Flowers for Marjorie*）的男主角霍华德（Howard），一个地道的南方人，在工业化的大潮冲击了庄园经济之后，成了世代为生的那片土地上的剩余劳动力，来到了商业城市纽约谋生。刘易斯·基利安（Lewis Killian）曾援引 *Karpers* 杂志编辑威利·莫里斯（Willie Morris）的话，描述了他对霍华德的生存境遇的理解，"密西西比是一个真正产生一批批被放逐者的地方，一个南方白人小伙子被迫与故土疏离，来到陌生的商业闹市纽约，过着流放的生活"[①]。作品中的霍华德来自密西西比州的佛罗里达镇，生活的时代背景是工人大量失业的大萧条时期（Great Depression）。失业所导致的基本日常生活出现困境，无疑令他的流浪生活雪上加霜。

在中国传统文化中，孔子的《礼记》里记载着："饮食男女，人

---

① Killian, Lewis, *White Southerners*, Amherst: University of Massachusetts Press, 1985, p.96.

之大欲存焉。"这种自形而下的角度对生命的理解认为，人的生存不离两件大事：饮食、男女。一个是食的问题，一个是性的问题，是人作为肉体存在的最基本的欲望体现。在西方文化中，希伯来的《圣经》中叙述了亚当和夏娃因食欲而偷吃禁果，进而产生性欲被逐出伊甸园，为自身的"原罪"遭受惩罚。由此看来，食与性作为肉体的基本欲望在一定程度上是可以成立的。"身体是存在的媒介物，拥有一个身体，对一个生物而言就是介入一个确定的环境，参与某些计划并保持继续置身于其中。"① 对于霍华德而言，他置身于工业化激烈竞争的特定情形之中，挣取面包来维持生存是一件最基本却又非常严峻的事情。五月份随之而来的失业，使他和妻子玛朱莉（Marjorie）的吃饭问题陷入了尴尬之境。更让霍华德感到巨大压力的是，玛朱莉怀孕了，再过三个月新生命将会诞生，嗷嗷待哺。在这种生存状况下，欲望的身体所产生的种种矛盾便不可避免地摆在了现实面前。吃、穿、住这些最基本的需求，需要通过工作赚钱购买商品获得，而霍华德对于再次得到工作已经失去信心，他们日常生活的正常运转受到了威胁。在工业时代，现代经济一方面让人们身陷各种需求和欲望的极大扩张，另一方面加强了对身体最大规模的剥削利用。为了维持生活，就必须挣得那点薪资，为了挣得薪资，身体就必须由生物态转化为生产态，接受身体技术的改造，成为具备一定文化价值并符合商品生产形式的身体资本的主人。因此，付出身体劳动的工人，他们的劳动既投向工作又投向消费，在体力上和精神上都非常辛苦。②

  法国著名的西方马克思主义哲学家亨利·列菲伏尔（Henri Lefebvre），在马克思异化理论的生存论基础之上，提出了日常生活批判理论。他认为，"人的劳动、日常消费、婚姻家庭、人际交往等构成了

---

① ［法］梅洛-庞蒂：《知觉现象学》，姜志辉译，商务印书馆2005年版，第116页。
② ［加］约翰·奥尼尔：《身体五态：重塑关系形貌》，李康译，北京大学出版社2010年版，第82页。

人的日常生活，而资本主义生产关系下出现的现实生活的困境，体现了日常生活领域的异化"①。霍华德作为雇佣工人，生产出来大量的商品，而自己却面临忍饥挨饿、食不果腹、衣不蔽体的难堪处境，这是日常生活领域异化的第一个表现。同时，文本中描述了霍华德面对生存窘境所表现出的焦虑和惶恐，在传统的南方文化中，新生命的诞生意味着家族的延续和兴旺，是一件值得庆贺的事。可是，即将为人父的霍华德感受到的不是喜悦，而是苦闷，这是日常生活领域异化的第二个表现。此外，在两性关系上，玛朱莉认为丈夫忽略了她的感受，觉得他缺乏温情，因为他们"已经很久没有在一起了"②。但是，霍华德看到玛朱莉外套上的三色紫罗兰花瓣，想象着它们是一座沉睡的火山的两瓣嘴唇，他的心随之跳到了嗓子眼。对于这一描述，伊利莎白·罗斯·勒米厄（Elizabeth Rose Lemieux）在她的博士论文《尤多拉·韦尔蒂的短篇小说中的性象征》（*Sexual Symbolism in the Short Stories of Eudora Welty*）中指出，霍华德的心理和行为隐喻了强烈的被压抑的性欲。由此，两性关系的不和谐成为日常生活领域异化的第三个表现。玛朱莉尚沉浸在初为人母的喜悦当中，对所要面临的生活困境未有深刻的认识。她自责丈夫没有尽力找工作，提醒他已经没有多余的食物。可霍华德无法解决失业难题，承受着妻子给予的额外压力，"他吃惊地看着她，开始恨她"③。作为独立个体的妻子与丈夫无法和谐地进行人际交往与沟通，由爱而恨，这构成了日常生活领域异化的第四个表现。所有这些与身体相关的异化体现，事实上揭示了社会的本质特征，也就是田园经济时代的和谐渐渐消逝了，工业化带来的只有无序和不和谐的生存状态。

---

① Lefebvre, Henri, *Everyday Life in the Modern World*, New York: Harp & Row, 1971, p. 126.
② Welty Eudora, "Flowers for Marjorie", *Collected Stories*, San Diego: Harcourt, 1980, p. 100.
③ Ibid., p. 123.

在大萧条的经济背景下，失业的霍华德无法从心底真正认同自己未出世的亲生骨肉，他觉得"玛朱莉孕育着生命的丰满身体似乎从来没有和我的身体接触过"①。为了摆脱眼前无法解决的生活困境，霍华德通过幻想中的自我欺骗来逃避责任。学者旺德·基夫特（Vande Kieft）将这种情形描述为："充满希望的目标、积极的价值观、纪律、知识以及可预测性等，所有这些会使生活变得有意义、有目的，会让人感到安全，觉得受保护，从而体会到爱的珍贵价值。与此相反，迷茫、无序、混乱、灾难等会让生活变得面目狰狞，生活将失去意义，变得毫无目的。由此，爱会受挫，甚至毁灭性的伤害，最终将与死亡联结在一起。"② 面对生活的催逼，处于混乱无序的心理状态之中的霍华德，企图依靠掩饰现实的真相、退缩到自我编织的幻想之中来减轻压力，可是玛朱莉的一句："你吃过东西了吗？"③ 把他重新拉回到现实。"霍华德跟跟跄跄地走到炉子跟前……他仿佛盲人一样用手乱摸着橱柜上的餐具，拿起了一把切肉刀，轻轻地握着它，转身朝着玛朱莉……他们相隔得如此遥远，他们之间的感情变得如此冷漠。闪电般地，他改变了握刀的方向，刺进了她的胸部下面。"④ 弗洛伊德认为，我们都有一个情感态存在的身体，它将人的具身性自我与社会关系相关联，其关联方式从根本上形塑了人身体存在的状态。处在充满压力的社会情境中，会导致神经分泌激素紊乱。过于强烈的情感经历，比如焦虑与沮丧、愤怒与仇恨，以及无望感、无助感都会产生有害的生理变化。这种生理变化能使一个人更容易选择自杀。⑤ 虽然霍

---

① Welty Eudora, "Flowers for Marjorie", *Collected Stories*, San Diego: Harcourt, 1980, p. 101.
② Vande Kieft, Ruth M., *Eudora Welty*, New York: Twayne, 1987, p. 56.
③ Welty, Eudora, "Flowers for Marjorie", *Collected Stories*, San Diego: Harcourt, 1980, p. 123.
④ Ibid.
⑤ Freund, P., *The Civilized Body: Social Domination, Control and Health*, Philadelphia: Temple University Press, 1982, p. 454.

华德没有自杀,但他杀死了自己的妻子,杀死了她腹中自己的血脉,事实上无异于自杀。正如旺德·基夫特所言:"当生活陷入不和谐的无序状态时,死亡成为唯一的出路。"①

为了满足身体最自然、最基本的生存欲望,为了阻止生活走进不可掌控的不和谐,霍华德在被逼无奈之下,在神智崩溃的情形中用极端的手法抗衡即将到来的局面,杀死了自己的妻子和孩子。死亡的孩子不仅隐喻了两性关系的不和谐,也暗示着婚姻生活的失败以及社会发展的畸形状态。可悲的是,即使付出了这么惨重的代价,消逝的和谐也无法回归。走在工业文明的街道上,霍华德正在经受精神的折磨,也将遭受身体的惩罚。

在工业化的制度之下,劳动产品由雇佣工人生产却无法被生产者拥有,形成了劳动产品的异化。对于雇佣工人而言,劳动不再是一种生活乐趣,而是一种肉体的折磨和精神的摧残,成为一种被迫选择的谋生手段,由此形成了劳动的自我异化。在劳动的过程中,人变成了机器,只有在实现吃穿住用这种动物性机能时,才感受到自己的自由,因此产生了人的自我异化。《送给玛茉莉的花》中的男主人公霍华德体验了异化所包含的所有内容,最后成为夺取亲人生命的罪人。然而,异化并不是工业化唯一的畸形产物,商品社会对物的崇拜所衍生的物质主义和享乐主义也是其孪生子。韦尔蒂的长篇小说《乐观者的女儿》中的女主人公菲的所作所为就是典型的代表。

在庄园经济中,自给自足的家长制生产占据着主导地位,由于自然形成的分工,个人劳动力本来就作为家庭共同劳动力的器官而发挥作用,所以劳动是直接社会化的,不存在商品拜物的可能。但是,南方社会转型之后,资本主义的工业化大生产中,商品成为最关键、最直接、最特殊的生产形式,人们之间的社会关系由此更多地表现为物的关系。作品《乐观者的女儿》描述的时代背景是以上所述的工业

---

① Vande Kieft, Ruth M., *Eudora Welty*, New York: Twayne, 1987, p.56.

化甚嚣尘上的 20 世纪 50 年代，整个故事围绕着迈克瓦（McKelva）法官身患眼疾后来不治身亡而展开。菲是迈克瓦法官的第二任妻子，工业化社会对人的思想和行为所产生的种种影响十分突出地体现在这位年轻女人身上。首先，她选择了比自己大三十多岁的男人作丈夫，看重的不过是他的地位和财产。其次，她对于生活的认知完全是物质主义的，她的连衣裙配着金纽扣这一打扮是非常明显的隐喻。并且，在丈夫病危躺在医院的时候，她却忙着寻找能适配自己的漂亮耳环的绿鞋子。此外，她一边预测着考特兰（Courtland）医生会在丈夫去世后送一大笔钱，一边夸耀着自己选中的昂贵的首饰盒，并为自己将继承一笔不菲的遗产而洋洋自得。许多杂志包括《华盛顿星期天星报》（Washington Sunday Star）、《纽约时报》（New York Times）等评论家如丹尼尔·福勒（Danielle Fuller）等对这一人物大多持消极评价，认为她是代表着享乐至上主义的反面角色。韦尔蒂在一次访谈中，提及这部作品，也认为"菲是一个毫无感情的人"[1]。

菲的毫无感情表现在她的自私与贪图享乐方面，也表现在她强烈的掌控欲与占有欲上。当年逾七旬的迈克瓦法官正病重住院的时候，菲却抱怨丈夫不能陪她一起参加新奥尔良的狂欢节，错过了展示带珠子的美丽衣裙的好机会。面对丈夫，菲完全无视他的痛苦，用力地摇晃着病床，把迈克瓦法官从床上拖到地上，大喊着："告诉你，我已经受够了，受够了……今天是我的生日！"[2] 她哭着埋怨他不能和自己一起去马迪·格拉斯（Mardi Gras）跳舞庆祝生日。

当身体在社会情境中出场时，福柯的阐释非常透彻："我们不是想说什么就说什么，……谁也不能想说什么就说什么。"[3] 当然，我

---

[1] Sciaky, Francoise, "Eye View: An Interview with Eudora Welty", *Women's Wear Daily*, No. 19, 1972, p. 10.

[2] Welty, Eudora, *The Optimist's Daughter*, New York: Random House, 1972, p. 32.

[3] Foucault, Michel, "The Discourse on Language", Appendix of *The Archaeology of Knowledge*, New York: Harper Colopphon, 1972, p. 216.

们也不能想做什么就做什么,身体必须作为"面具的意象"而存在。"身体作为面具意味着身体外表构成了'第二层皮肤'。"[1]"它成了生物态身体的中介,承载着符号意义。"[2]而菲拒绝戴上身体面具,拒绝在特定的社会情境中展演适当的身体行为,表达社会所期望的文化意义。抛弃身体的压迫性面具,在一定程度上体现了菲颠覆刻板的社会化规约的狂欢行为,揭示了菲作为个体对自己真实身份和情感的认同。由此,身体的面具意象转化为歇斯底里的身体表现形式。对于菲对丈夫的虐待行为,有学者认为菲试图用这种方式激发起老法官对生的渴望和热情,但联系作品中对菲的描述全盘考虑,似乎有些牵强。当她得知医生决定给迈克瓦法官的眼睛实施手术时,她指责医生没有征求她的个人意见,并坚持认为老法官的眼睛应顺其自然,不要人为地救治。不管菲从经济还是身体哪个方面考虑,她都十分强悍地企图控制事情发展的进程。这种冷酷无情的做法使得她自己和迈克瓦法官、继女劳瑞尔(Laurel)之间的关系失去了和谐,使他们的生活陷入了无理智的混乱。

在菲的世界里,人与人之间的关系包括最亲近的亲人之间都赤裸裸地表现为物的关系。她和迈克瓦法官组成了一个家庭,这个家庭却不是建立在爱的付出而是基于物的索取之上的,这与庄园经济时代南方传统的家庭价值观念完全相悖。在迈克瓦法官和菲的婚姻组合中,迈克瓦法官处处体现了南方传统中的骑士精神,对妻子时时宠爱事事迁就,一片爱心;而菲却表现出现代文明所孕育出的最自私、最冷酷无情的特性。她毫无传统观念,如同罗伯特·菲利普(Robert L. Philip)在他 1981 年发表在《当代文学评论》(*Contemporary Literary Criticism*)的文章"韦尔蒂《乐观者的女儿》的视觉模式(The

---

[1] Fanon, F. A., *Dying Colonialism*, New York: Grove Press, 1970, p. 147.
[2] [英]克里斯·希林:《身体与社会理论》,李康译,北京大学出版社 2010 年版,第 210 页。

Patters of Vision in Welty's *The Optimist's Daughter*)"一文中认为的，菲是一个十足的文化盲人。她自私、懒惰、贪婪、愚昧，只贪图感官的享乐和物质的享受，绝对不能称为一个以家庭为主，悉心照顾丈夫和孩子、把爱心奉献给亲人的南方淑女。因此，迈克瓦法官和菲是代表着两种截然不同的价值观的个体，在生活中相处特别是事处关键的时候，就会产生剧烈的冲突，不和谐一直或隐或现地埋藏在生活的表面之下。迈克瓦法官是旧的南方传统中绅士形象的化身，而菲是工业文明和商品生产的社会化中对身体欲望无限张扬的个人主义的代表。她试图通过淋漓尽致地挖掘身体享乐的可能空间，来填补内心缺乏传统与道德的空虚，实为商品拜物的牺牲品而已。

事实上，工业化社会逐渐淘汰着南方传统经济方式孕育出的思想观念和生活方式，使得田园生活特有的恬静与和谐由此渐去渐远。并且，商品作为现代文明最突出最关键的特点，也充分地发挥着它的影响力，激发着人对物的本能欲望，也催生了人自我意识的觉醒。

韦尔蒂的短篇小说《丽薇》（*Livvie*），选自小说集《大网及其它》。其中的女主人公丽薇，十六岁的时候被年老的所罗门（Solomon）从家中劫走，安置在二十一里之遥的偏僻地带。所罗门有家业、有地产，把丽薇当做最珍爱的妻子，"对她很好，只是不准她出门。他害怕有人发现丽薇，会把她从他身边带走"[1]。在婚后九年的囚禁生活中，丽薇得到了安逸却没有性爱。"当她被关在家里的时候也不唱歌，只是坐在床边，驱赶蚊虫，她安静得几乎连自己的呼吸声都听不到。房间被她收拾得干干净净，不落下一样东西。她洗碗洗碟不发出一点儿声响……"[2] 伊利莎白·罗斯·勒米厄（Elizabeth Rose Lemieux）在她的博士论文《尤多拉·韦尔蒂的短篇小说中的性象征》

---

[1] Welty, Eudora, *Stories, Essays and Memoir*, The U.S.A.: The Library of America, 1980, p. 276.

[2] Ibid., pp. 278–279.

(*Sexual Symbolism in the Short Stories of Eudora Welty*) 中认为，从总体来看，丽薇尽力满足所罗门的每一个要求，却很少顾及自己的生理需求，因此，她与其说是一个妻子倒不如说是一个仆人。对于传统道德的盲目遵从，说明丽薇的自我意识尚处于沉睡状态，这使得这份婚姻从表面看来呈现和谐状态。

贝比·玛丽（Baby Marie），一位化妆品女推销员的出现，成为丽薇自我意识萌动进而真正成长并走入成人世界的一个契机。在所罗门只能躺在床上，老得无法再动的时候，贝比·玛丽提着小行李箱走了进来，用金钥匙开了锁，取出一瓶又一瓶、一罐又一罐的化妆用品。这些五颜六色的商品带给丽薇的不仅仅是视觉上的冲击，更是引领她走进了一个欲望的新世界。"贝比·玛丽拿出一个金色外壳的口红，'啪'地一声打开，像变魔术似的。香味弥漫着，丽薇突然大叫着：'楝树花。'……'啊，紫色。'她屏住了呼吸，'随便试，擦在嘴唇上。'推销员鼓励她。丽薇来到前门廊的镜子前面，踮起脚尖，将紫色的口红涂抹在唇上，她发现镜中自己的脸就像一团火焰一样在舞动着。"[1] 成长通过对身体的重新认知在一刹那得以完成。丽薇不再是对所罗门言听计从的单纯女孩，她非但没有遵照丈夫的命令不去看田间的男性劳工，而且在发现了自身的魅力之后，勇敢地和青年管家坎实·麦科德（Cash McCord）走在了一起。"丽薇慢慢地靠近坎实，他立刻用胳膊把她挽入怀中……她抓住他衣服后襟的褶皱，把红红的双唇紧紧地贴在他的嘴上。"[2] "坎实伸出他的右手对着站在床边的丽薇，把那银色的手表取下来送给了她。手表在她的眼前晃着，她无声地哭了。"[3] 正如鲍德里亚（Jean Baudrillard）所言，"在经历了一千年的清教传统之后，对作为身体和性解放符号的'重新发现'，身体

---

[1] Welty, Eudora, *Stories, Essays and Memoir*, The U. S. A.: The Library of America, 1980, p. 283.
[2] Ibid., p. 286.
[3] Ibid., p. 289.

在广告、时尚、大众文化中完全出场……在这一意识形态功能中身体彻底取代了灵魂"①。口红与推销员玛丽的出场，预示着丽薇价值观的决定性改变。物与欲望相伴而生，传统的南方家庭信念只能无力地退却。由此，身体的拜物教成为丽薇和坎实结合的媒介，具有其存在的合理性。

柏拉图在《王制篇》中构置完美城邦时，首先设想了一座初始之城，其中的人饮食素朴，按礼仪行事，其所作所为仅限于维持并繁育家庭。但当人们开始扩张自己的需求时，出现了第二座城，商品大为丰富，欲望变得复杂，不再能够明辨善恶。②丽薇自我意识的觉醒，帮助她实现了从"初始之城"向"第二座城"的成功跨越。商品刺激了欲望，丽薇对人生追求的目光不再局限于循规蹈矩地"维持并繁育家庭"，于是，她与所罗门之间单纯、朴素的和谐状态被轻而易举地打破。同时，商品社会、欲望世界所滋生的道德秩序的混乱必将混淆视听、善恶难辨，介身于其中的主体需要清醒的头脑和明智的判断去应对此种混乱，处于盲目恋情中的丽薇是否有能力看破所有的迷阵呢？

和其他韦尔蒂的文本一样，《丽薇》呈现出的是一种开放式结局。丽薇和所罗门名存实亡的婚姻格局被打破之后，丽薇和坎实之间的和谐能否成功演绎，仍是未知，或者说存在多种可能。口红、手表这些商品意象的出现，成为促使他们之间关系进展的欲望诱饵，如果身体的引诱不能与精神的共鸣产生一种平衡，接下来丽薇的内心或许会面临更大的冲突和失衡，因为她的自我意识已经清醒。就如同克莱德·马歇尔·文森（Clyde Marshall Vinson）在他的博士论文《尤多拉·韦尔蒂短篇小说中的意象》（*Imagery in the Short Stories of Eudora Welty*）

---

① [法]让·鲍德里亚：《消费社会》，刘成富等译，南京大学出版社2000年版，第87页。

② [加]约翰·奥尼尔：《身体五态：重塑关系形貌》，李康译，北京大学出版社2010年版，第81页。

中作出的精辟总结，丽薇的囚禁生活并不显得卑下和邪恶，她和所罗门之间的生活有其存在的价值，而她从婚姻的囚禁中解放出来，扑向年轻的坎实的怀抱，也并不见得就有光明的前景。

总而言之，在美国南方社会的转型时期，虽然阶级差别有所消减，不同阶层之间可以进行适度的交流和交往，而且伴随着工业化的入侵，旧的文化传统和制度习俗对女性这一弱势群体的束缚有所缓解，但是，伴随而来的却是不同成长文化背景的主体间难以调适的尴尬、物质文明带来的异化困境以及物质欲望膨胀导致的和谐亲情的缺失。所以，事物都是正与反的合体，不论是代表传统文化的庄园经济时期，还是代表现代文明的工业化时代，人们总会面临特定的生存问题，这些生存文化信息通过身体的呈现隐喻地表达着特定的文化内涵。

结　　语

　　美国南方作家尤多拉·韦尔蒂生于1909年，卒于2001年，在她孑然独身、投入写作的整个创作阶段，其生命几乎横跨了整个20世纪。显然，韦尔蒂本人亲身经历了学界内整个现代主义思潮的发生、发展及其嬗变为后现代主义的现象全过程，其作品理所当然地呈现出现代主义和后现代主义的诸多特征。此外，20世纪30年代至70年代，是韦尔蒂作品的创造高峰期，这个时间段既包含了现代主义时期也包含了后现代主义时期，所以学界一般认为尤多拉·韦尔蒂是一位现代主义、后现代主义作家。

　　事实上，从时间角度给作家的这种定性并不能真正帮助读者从本质上把握作家本人及其作品本身。由于韦尔蒂作品题材丰富且迥异，学界无法将其归到任何一类作家的行列，由此众说纷纭、莫衷一是。有些学者以长篇小说《失败的战争》为据，认为韦尔蒂是一位农业文学作家，前面提到的简·诺比·格莱特朗德（Jan Nordby Gretlund）就是范例。有些学者因为长篇小说《三角洲婚礼》中大量的俚语和风俗人情以及改编为影片后广受欢迎，称韦尔蒂为地域文化作家，约翰·爱德华·哈代（Jhon Edward Hardy）和科林斯·布鲁克斯（Cleath Brooks）就持此看法。还有些学者由于韦尔蒂的《声音从何处来？》的发表，认定韦尔蒂是一位激进的政治作家，并且在半夜时分打电话与作家本人确认这种观点……面对种种确定与不确定的结论，韦尔蒂都予以了否认，并表示反感给作家贴标签的行为。

韦尔蒂在《作家必须革新吗?》一文中认为,"对于一个作家而言,人道主义本身比起人道主义所要证明或表现的要重要得多"[①]。而且直言:"小说写作就是以真实的、原本存在着的生活为素材、为标的,将某种生存状态呈现给读者……"[②]"作家的作品代表的是大多数生存者的声音,并非作家自己的声音。"[③]在自传《一位作家的开始》中,韦尔蒂每每谈起她的创作经历、创作灵感、创作思想,从来不用"南方(South)""美国(America)"这样的字眼,她选用的是"世界(the world)"这个词。因此,韦尔蒂自始至终将文学的视野放置在世界这个大空间背景之中,放置在生存在世界这个大空间背景下的芸芸众生,不论国籍、性别、种族等。她始终以人道主义的目光,关注着不同阶层的人的生存状态。在《小说的空间》(Place in Fiction)一文中,韦尔蒂进一步表达了她期望学界突破狭隘的思维方式的渴望:"'地域的(regional)'一词,其意义并不严谨,甚至带着屈尊俯就的意味。它无法清晰地将真实的地域文化生活与以此种文化作为素材进行的艺术创作加以区分……简·奥斯汀、艾米丽·勃朗特、托马斯·哈代、塞万提斯、屠格涅夫,还有《旧约》的作者们,不论名气大小,哪一位不是从属某个地域?哪个从一开始就脱离了特定的地域文化?"[④]尽管韦尔蒂一直拒绝给自己的作家身份贴上任何标签,她本人也对这一归属问题不置可否,但为了读者更全面而深刻地了解这位美国第二次文艺复兴时期的代表作家及其作品,理解韦尔蒂本人独有的诗学追求,对学术界那些众说纷纭、莫衷一是的探讨予以分析并加以澄清很有必要。

作为一个现代主义、后现代主义作家,韦尔蒂的作品基本上体现

[①] Welty, Eudora, *Stories*, *Essays and Memoir*, The U.S.A.: The Library of America, 1980, p. 806.
[②] Ibid., p. 804.
[③] Ibid., p. 809.
[④] Ibid., p. 796.

了相应的诸多特征：她的短篇小说如《力神》《一个推销员之死》《搭便车者》《送给玛茱莉的花》等均描述了人的生存处境所带来的危机感、幻灭感，描述了人的异化所导致的空虚精神状态。她着力于人物心理潜意识的揭示，在写作手法上运用神话、象征和隐喻。并且，其文本具备开放性，蕴含着巨大的阐释空间，等等。韦尔蒂唯一明显不同于其他现代、后现代作家的是作品中人物的塑造手法。现代主义作品中的人物，其实指性标志被淡化，具备太多的性格特征却又不具备实体性，所以模糊难辨。至于后现代主义作品中的人物，则更是没有人味只有鬼气，十分飘忽不定。但是，在韦尔蒂的作品中，主人公们没有被塑造成纸片人，他们都是有血有肉、有感情、有思想、活生生的、形象各异的主体。因此，在她的小说中，不同人物的身体叙述随处可见，并且做了极为细致的描绘。本书正是从这一独特之处切入，在美国南方文化的大背景下，考察这些身体叙述所蕴含的隐喻之义及承载的文化符码，通过身体隐喻的解码，关照历史流变中人的生存状态，从而探索韦尔蒂的诗学追求。

　　通过本书主体部分四个章节的层层分析论证，不难看出，身体不仅仅是具身化的呈现，也不仅仅是精神活动的外在载体，它是二者的有机结合。不仅如此，身体除了生物性还兼具社会性，它是社会文化的接收器，承载着不同的文化形式和价值观念，并在特定的情境中以各具特色的身体形式表现出来。它们可以是借身体外在的神秘化缔造一种高高在上的权威，也可以是借助性别气质奠定一种支配与被支配的关系，还可以是通过培养某种带有高雅品味、惯习甚至价值的身体形式来彰显阶级差别，以造成孰优孰劣的社会不平等和压迫事实，甚至可以借助身体的商品化吞噬人正常的精神状态，产生物化的、异化的人。身体，总是通过形貌、言谈举止、生活方式、意识形态等造就不同层次的主体，并将这些主体划归不同层次的社会文化圈，替作为群体动物的人实现安全有序的社会生活。但是，人不同于动物，不具备先决性，所以身体永远处于一种未完成状态。在既定的社会文化圈中，圈里圈外都非固定不变，而是呈现出一种流动性。这种流动性的起因或许由于主体心性的成长，或许由于社会观念的改变，或许由于身体资本的转换，也或许由于文化、经济的转型等。由此，以往的权威会遭到质疑，权力关系会被颠覆，阶级差别、种族差别会被淡化，而人本身则会追寻身心合一的和谐状态。本书运用身体理论，对韦尔蒂作品中的身体叙述进行分析论证，有力地证明了以上诸观点，阐明了身体与文化密不可分的渊源关系，也使得以身体作为视角考察文学作品成为一种可能。

事实上，文化是人类生存最主要的表现方式。因此，文化在不同身体情境中的呈现传达了不同状态的生存信息。身体，作为知觉活动的载体，它体验、感知并理解周遭人与物的存在，并把这种种存在信息内化为知识与文化，再通过身体以外显或隐喻的方式表现出来，身体的显现因此成为世界的象征，成为存在的最本真书写。考察韦尔蒂作品中的身体隐喻，不难看出，作家本人的写作思路一直遵循着这样的逻辑：（1）身体作为主体的具身化呈现，它的存在先于其本质，也就是说身体必须先存在，然后才创造主体自己。主体是在存在的过程中创造它自己的，而并非事先为身体的存在所创造。这一结论体现在韦尔蒂作品中各种身体隐喻所代表的对权威、对权力的反叛和消解，及其对支配、对压迫的反抗过程中。（2）身体不仅仅揭示主体对自身的理性认识，更重要的是表现孤独个人的非理性的情绪体验。身体体验到的是一个与自己对立的、荒诞的世界。韦尔蒂的诸多短篇小说如《慈善访问》《搭便车者》《一个推销员之死》等均体现了孤独的个人与荒诞的世界之间的抗争。（3）身体是身与心的合一，既是行为主体的具身外显，也是主观意志的执行中介。面对非理性的世界，人虽然有选择的自由，但他面对的未来的生活却是混沌而没有目标的。这种自由意志与行为自由之间的相依相悖，在短篇小说《初次的爱》、长篇小说《强盗新郎》等作品的身体事件中得到了淋漓尽致的表达。

本书运用身体理论，通过参照美国南方文化的大背景，具体而细致地分析了韦尔蒂作品中的身体隐喻，这些身体隐喻所传达出的信息既表现了南方文化传承与革新的变动不居，又书写了不同阶层、不同时期南方人的生存状态。在对众生百态存在状况的叙写中，韦尔蒂始终以一个目光犀利的局外人自居，抽离于作品之外，却同时以深沉的人道主义情怀关注着这个非理性的世界、关注着荒谬世界里的存在者。综上所述，所有对于身体隐喻的分析和论证均包含了存在主义哲学的最核心思想，因此，对于学界莫衷一是的争论，依从韦尔蒂的诗学追求，我们认为作家本人是一位饱含人道主义情怀的存在主义作家。

参考文献

中文参考文献

［德］汉斯·利希特：《希腊人的性与情》，刘岩等译，广西师范大学出版社 2008 年版。

［德］马克思、恩格斯：《马克思恩格斯选集》第 1 卷，人民出版社 1995 年版。

［德］马克思：《1844 年经济学哲学手稿》，中共中央马克思列宁斯大林著作译局编译，人民出版社 2000 年版。

［德］尼采：《人性的，太人性的》，杨恒达译，中国人民大学出版社 2009 年版。

［法］克里斯蒂娜·德·皮桑：《淑女的美德》，张宁译，江西人民出版社 2009 年版。

［法］罗兰·巴特：《S/Z》，屠友祥译，上海人民出版社 2000 年版。

［法］梅洛－庞蒂：《知觉现象学》，姜志辉译，商务印书馆 2005 年版。

［法］米歇尔·福柯：《规训与惩罚》，刘北成、杨远婴译，生活·读书·新知三联书店 2007 年版。

［法］皮埃尔·布迪厄：《实践感》，蒋梓桦译，译林出版社 2003 年版。

［法］让·鲍德里亚：《消费社会》，刘成富等译，南京大学出版社

2000 年版。

[法] 萨特：《存在与虚无》，陈宣良等译，生活·读书·新知三联书店 2008 年版。

[加] 诺思洛普·弗莱：《世俗的经典》，孟祥春译，上海人民出版社 2010 年版。

[美] 卢瑟·S. 路德克：《构建美国——美国的社会与文化》，王波等译，江苏人民出版社 2006 年版。

[美] 米尔恰·伊利亚德：《神圣的存在：比较宗教的范型》，晏可佳、姚蓓琴译，广西师范大学出版社 2008 年版。

[美] 依迪丝·汉密尔顿：《希腊精神》，葛海滨译，华夏出版社 2008 年版。

[英] 克里斯·希林：《身体与社会理论》，李康译，北京大学出版社 2010 年版。

陈永国：《美国南方文化》，吉林出版社 1996 年版。

程金城：《中国文学原型论》，甘肃人民美术出版社 2008 年版。

王晓路：《文化批评关键词研究》，北京大学出版社 2007 年版。

郑震：《身体图景》，中国大百科全书出版社 2009 年版。

英文参考文献

Adams, Rachel, *Sideshow U.S.A.: Freaks and the American Cultural Imagination*, Chicago: University of Chicago Press, 2001.

Ayers, Edward L., *The Promise of the New South: Life after Reconstruction*, New York: Oxford University Press 1993.

Black Skin, *White Masks*, London: Pluto Press, 1984.

Bloom, Ronna Lynn, "Don't Touch Me": Violence in Eudora Welty's Fighters, Proquest Information and Learning Company, 2003.

Bourdieu, P., *Handbook of Theory and Reasearch for the Sociology of Education*, New York: Greenwood Press, 1986.

Brooks, Cleanth, and Warren, Robert Penn, eds., *Understanding Fiction*, New York: Appleton-Century-Crofts, 1943.

Brown, Herbert Ross, *The Sentimental Novel in America 1789 – 1860*, North Carolina: Duke University Press, 1940.

Brown, P., *The Body and Society: Men, Women and Sexual Renunciation in Ealy Christiality*, London: Faber and Faber, 1988.

Buckley, William F., "The Southern Imagination: An Interview with Eudora Welty and Walker Percy", *The Mssissippi Quarterly*, No. 4, 1973.

Bunting, Charles T., "'The Interview World': An Interview with Eudora Welty", *Southern Review*, NO. 8, 1972.

Campell, Joseph, *The Hero With a Thousand Faces*, New Jersey: Princeton University Press, 1968.

Chopin, Kate, *A Critical Biography*, Baton Rouge: Louisiana State University Press, 1969.

Chopin, Kate, "The Awakening", Vol. 2 of *The Complete Works of Kate Chopin*, ed. Peryersted, Baton Rouge: Louisiana State University Press, 1969.

Cobb, James C., *The Most Southern Place on Earth: The Mississippi Delta and the Roots of Regional Identity*, New York: Oxford University Press, 1992.

Davis, Robert Gorham, *The Modern Masters*, New York: Harcourt, Brace and Company, 1953.

Devlin, Albert J., *Eudora Welty's Chronicle: A Story of Mississipi Life*, Mississipi: University Press of Mississipi, 1979.

Douglas, Mary, *Natural Symbols: Explorations in Cosmology*, London: Routledge, 2003.

Eisinger, Chester E., *Fiction of the Stories*, Chicago: University of Chicago Press, 1963.

Ellison, Ralph, "Twentieth-Century Fiction and the Black Mask of Humanity", in *Shadow and Act*, New York: Vintage Books, 1953.

Fanon, F., *A Dying Colonialism*, New York: Grove Press, 1970.

Fiedler, Leslie, "Redemption to Initiation", *New Leader*, NO. 26, 1958.

Foucault, Michel, *The Archaeology of Knowledge*, New York: Harper Colopphon, 1972.

Freund, P., *The Civilized Body: Social Domination, Control and Health*, Philadelphia, PA: Temple University Press, 1982.

Frith, Simon, *Music for Pleasure*, Cambridge: Polity Press, 1988.

Green, Sharlee Mullins, "In and Out the Circle: The Individual and the Clan in Eudora Welty's Delta Wedding", *Southern Literary Journal*, NO. 22, 1989.

Gretlund, Jan Nordby, *Eudora Welty's Aesthetics of Place*, Newyark: University of Delaware Press, 1994.

Hardy, John Edward, "The Achievement of Eudora Welty", *Southern Humanities Review*, NO. 2, 1968.

Hargreaves, J. Sport, *Power and Culture*, Cambridge: Polity Press, 1987.

Hargrove, Nancy D., "Portrait of an Assassin: Eudora Welty's 'Where is the Voice Coming From?'", *Southern Literary Journal*, NO. 20, 1987.

Harris, Wendell, "Welty's 'The Key'", *The Explicator*, NO. 17, 1959.

Hoffman, Frederick J., *The Art of Southern Fiction: A Study of Some Modern Novelists*, Carbondale, Illinois: Southern Illinois University Press, 1969.

Homans, Margaret, "Racial Composition: Metaphor and the Body in the Writing of Race", *Female Subjects in Black and White*, eds. Elizabeth Abel, Barbara Christian, and Helene Moglen, Berkley: University of California Press, 1997.

Howe, L., "Race, Genealogy, and Genre in Mark Twain's Pudd'nhead Wilson", *Nineteenth-Century Literature*, NO. 4, 1992.

Jordan, W., "First Impressions: Initial English Confrontations with Africans", *"Race" in Britain*, ed. C. Husband, London: Hutchinson, 1982.

Jung, C. G., *Symbols of Transformation*, Trans. R. P. C. Hull (2 vols. Torchbook), New York: Harper & Brothers, 1962.

Killian, Lewis, *White Southerners*, Amherst: University of Massachusetts Press, 1985.

Kristeva, Julia, *Powers of Horror*, Trans. Leon S. Roudiez, New York: Columbia University Press, 1982.

Leach, Maria, and Jerome Fried, eds., *Funk and Wagnalls Standard Dictionary of Folklore: Mythology and Legend* (2vols), New York: Funk and Wagnalls Co., 1950.

Lefebvre, Henri, *Everyday Life in the Modern World*, New York: Harp & Row, 1971.

Lemieux, R. E., *Sexual Symbolism in the Short Stories of Eudora Welty*, New York: Hamilton, 1969.

Maclay, Joanna, "A Conversation with Eudora Welty", *Conversations with Eudora Welty*, New York: Modern Library, 1984.

Manning, Carol S., *With Ears Openning Like Morning Glories: Eudora Welty and the Love of Storytelling*, Westport: Greenwood Press, 1985.

Marrs, Suzanne, "The Metaphor of Race in Eudora Welty's Fiction", *The Southern Review*, NO. 22, 1986.

Masserand, Anne M., "Eudora Welty's Travelers: The Journey Theme in Her Short Stories", *Southern Literary Journal*, NO. 3, 1971.

McHaney, Thomas L., "Eudora Welty and the Multitudinous Golden Apples", *Mississippi Quarterly*, NO. 26, 1973.

Melinda, Williams, *The Use of Folklore in Eudora Welty's "Golden Apples"*, Columbus, Ohio: A Bell & Howell Company, 1998.

Merleau-ponty, *Phenomenology of Perception*, Trans. Colin Smith, London: Routledge and Kegan Paul, 1962.

Opitz, Kurt, "Eudora Welty: The Order of a Capital Soul", *Critique*, NO. 7, 1965.

Pei, Lowryi, "Dreaming the Other in *The Golden Apples*", *Modern Fiction Studies*, NO. 28, 1982.

Prenshaw, Peggy Whitman, *Conversations with Eudora Welty*, Jackson, Mississipi: University Press of Mississipi, 1996.

Prenshaw, Peggy Whitman, ed., *Eudora Welty: Critical Essays*, Jackson: University Press of Mississippi, 1979.

Rose, S., "Scientific Racism and Ideology: The IQ Racket from Galton to Jensen", L. Birke and J. Silvertown eds., *The Political Economy of Science*, London: Macmilllan, 1976.

Rosen, B., *Women, Work and Achievement*, London: Macmillan, 1989.

Rubin, Louis D., *The History of Southern Literature*, Baton Rouge: Louisiana State University Press, 1985.

Rudofsky, B., *The Unfinished Human Body*, New York: Prentice-Hall, 1986.

Ruthford, I., *Male Order, Unwrapping Masculinity*, London: Lawrance and Wishart, 1988.

Sciaky, Francoise, "Eye View: An Interview with Eudora Welty", *Women's Wear Daily*, NO. 19, 1972.

Shelly, Martha, *Lesbianism and the Women's Liberation Movement*, New York: Ace, 1970.

Shiling, Chris, *The Body and Social Theory*, London: Sage Publications, 2003.

Showalter, Elaine, *Sister's Choice: Tradition and Change in American Women's Writing*, Oxford: Clarendon Press, 1991.

Sloan Patterson, Laura, "Sexing the Domestic: Eudora Welty's Delta Wedding and the Sexology Movement", *Southern Quarterly*, NO. 42, 2004.

Stapes, R., *Mansculinity: The Black Male's Role in American Society*, San Francisco: Black Scholar Press, 1982.

Storey, John, *Cultural Theory and Popular Culture: A Reader*, Athens: The University of Georgia Press, 1998.

Tallman, Marjorie, *Dictionary of American Folklore*, New York: Philosophical Library, Inc., 1959.

Thornton, Naoko Fuwa, "Seeing Real Things", *More Conversation with Eudora Welty*, Ed. Peggy Prenshaw, Mississipi: University Press of Mississipi, 1996.

Tiegreen, Helen Hurt, *Southern Mothers: Fact and Fictions in Southern Women's Writing*, Baton Rouge: Louisiana State University Press, 1999.

Vande Kieft, Ruth M., *Eudora Welty*, New York: Twayne Publishers Inc., 1962.

Waldon, Ann, *Eudora Welty: A Writer's Life*, Louisana: Baton Rouge, 1998.

Welty, Eudora, *Delta Wedding*, New York: Barcourt, 1945.

Westling, Louise Hutchings, *Eudora Welty*, Totowa, New Jersey: Barnes and Noble Books, 1989.

Wilson, Charles R. & Ferris, William eds., *Encyclopedia of Southern Culture*, The U.S.A.: The University of North Carolina Press, 1989.

Wright, E., "Rethinking, Once again, the Concept of Class Structure", *The Debate on Classes*, eds. E. Wright and al, London: Verso, 1989.

Wyatt-Brown, Bertram, *Southern Honor: Ethnics and Behavior in Old South*, New York: Oxford University Press, Inc., 1982.

Yaeger, Patricia S., *Dirt and Desire: Reconstruction Southern Women's Writing 1930 – 1990*, Chicago: University of Chicago Press, 2000.

Yaeger, Patricia S., "The Case of the Dangling Signifier: Phallic Imagery of in Eudora Welty's 'Moon Lake'", *Twentieth Century Literature*, NO. 28, 1982.

后　　记

　　四年前,我开始着手本书的前期准备工作,经过一段时间的集思广益,选择了自己比较感兴趣的 21 世纪美国南方作家尤多拉·韦尔蒂,一是因为美国南方文学是地域文学,蕴含了非常独特而深厚的文化底蕴;二是因为尤多拉·韦尔蒂是当代文坛著名的美国南方文学代表作家,但就其作品的研究现状而言,目前国内比较鲜见,尤其是研究资料还比较匮乏;三是因为受到导师的启发和影响,我本人对身体理论研究有一定的积累并希望做更深入的探索,而尤多拉·韦尔蒂的文本则正好赋予了以身体理论为视角进行创新研究的契机。在征得导师首肯之后,我随即开始了资料的全面收集、框架构思和提纲的书面梳理工作。

　　在本书的撰写过程中,我不辞劳苦,日夜兼程,得到了许多人慷慨而无私的帮助。在人生的这个最特殊的阶段,我需要感谢的人很多,他们将永远留在我的记忆里,激励着我前行。泰戈尔在《飞鸟集》曾言:"天空不留下鸟的痕迹,但我已飞过。"虽然我们跌跌撞撞地在各自的生命里行走,情如潮水,潮起潮落,但是,在这个浮躁怀旧的学术时代,我一直怀着一颗感恩的心,坦然面对生活,安然面对人生。

　　首先,非常感谢我的硕士导师及博士后合作导师任晓晋教授,他不仅把我引入学术的殿堂,而且长期以来指导我的学术,关心我的成长。特别感谢我的博士导师刘立辉教授,正是在对本书构思不断地肯定、否定、再肯定的严谨探讨下，我领会了导师的学术思想，书稿也才得以顺利进行。在这一过程当中，导师所表现出的对学术的热情与执着，对学生的关切与爱护，对同行的真诚与尊重，深深地感染了我。不仅是为学，在为人方面，我亦收获颇多。导师在外国文学研究领域尤其是英美文学理论方面见解独到，思想深邃，有着独特的学术观点和思想体系，特别是深厚的学养、宽厚的胸襟和平易近人的风格，这都是为我所敬仰和不懈追求的。然而，由于我生性愚笨，或许悟性不高，难得要领，且自身学术积累不深，可能与导师的期望相差甚远。因此，本书的完成让我毫无释然之感，反而忐忑不安。本书可能还存在诸多缺陷和不足之处，不能让导师满意，也给自己留下遗憾。为此，我将时时锐化自己的学术眼光，开拓自己的学术勇气，踏踏实实地为人、兢兢业业地做事。

其次，感谢师兄申劲松博士、赵越博士和师弟李衍安等，感谢他们在书稿探讨的过程中给我提出的良好建议和意见，以及提供的诸多帮助。在此，特别感谢师姐王永梅博士，她在美国加州大学伯克利分校作高级访问学者的时候，为我馆际互借了30余本与尤多拉·韦尔蒂作品相关的书籍和资料，并不辞辛苦地逐页用相机拍照再通过QQ传递给我，心中的感激之情无以言表。并且，还要感谢在武汉大学攻读硕士学位时我最亲密的同学——中国人民解放军空军预警学院程桂兰女士，在我情绪低落的时候耐心地开导我、安慰我，给予我力量继续前行。

最后，还要感谢国家社科基金项目及中国博士后科学基金给予的面上资助和支持。特别感谢我家人的关心、支持和理解，他们是我内心巨大的慰藉。在撰写的日子里，感谢我的先生黄建军博士的支持与帮助，使我能够安心地思考写作。我更要感谢我活泼可爱的儿子董世哲，他不仅带给了我无以伦比的快乐，让艰辛的写作生涯变得鲜活而生动，而且他陪我品尝了生活和求学之路上的许多清苦与甘甜，也感受到了独守孤灯的宁静和淡泊。虽然这枚果实青涩，却凝聚了我无尽心神，也汇集了我对家人的关爱和歉疚。当手捧着自己的拙作，注视着，就像怀抱着一个十月怀胎、一朝分娩的婴儿，充满着喜悦与圆满，但我也深深明白其中还有许多亟待完善的地方。因此，在决定好好地补偿一段母子共享天伦的快乐时光之同时，我将继续以严谨认真的态度在学术之路上步履稳健地走下去，以更加饱满的热情去追求我的学术之梦。

本书的问世承蒙中国社会科学出版社刘艳责任编辑的辛勤付出，特别是武汉大学外国语言文学学院马萧院长的关心和支持，正是他们的帮助与扶持，这部拙作得以及时呈现给广大读者。然而，由于才疏学浅，虽朝仰暮伏、焚膏继晷，但缺乏推敲与斟酌，成文仓促。为此，只能诚惶诚恐地期待读者不弃不绝地予以批评指正，奢求学界的前辈同仁对拙作提出更好更多的修改建议与意见。

赵辉辉
2019 年 7 月 25 日于珞珈山